10
18
12, AVENUE D'ITALIE. PARIS XIIIe

Sur l'auteur

Svetlana Alexievitch est née en 1948 en Ukraine. Elle a fait des études de journalisme en Biélorussie, où ses parents étaient instituteurs. Sa première publication, *La guerre n'a pas un visage de femme*, en 1985, sur la Seconde Guerre mondiale, dénoncée comme « antipatriotique, naturaliste, dégradante » mais soutenue par Gorbatchev, est un best-seller. Chaque nouveau livre est un événement et un scandale : *Les Cercueils de zinc*, en 1989, sur la guerre d'Afghanistan, qui la fait connaître en France et sera adapté pour le théâtre par Didier-Georges Gabily ; *Ensorcelés par la mort*, en 1993, sur les suicides qui ont suivi la chute de l'URSS ; *La Supplication*, en 1997, sur Tchernobyl. Elle vit de nouveau à Minsk, après un long séjour à Berlin.

Son ouvrage *La Fin de l'homme rouge ou le Temps du désenchantement*, sur la fin de l'URSS et ce qui a suivi, a été classé meilleur livre de l'année 2013 par le magazine *LiRE* et a reçu le prix Médicis Essai. Svetlana Alexievitch a reçu le prix Nobel de littérature en 2015.

SVETLANA ALEXIEVITCH

DERNIERS TÉMOINS

Traduit du russe
par Anne Coldefy-Faucard

10/18

PRESSES DE LA RENAISSANCE

ISBN 978-2-264-06883-5

« Durant la Grande Guerre patriotique (les années 1941-1945), des millions d'enfants soviétiques ont trouvé la mort… Russes, Biélorusses, Ukrainiens, Juifs, Tatars, Lettons, Tsiganes, Kazakhs, Ouzbeks, Arméniens, Tadjiks… »

Revue Droujba Narodov, n° 5, 1985

Jadis, le grand Dostoïevski posait cette question : « Comment pourrons-nous jamais justifier la paix, notre bonheur et même l'harmonie éternelle si, en leur nom, pour la solidité du fondement sur lequel ils reposeront, il aura fallu verser ne fût-ce qu'une larme d'enfant ? » Et il répondait aussitôt : « Cette seule larme ne saurait justifier aucun progrès, aucune révolution. Aucune guerre. Elle aura toujours plus de poids. »

Rien qu'une toute petite larme…

« Il avait peur de se retourner… »

Genia Belkevitch, six ans.
Aujourd'hui : ouvrière.

Je me souviens… J'étais toute petite, mais je me souviens de tout…

Juin 41…

Mon dernier souvenir du temps de paix, c'est une histoire que maman me lisait avant que je m'endorme. C'était mon histoire préférée : le conte du Petit Poisson d'or. Moi, je demandais toujours quelque chose au Poisson : « Poisson d'or, gentil Poisson d'or… » Ma petite sœur aussi. Mais elle le demandait différemment : « Abracadabri, abracadabra ! Par la volonté du brochet et conformément à mon souhait… » Notre souhait le plus cher était de passer l'été chez grand-mère et que papa vienne avec nous. Il était si amusant…

Ce matin-là, c'est la peur qui m'a réveillée… La peur de bruits inconnus…

Papa et maman pensaient qu'on dormait, mais j'étais couchée à côté de ma sœur et je faisais juste semblant. J'ai tout vu : papa n'arrêtait pas d'embrasser maman, son visage, ses mains. Moi, ça m'étonnait parce que je ne l'avais jamais vu l'embrasser comme ça. Ils sont allés dehors en se tenant par la main ; moi, j'ai bondi à la fenêtre : maman était pendue au cou de papa, elle ne voulait pas le laisser partir. Il l'a forcée à le lâcher, il s'est mis à courir mais elle l'a rattrapé, et que je te recommence à s'accrocher à lui, en criant quelque chose ! Alors, j'ai crié moi aussi : « papa ! papa ! »

Ma sœur et mon petit frère Vassia se sont réveillés. Ma sœur a vu que je pleurais et elle a hurlé : « papa ! » On a couru tous les trois sur le perron : « papa ! » Mon père nous a aperçus et, je le revois comme si c'était hier, il s'est caché le visage dans les mains, puis il est parti, s'est enfui. Il avait peur de se retourner…

J'avais le soleil en pleine figure. Il faisait tellement bon… À présent encore, j'ai du mal à croire que, ce fameux matin, mon père partait à la guerre. J'étais toute petite et, pourtant, je crois que j'avais conscience de le voir pour la dernière fois. Je savais que je ne le reverrais jamais. Alors que j'étais si petite…

Pour moi, c'est resté lié : la guerre, c'est quand papa n'est pas là…

Après, ce dont je me souviens : un ciel noir et un avion noir. Maman est couchée au bord de la grand-route, les bras écartés. Nous, on veut qu'elle se lève, mais ça ne marche pas. Pas moyen de la faire bouger. Des soldats l'enveloppent dans une bâche et l'enterrent dans le sable, là, sur place. Nous, on crie, on les supplie : « Ne mettez pas notre maman dans un trou. Elle va se réveiller et on s'en ira. » De gros scarabées rampaient sur le sable… Je me demandais comment maman pourrait vivre avec eux sous la terre. Comment on la retrouverait, comment on ferait pour être à nouveau réunis… Et qui allait écrire à notre papa ?

Un soldat m'a interrogée : « Comment tu t'appelles, petite ? » J'avais oublié… « Fillette, c'est quoi ton nom ? Et le nom de ta maman ? » Je ne me rappelais plus… On est restés près de la petite butte de maman jusqu'à la nuit, jusqu'à ce qu'on nous récupère et qu'on nous fasse monter dans une charrette. Une charrette pleine d'enfants. Un vieil homme la conduisait. Il ramassait tout le monde sur la route. On est arrivés à un village qu'on ne connaissait pas et des gens, qu'on ne connaissait pas non plus, nous ont distribués dans les fermes.

Longtemps, je n'ai pas pu parler. Je ne faisais que regarder…

Ensuite, je me souviens : c'est l'été. Un été magnifique. Une femme que je ne connais pas me caresse les cheveux. Je me mets à pleurer. Et à parler… Je raconte maman et papa. Que papa nous a quittés en courant, qu'il ne s'est même pas retourné… Que maman était couchée par terre… Que les scarabées rampaient sur le sable…

La femme me caresse les cheveux. Tout à coup, je comprends : elle ressemble à maman…

« Ma première et dernière cigarette... »

Guena Iouchkevitch, douze ans.
Journaliste.

Du soleil... Et un calme inhabituel. Un silence incompréhensible. Le premier matin de la guerre.

Notre voisine, femme de militaire, sort dans la cour, en larmes. Elle murmure quelque chose à ma mère mais lui indique du geste de ne rien dire à personne. Tous ont peur de nommer à voix haute ce qui est en train d'arriver, même quand tout le monde est au courant : des informations ont filtré. Les gens ne veulent pas se faire traiter de provocateurs. De semeurs de panique. Ça, c'est plus effrayant que la guerre. Cette peur des gens... C'est du moins l'impression qu'il m'en reste aujourd'hui... Et puis personne n'y croyait, bien sûr ! Allons donc ! Nos armées étaient aux frontières, nos guides au Kremlin. La défense du pays était assurée, l'ennemi ne mettrait pas le pied chez nous ! Je le pensais vraiment, à l'époque. Je faisais partie des pionniers...

On est rivé à la radio. On attend le discours de Staline. On a besoin d'entendre sa voix. Mais Staline reste muet. Plus tard, c'est Molotov qui parle... Tout le monde écoute. Molotov dit : « C'est la guerre. » N'empêche que les gens n'y croient pas. Où est Staline ?

Raid aérien sur la ville… Des dizaines d'avions inconnus. Avec des croix dessinées dessus. Ils nous bouchent le ciel, nous cachent le soleil. Affreux ! Les bombes pleuvent. Des explosions tout le temps. Ça pète de partout. On se dit que c'est un cauchemar… que ça n'est pas vrai… À l'époque, je n'étais pas si petit, je me rappelle bien ce que je ressentais. La peur qui s'insinue dans tout le corps… dans tous les mots… toutes les pensées. On sort en courant de la maison, on fonce au hasard dans les rues… J'ai l'impression qu'il n'y a plus de ville, rien que des ruines. De la fumée. Des flammes. Quelqu'un dit qu'il faut filer au cimetière, qu'ils ne le bombarderont pas. À quoi ça leur servirait de balancer des bombes sur les morts ? Il y a dans notre quartier un grand cimetière juif, avec de vieux arbres. Les gens s'y précipitent, des milliers de personnes. Serrées, tassées contre les pierres funéraires, planquées derrière les tombes…

On est restés là, ma mère et moi, jusqu'à la nuit. Autour de nous, personne ne prononçait le mot « guerre », on n'entendait que : « provocation ». Celui-là, tous le répétaient. On disait encore que nos troupes allaient aussitôt passer à l'offensive. Ordre de Staline. Et on y croyait…

Seulement, la nuit durant, les sirènes hurlent dans les usines des faubourgs de Minsk…

Les premiers morts…

La première victime que je vois… c'est un cheval. Juste après, une femme… Ça m'étonne. Je me figurais qu'à la guerre on ne tuait que des hommes…

Je me réveille, un matin, je veux sauter de mon lit, puis il me revient que c'est la guerre et je referme les yeux. Je refuse d'y croire…

Ça ne canarde plus. Tout est calme, plusieurs jours durant. Soudain, ça s'anime. On voit passer, par exemple, un homme tout blanc des pieds à la tête. Couvert de farine. Portant sur son dos un sac blanc. Un autre court et, de ses poches, tombent des boîtes de conserve. Il a les bras chargés : bonbons, paquets de tabac… Un troisième tient précautionneusement devant lui un bonnet de fourrure empli de sucre… Ou une casserole pleine de sucre… Indescriptible ! L'un traîne une pièce de tissu, un autre est tout enveloppé d'indienne bleue. Ou rouge… C'est comique à voir, mais personne ne rit. On a simplement bombardé les entrepôts de vivres. Un grand magasin, aussi, à côté de chez nous. Les gens se sont précipités sur tout ce qui restait. À l'usine de sucre, plusieurs se sont noyés dans les cuves de mélasse. Affreux ! La ville entière grignote des graines de tournesol. On a dû en trouver un stock. Sous mes yeux, une femme fonce au magasin. Elle n'a rien, ni sac ni filet à provisions. Alors, elle retire sa combinaison… ses culottes… et les remplit de gruau de sarrasin. Qu'elle traîne ensuite péniblement… Le tout, sans une parole. En ces instants, les gens ne sont guère enclins à faire la conversation…

Le temps que j'appelle ma mère, il ne restait que de la moutarde. Des pots jaunes. « Ne touche à rien », m'a-t-elle imploré. Plus tard, elle m'a avoué qu'elle avait honte parce que, toute sa vie, elle m'avait éduqué autrement. Par la suite, quand nous crevions de faim et évoquions ces jours, nous n'avions pas de regrets. Elle était comme ça, ma mère !

À travers la ville, dans toutes nos rues, des soldats allemands déambulent tranquillement. Ils filment tout… Rient… Avant la guerre, à l'école, on s'amusait à dessiner des Boches. On leur faisait de grandes dents. Des crocs. Mais ceux-là sont jeunes, séduisants. Avec de belles grenades dans la tige de leurs bottes solides. Ils jouent de l'harmonica. Rigolent avec les jolies filles de chez nous…

Un Allemand, déjà âgé, traîne une caisse. Elle est lourde. Il m'appelle et, du geste, me demande de l'aider. La caisse est munie de poignées que nous saisissons tous les deux. Le travail achevé, l'Allemand me tape sur l'épaule et tire de sa poche un paquet de cigarettes. Tiens, pour ta peine !

Je rentre chez moi, impatient, m'installe à la cuisine, allume une cigarette. Je n'entends pas claquer la porte ni entrer ma mère :

« Tu fumes ?

— Hu-um…

— D'où tu sors ces cigarettes ?

— C'est les Allemands…

— Tu fumes, et en plus des cigarettes ennemies ! C'est de la trahison. »

Ce fut ma première et dernière cigarette…

Un soir, maman est venue s'asseoir à côté de moi :

« Je ne supporte pas de les voir ici, tu comprends ? »

Dès les premiers jours, elle voulait se battre. On a décidé de chercher un réseau de résistants, on était sûrs qu'il y en avait. Absolument sûrs !

« Je t'aime plus que n'importe qui au monde, a dit maman. Mais, tu me comprends ? Et, s'il nous arrive malheur, tu me pardonneras ? »

Là, je suis littéralement tombé amoureux de ma mère. À compter de ce jour, je lui ai obéi sans faillir. Et ça m'est resté pour la vie…

« Grand-mère priait…
Elle demandait que mon âme revienne. »

Natacha Golik, cinq ans.
Correctrice.

J'ai appris à prier… J'y repense souvent : c'est pendant la guerre que j'ai appris à prier.

On nous avait annoncé : c'est la guerre. Moi, à cinq ans, ça ne me disait rien, bien sûr. Cette peur-là, je ne savais pas ce que c'était. C'est pourtant à cause d'elle, la peur, que je me suis endormie pour de bon. Deux jours que ça a duré ! Deux jours, étendue, inerte comme une poupée. Tout le monde me croyait morte. Ma mère pleurait, ma grand-mère, elle, priait. Elle a prié deux jours et deux nuits d'affilée.

J'ai ouvert les yeux, et la première chose dont je me souviens, c'est la lumière. Une lumière très, très forte, incroyable ! Qui faisait mal. Ensuite, j'entends une voix. Je la reconnais : c'est celle de ma grand-mère. Elle est devant l'icône et prie. Je l'appelle : « grand-mère… grand-mère… » Elle ne bronche pas. Elle ne peut pas croire que c'est moi qui l'appelle. Pourtant, je suis bien réveillée… Yeux grands ouverts.

Par la suite, je lui ai demandé :

« Tu disais quoi dans tes prières, grand-mère, quand j'étais en train de mourir ?

— Je demandais que ton âme revienne. »

Un an plus tard, grand-mère est morte. Entre-temps, j'avais appris à prier. J'ai demandé dans mes prières que son âme revienne.

Mais elle n'est pas revenue…

« Ils gisaient, tout roses, parmi les cendres… »

Katia Korotaïeva, treize ans.
Ingénieur hydraulique.

Je parlerai de l'odeur… L'odeur de la guerre.

Avant la guerre, j'avais fait six ans d'école. À l'époque, le système voulait qu'on passe tous des examens à partir de la quatrième année. Voici donc les examens terminés. C'est le mois de juin qui, tout comme le mois de mai, est froid en cette année 41. Alors que, d'habitude, les lilas fleurissent en mai, là, il nous faut attendre la mi-juin. C'est ainsi que, pour moi, le début de la guerre est encore associé au parfum des lilas. Des merisiers, aussi… Deux arbres qui, dans la perception que j'en ai, sentent toujours la guerre.

Nous vivions à Minsk. C'est là que je suis née. Mon père dirigeait la musique militaire. J'allais avec lui aux défilés. J'avais deux grands frères. Étant la petite dernière, une fille par-dessus le marché, j'étais chouchoutée et gâtée par toute la famille.

Nous avions devant nous l'été, la perspective des vacances. Tout ça était très excitant. J'étais sportive, je faisais de la natation à la maison de l'Armée.

Tout le monde m'enviait pour ça. Même les garçons de ma classe. Moi, j'étais drôlement fière de bien savoir nager. Le 22 juin, un dimanche, devait avoir lieu l'inauguration du lac des Jeunesses communistes. Son aménagement avait pris un temps fou… jusqu'à notre école qui avait participé pour ça à des samedis communistes[1]. J'étais fermement décidée à être dans les premières à m'y baigner. Normal, non ?

Le matin, nous achetions toujours des petits pains chauds. C'est moi qui en étais chargée. En chemin, ce jour-là, j'ai croisé une amie qui m'a annoncé que la guerre avait éclaté. Il y avait plein de jardins dans notre rue, les maisons étaient noyées de fleurs. Je me suis dit : « Quelle guerre ? Qu'est-ce qu'elle a été inventer ? »

Chez nous, papa était en train d'allumer le samovar. Je n'ai pas eu le temps de lui raconter quoi que ce soit, que déjà les voisins accouraient. Un mot était sur toutes les lèvres : « La guerre ! La guerre ! » Le lendemain, à sept heures, l'ordre de mobilisation de mon frère aîné est arrivé. Dans la journée, il a fait un saut à son travail, il a réglé ses affaires et demandé son compte. Il a apporté sa paie à la maison et a dit à maman : « Je pars au front. Là-bas, je n'aurai besoin de rien. Tiens, tu offriras un manteau neuf à Katia. » Moi, j'allais entrer dans les grandes classes et je rêvais d'un manteau bleu, avec un col d'astrakan gris. Mon frère le savait bien…

Je n'ai jamais oublié qu'en partant pour le front il avait voulu me payer un manteau. Nous vivions modestement, le budget familial était serré. Mais ma mère me l'aurait acheté, ce manteau, puisque mon

1. Samedis durant lesquels la population était appelée à prendre part bénévolement à des travaux d'intérêt général.

frère le lui avait demandé. Elle n'en a pas eu le temps…

À Minsk, les bombardements ont commencé. On a déménagé, avec maman, dans la cave des voisins. J'avais une petite chatte que j'adorais, très peureuse : elle ne quittait jamais notre cour. N'empêche qu'aux premiers bombardements, quand j'ai couru chez les voisins, elle m'a suivie. Je voulais qu'elle retourne chez nous. Rien à faire, elle ne me lâchait pas ! Sans doute qu'elle avait peur de rester seule, elle aussi… Les bombes allemandes tombaient avec un bruit particulier. J'étais une enfant assez musicienne et ces sons me faisaient un effet terrible. Tellement même que j'en avais les mains moites. Il y avait avec nous dans la cave un petit garçon du voisinage, âgé de quatre ans. Il ne pleurait pas pendant les bombardements. Simplement, ses yeux devenaient très, très grands.

D'abord, des maisons isolées ont brûlé. Puis la ville entière a pris feu. Regarder un feu de bois, on aime tous ça, mais quand une maison est en flammes, ça fait peur. Là, l'incendie était partout, la fumée emplissait le ciel et les rues. Et, par endroits, cette lumière insoutenable… le feu… Je revois trois fenêtres ouvertes d'une maison en bois, avec, sur le rebord, de somptueux cactus. La maison avait été désertée par ses occupants, mais les cactus fleurissaient. On avait l'impression que c'étaient des flammes vives, et non des fleurs rouges. Oui, les fleurs brûlaient…

Ç'a été le sauve-qui-peut.

Sur les routes, les villageois nous donnaient du pain et du lait, ils n'avaient rien d'autre. Et nous n'avions pas d'argent. J'avais quitté la maison avec un châle léger, maman, elle, Dieu sait pourquoi, était en manteau chaud, chaussée d'escarpins à hauts talons. On nous donnait à manger comme ça, pour rien, personne ne parlait jamais d'argent. Il y avait des flots de réfugiés.

Ensuite, quelqu'un a prévenu que la route était coupée par les motocyclistes allemands. On a donc repris notre fuite en sens inverse, repassant par les mêmes villages, retrouvant les mêmes braves paysannes et leurs mêmes cruches de lait. On a fini par arriver dans notre rue… Quelques jours plus tôt, tout était vert et fleuri, à présent tout était calciné. Il ne restait même plus rien des tilleuls séculaires. Tout avait été réduit en une sorte de sable jaune. La terre noire et fertile où tout poussait avait disparu, ne laissant que ce sable jaune, jaune… Rien que du sable. On se serait crus au bord d'une tombe fraîchement creusée.

Il y avait aussi les hauts-fourneaux des usines, à présent chauffés à blanc par la fournaise. Plus rien de familier… La rue était en cendres. Des grands-mères et des grands-pères avaient été la proie des flammes, ainsi que de nombreux petits-enfants qui n'étaient pas partis avec les autres : on pensait que l'ennemi n'oserait pas s'attaquer à eux. Le feu n'avait épargné personne. On faisait quelques pas et on voyait un cadavre noirci : donc, c'était un vieillard calciné. Et si, de loin, on apercevait une petite chose rose, c'était un enfant : ils gisaient, tout roses, parmi les cendres…

Maman a ôté son foulard et m'en a couvert les yeux. On est allés comme ça jusqu'à l'endroit où se trouvait notre maison. Il n'y avait plus de maison. On a été accueillis par notre chatte, miraculeusement rescapée. Elle s'est serrée contre moi, rien d'autre. Personne ne pouvait prononcer un mot. La chatte ne miaulait pas, elle est restée muette plusieurs jours. Muets, on l'était tous.

Puis j'ai vu les premiers nazis ou, plutôt, je les ai entendus : ils portaient tous des bottes ferrées qui résonnaient très fort. Elles claquaient sur le pavé de nos rues. Et moi, il me semblait que, lorsque ces hommes marchaient, la terre elle-même avait mal.

Les lilas, pourtant, étaient si beaux, cette année-là. Les merisiers aussi…

« Je veux toujours ma maman… »

Zina Kossiak, huit ans.
Coiffeuse.

L'année 41…

Je venais de terminer ma première année d'école et mes parents m'avaient envoyée pour l'été au camp de pionniers de Gorodichtche, près de Minsk. Je suis arrivée, je me suis baignée une fois et, deux jours plus tard, c'était la guerre. On a entrepris de nous évacuer du camp. On nous a mis dans un train et on est partis. Des avions allemands nous survolaient et nous, on criait : « Hourra ! » On ne pouvait pas imaginer que ce n'étaient pas les nôtres. Jusqu'au moment où ils ont lâché des bombes… Alors, toutes les couleurs, toutes les teintes ont disparu. Un mot nouveau est apparu : « mort », un mot incompréhensible, que tous répétaient. Et papa et maman qui n'étaient pas là !

Au moment de quitter le camp, chacun de nous avait reçu un petit quelque chose dans une taie d'oreiller : du gruau, du sucre… Les plus petits n'avaient pas été oubliés, personne n'était parti les mains vides. On avait voulu emporter le plus de ravitaillement possible, et on prenait grand soin de ce qu'on avait. Seulement, dans le train, on a vu des soldats blessés.

Ils gémissaient tellement ils avaient mal, et on avait envie de tout leur donner. On appelait ça : « nourrir les papas ». Car tout homme en uniforme était pour nous un « papa ».

On nous a dit qu'il y avait eu le feu à Minsk, que toute la ville avait brûlé, que les Allemands s'y trouvaient déjà et qu'on se dirigeait vers l'arrière, là où il n'y avait pas de guerre.

Le voyage a duré plus d'un mois. On nous envoyait vers une ville mais, quand on y arrivait, on ne pouvait pas y rester parce que les Allemands étaient déjà tout proches. C'est comme ça qu'on est allés jusqu'en Mordovie.

C'était un très bel endroit, avec plein d'églises. Les maisons étaient basses et les églises hautes. On ne savait pas où dormir, alors on s'est couchés dans la paille. Et quand ç'a été l'hiver, on n'avait qu'une paire de souliers pour quatre. Ensuite, on n'a plus eu à manger. On n'était pas les seuls à avoir faim, nous autres de la maison d'enfants, tout le monde était dans le même cas parce qu'on donnait tout pour le front. Un jour, on a sonné la cloche du déjeuner, mais on n'avait vraiment plus rien à se mettre sous la dent. Les monitrices et le directeur étaient là, à la cantine, à nous regarder, et ils avaient les yeux pleins de larmes. On avait un cheval, Maïka. Il était vieux et tellement gentil, on l'utilisait pour aller chercher l'eau. Le lendemain, on a abattu Maïka. Et on a distribué à chacun d'entre nous de l'eau et un tout petit bout de Maïka… Sans nous dire ce que c'était : on n'aurait pas pu l'avaler. Et puis quoi encore ? C'était l'unique cheval de notre maison d'enfants. Il y avait aussi deux chats faméliques. De vrais squelettes ambulants ! Une fameuse chance, on a pensé par la suite, quand on a été au courant pour Maïka : maigres comme ils étaient, ces pauvres chats, on n'aurait pas à les manger.

On avait tous des ventres énormes. Moi, je pouvais avaler un seau entier de soupe sans être rassasiée, parce ça n'était que de l'eau. On m'en versait, en veux-tu en voilà, je n'en avais jamais assez. C'est la nature qui nous sauvait, on était des genres de ruminants. Au printemps, dans un rayon de plusieurs kilomètres autour de la maison d'enfants, il n'y avait pas un seul arbre en fleur : on avait liquidé tous les bourgeons, arraché la jeune écorce. On mangeait de l'herbe, tout ce qui poussait jusqu'au moindre brin. On nous avait donné des sortes de cabans dans lesquels on avait aménagé des poches. On les remplissait d'herbe, on en avait toujours sur nous, à mâchonner. L'été, on s'en sortait à peu près, mais l'hiver, ça devenait très difficile. Les petits – on était une quarantaine – étaient à part des autres. Chaque nuit, c'étaient des pleurs, des hurlements. On appelait nos parents. Les moniteurs et les instits évitaient de prononcer devant nous le mot « maman ». Ils nous racontaient des histoires, choisissant des livres où ce mot ne figurait pas. Il suffisait que quelqu'un le laisse échapper pour que ce soient aussitôt des hurlements. On ne pouvait plus nous calmer.

J'ai repris l'école en première année. Ça s'était fait comme ça : j'avais fini ma première année à Minsk, avec les félicitations. Mais quand, à la maison d'enfants, on nous avait demandé qui devait repasser les examens, j'avais dit : « moi ! » parce que je pensais que j'aurais de nouveau des félicitations. En troisième année, je me suis enfuie de la maison d'enfants pour aller chercher ma mère. C'est pépé Bolchakov qui m'a trouvée, affamée et sans forces, dans la forêt. Je lui ai raconté que je venais de la maison d'enfants et il m'a gardée chez lui. Il vivait seul avec sa femme. Auprès d'eux, j'ai repris des forces et j'ai bientôt pu les aider : je ramassais l'herbe, je sarclais les pommes de terre, je faisais tout. On avait du pain à manger, mais fabriqué de telle sorte qu'on avait l'impression que ce n'était pas vraiment du pain. Il avait un goût amer. On mélangeait à la farine tout ce qui pouvait se moudre : de l'arroche, des fleurs de noisetier, des patates. Aujourd'hui encore, je ne peux rester indifférente à une bonne herbe grasse et je me bourre de pain. Je n'en suis jamais rassasiée… Des dizaines d'années après…

C'est bizarre, tous ces souvenirs… J'en ai encore des tas…

Je me rappelle une petite fille devenue folle qui avait réussi à se faufiler dans un potager. Elle avait repéré un petit terrier et y guettait une souris. Elle aussi avait faim. Je revois son visage et même son sarafane[1]. Une fois, je suis allée lui parler et elle m'a raconté pour la souris… Alors, je suis restée avec elle, à guetter…

J'ai passé la guerre à attendre et à répéter que quand ce serait terminé, on attellerait le cheval, avec pépé, et on irait chercher maman. Des évacués passaient parfois. Je demandais à tout le monde : « Vous n'avez pas vu ma maman ? » Ils étaient nombreux, si nombreux même que, dans chaque maison, il y avait en permanence une marmite de soupe d'orties toute chaude. Si des gens débarquaient, ils pouvaient au moins avaler quelque chose. On n'avait rien d'autre à offrir. Mais la marmite de soupe était toujours là, dans toutes les maisons. Ça, je m'en souviens. C'est moi qui cueillais les orties.

1. Petite robe dont la taille n'est pas marquée.

La guerre a pris fin… J'attends un jour, deux, personne ne vient me chercher. Maman ne se montre pas. Pour papa, c'est différent, je sais qu'il est à l'armée. Je patiente encore deux semaines, je n'en peux plus. Je me faufile dans un train, me planque sous une banquette, et en route ! Vers quelle destination ? Je n'en avais pas la moindre idée. Je pensais – je raisonnais encore comme une enfant – que tous les trains allaient à Minsk. Et j'étais sûre que maman m'y attendait ! Papa nous rejoindrait ensuite… en héros ! Avec plein de médailles et de décorations.

Ils avaient été tués dans les bombardements… Plus tard, les voisins m'ont raconté : ils étaient partis tous deux me chercher. Ils s'étaient précipités à la gare…

J'ai aujourd'hui cinquante et un ans, je suis mère de famille. Il n'empêche que je veux toujours ma maman…

« De si beaux jouets allemands… »

Thaïs Nasvetnikova, sept ans.
Institutrice.

À la veille de la guerre…

Comment je me revois ?… C'était bien : le jardin d'enfants, les matinées enfantines, notre cour d'immeuble. Les copains, les petites amies. Je lisais beaucoup, j'avais peur des vers de terre et j'aimais les chiens. Nous habitions Vitebsk, mon père travaillait à la Direction du bâtiment. Mon meilleur souvenir d'enfance ? Quand mon père m'a appris à nager dans la Dvina.

Ensuite, il y a eu l'école dont je garde ces images : un très grand escalier, un mur transparent, en verre, et beaucoup, beaucoup de soleil et de joie. Le sentiment que la vie est une fête…

Dès les premiers jours de la guerre, papa est parti pour le front. Je revois nos adieux à la gare. Il voulait à toute force convaincre maman qu'à eux tous ils auraient tôt fait de repousser les Allemands, mais que nous devions quand même être évacuées. Maman ne comprenait pas pourquoi. Si nous restions chez nous, il nous retrouverait plus vite. Tout de suite, en fait…

Moi, je répétais sans arrêt : « Mon petit papa, tu reviendras bientôt, hein ? Mon petit papa… »

Papa est parti, et nous aussi, quelques jours plus tard. Tout le temps du voyage, notre train a été bombardé : c'était facile, les convois pour l'arrière se suivaient, à cinq cents mètres de distance. On n'avait que le strict minimum : maman une robe légère de satin à pois blancs, moi un sarafane d'indienne rouge, à fleurs. Les adultes disaient que le rouge se voyait très bien d'en haut et, au moindre raid, tout le monde plongeait dans les buissons ; quant à moi, on me recouvrait avec ce qu'on avait sous la main pour que mon sarafane n'attire pas trop l'œil. Sans ça, j'étais comme une lanterne…

On buvait l'eau des mares et des fossés. Les gens commençaient à avoir de sérieux troubles intestinaux. J'ai été malade, moi aussi… Trois jours et trois nuits sans reprendre conscience… Plus tard, maman m'a raconté comment j'avais été sauvée. Alors que nous étions arrêtés à Briansk, un convoi militaire est arrivé sur la voie d'à côté. Ma mère avait vingt-six ans, elle était très jolie. Nous avons été immobilisés longtemps. Maman est sortie du wagon et un officier du train voisin lui a fait un compliment. Elle lui a répondu : « Laissez-moi tranquille, je ne supporte pas vos sourires, ma fille est en train de mourir. » C'était un médecin militaire. Il a bondi dans notre wagon, m'a examinée, a appelé un de ses camarades : « Apporte du thé en vitesse, des biscuits et de la belladone ! » Et voilà, ce sont ces biscuits de l'armée, un litre de thé fort et quelques comprimés de belladone qui m'ont sauvé la vie…

Tandis que nous faisions route vers Aktioubinsk, tout notre train est tombé malade. Nous, les gosses, on nous interdisait d'aller là où on mettait les morts, les tués, on nous épargnait ce spectacle. Ça ne nous empêchait pas d'entendre des choses : à tel endroit, on en avait mis tant à la fosse, et tant à tel autre… maman arrivait, toute pâle, elle avait les mains qui tremblaient. Moi, je n'arrêtais pas de demander : « Ils sont où, tous ces gens ? »

Je ne me rappelle aucun paysage ; ça m'étonne, parce que j'aimais la nature. Je ne revois que les buissons où nous nous cachions. Des combes, aussi. On aurait dit qu'il n'y avait pas de forêt, rien que de la plaine, un désert. Une fois, j'ai eu la peur de ma vie. Après ça, je ne craignais plus aucun bombardement. Personne ne nous avait dit que le train allait s'arrêter dix minutes, un quart d'heure. Une courte halte. Tout à coup, il est reparti et… je me suis retrouvée seule. Je ne sais plus qui m'a attrapée. On m'a littéralement jetée dans un wagon, mais ce n'était pas le nôtre… C'était l'avant-dernier, je crois. Là, pour la première fois, j'ai eu vraiment peur de rester toute seule, peur que maman s'en aille sans moi. Tant qu'elle était près de moi, je n'avais peur de rien. Là, j'étais muette de terreur. Et, jusqu'à ce que maman arrive en courant, jusqu'à ce qu'elle me prenne dans ses bras, je n'ai pas ouvert la bouche, personne n'a pu tirer un mot de moi. Maman était tout mon monde. Mon univers. Au point que, quand j'avais mal quelque part, il suffisait qu'elle me prenne par la main pour que j'aille mieux. La nuit, je dormais tout contre elle, plus je me serrais, moins j'avais peur. Avec maman à proximité, j'avais l'impression que tout était comme avant, à la maison ; il suffisait alors de fermer les yeux, et il n'y avait plus de guerre. Maman, toutefois, n'aimait pas parler de la mort. Et moi, je n'arrêtais pas de poser des questions…

D'Aktioubinsk, on est allé à Magnitogorsk où vivait le frère de papa. Avant la guerre, il avait une grande famille, avec plein d'hommes. Quand nous sommes arrivées, il n'y avait plus que des femmes. Les hommes étaient tous à la guerre. À la fin de 41, on a reçu deux avis de décès : les fils de mon oncle…

De cet hiver-là, je me rappelle aussi l'épidémie de varicelle qui a frappé mon école. Et je revois mon pantalon rouge… Avec ses tickets de rationnement, maman avait pu dénicher un coupon de bayette bordeaux dont elle m'avait fait un pantalon. À l'école, tout le monde se moquait de moi : « cul rouge, cul rouge ! » Ça me vexait terriblement. Juste après, on a eu des tickets pour des caoutchoucs. Je les ficelais comme je pouvais et je me baladais comme ça. Ça frottait, j'avais des ampoules et il fallait que je mette un genre de semelle pour que ça aille mieux. L'hiver était si froid cette année-là que j'avais toujours les mains et les pieds gelés. À l'école, le chauffage tombait souvent en panne, dans les classes il y avait de la glace par terre et on faisait des glissades entre les pupitres. On ne quittait pas nos manteaux ni nos moufles, on prévoyait juste un trou pour tenir le porte-plume. Je me souviens que tout le monde lisait… Énormément… Je n'ai jamais vu ça… On a épuisé la bibliothèque pour enfants et adolescents. Alors, on nous a autorisés à lire des livres pour les grands. Les autres filles avaient la frousse, même les garçons n'aimaient pas trop : ils sautaient les pages où il était question de morts. Moi, je les lisais…

La neige s'est mise à tomber, à tomber… Les enfants se sont précipités au-dehors pour faire un bonhomme de neige. Moi, je me demandais comment il était possible de faire des bonhommes de neige, alors que c'était la guerre.

Les grands écoutaient tout le temps la radio, ils ne pouvaient pas s'en passer. Pareil pour nous. On fêtait le moindre coup de feu à Moscou, on « vivait » littéralement toutes les informations : où en était le front ? La résistance ? Les partisans ? Des films passaient sur la bataille de Stalingrad ou de Moscou. On les voyait quinze, vingt fois. Il arrivait qu'il y ait trois projections de suite : on n'en manquait aucune. Ça avait lieu à l'école, il n'y avait pas de salle de cinéma spéciale. La séance se déroulait dans le couloir, nous, on était assis par terre. On restait comme ça deux, trois heures. J'étais fascinée par la mort. Ma mère me grondait pour ça. Elle allait voir des médecins, leur demandait pourquoi j'étais ainsi… pourquoi je m'intéressais à des trucs qui n'étaient pas de mon âge. Et comment faire pour que je change…

Je me suis remise à lire des contes… Des contes pour enfants. Mais, là encore, qu'est-ce qui se passait ? Ça se massacrait… Le sang coulait… Pour moi, c'était une découverte…

Fin 44… Je vois les premiers prisonniers allemands. Ils marchent, formant une large colonne. Ce qui me frappe le plus, c'est que les gens s'approchent pour leur donner du pain. Je suis si effarée que je file trouver ma mère à son travail : « Pourquoi il y a des gens qui donnent du pain aux Allemands ? » Ma mère ne répond rien, elle se met juste à pleurer.

C'est là aussi que j'ai vu mon premier mort, en uniforme allemand. Il avait marché, marché dans la colonne et, tout à coup, il est tombé. La colonne s'est arrêtée un instant, puis elle est repartie. On a posté à côté de lui un de nos soldats. Moi, j'ai foncé : je voulais regarder la mort de près… On était tellement contents, chaque fois que la radio parlait des pertes allemandes !… Mais tout ce que j'ai vu, c'est quelqu'un qui avait l'air de dormir… Il n'était même pas couché, juste assis, ratatiné, la tête inclinée vers l'épaule. Je ne savais pas si je devais le haïr ou le plaindre. C'était l'ennemi. Notre ennemi ! Je ne me rappelle plus s'il était jeune ou vieux, il avait l'air si fatigué. C'est pour ça que j'avais du mal à le détester. Ça aussi, j'en ai parlé à maman. Et elle s'est remise à pleurer.

Le 9 mai, on a été réveillés par quelqu'un qui hurlait. Il était très tôt. Maman est allée aux nouvelles, elle est revenue en courant, complètement retournée : « La victoire ! Est-ce possible ? » C'était tellement extravagant : la guerre était finie, une si longue guerre. Les uns pleuraient, d'autres riaient, d'autres encore criaient. Ceux qui avaient perdu des proches pleuraient, mais ils se réjouissaient quand même parce que c'était la victoire. On s'est tous réunis dans un appartement, apportant, qui une poignée de sarrasin, qui quelques pommes de terre, qui des betteraves. Jamais je n'oublierai ce jour. Ou plutôt ce matin… Dans la soirée, ce n'était déjà plus pareil…

Pendant la guerre, bizarrement, tout le monde parlait doucement, j'avais toujours l'impression qu'on chuchotait. Là, brusquement, on donnait de la voix. Nous, les enfants, on était tout le temps avec les grands, qui nous gâtaient, nous dorlotaient, puis nous mettaient dehors : « Allez faire un tour, c'est la fête ! », avant de nous rappeler auprès d'eux. Jamais nous n'avons été autant embrassés, cajolés que ce jour-là.

N'empêche, j'ai de la chance, parce que mon père est rentré vivant de la guerre. Il me rapportait de beaux jouets. Des jouets allemands. Je n'arrivais pas à comprendre comment il pouvait exister de si beaux jouets allemands…

Avec mon père aussi, j'ai essayé de parler de la mort. Des bombardements, quand nous avions été évacuées, avec maman. De comment, de part et d'autre de la voie, il y avait des soldats à nous, morts. Le visage masqué par des branches. Et des mouches qui bourdonnaient tout autour… Des nuées de mouches. Je lui ai parlé de l'Allemand mort… Et du père d'une de mes amies qui était rentré de la guerre et mort quelques jours après. D'une maladie de cœur. C'était inconcevable : mourir à la fin de la guerre, alors que tout le monde était si content !

« Une poignée de sel, voilà tout ce qui restait de notre maison… »

Micha Mayorov, cinq ans.
Docteur en agronomie.

Pendant la guerre, j'aimais les rêves que je faisais, la nuit… J'aimais rêver de la paix, de la vie que nous menions avant-guerre.

Mon premier rêve…

Grand-mère a fini son ménage… Moi, je n'attendais que ça. La voici qui rapproche la table de la fenêtre, elle y étend du tissu, le recouvre d'ouate, pose par-dessus un autre morceau de tissu et entreprend de piquer une nouvelle couverture. J'ai aussi ma part de travail : grand-mère fixe un des côtés de la couverture avec des petits clous auxquels elle attache des cordons qu'elle a d'abord frottés à la craie. Moi, je tire à l'autre bout : « Vas-y, Michenka, plus fort ! » m'encourage-t-elle. Alors, je tire. Elle lâche, et paf ! on a une rayure à la craie sur le satin rouge ou bleu foncé. Les raies s'entrecroisent, ça fait des petits losanges le long desquels courent des piqûres de fil noir. Opération suivante : grand-mère dispose des bouts de papiers découpés (aujourd'hui, on appelle ça des pochoirs) et un dessin apparaît sur le bâti de la couverture. C'est drôlement joli et intéressant. Grand-mère a des doigts de fée, pour les chemises elle n'a pas sa pareille, surtout les cols. Sa machine à coudre Singer continue de fonctionner même quand je dors. Et quand mon grand-père dort aussi.

Deuxième rêve…

Grand-père fait le cordonnier. Là aussi, j'ai ma part de travail : je dois affûter les chevilles de bois. À présent, toutes les semelles sont fixées par des clous métalliques, mais ça rouille et la semelle ne tient pas longtemps. Peut-être qu'à l'époque, aussi, c'étaient des clous métalliques, mais moi, je revois du bois. Dans une vieille bille de bouleau bien lisse, il fallait découper des cercles à la scie, les mettre à sécher sous l'auvent, puis les débiter en petits morceaux d'environ trois centimètres d'épaisseur et d'une dizaine de centimètres de longueur, qu'on faisait sécher eux aussi. À partir de ces petits bouts de bois, il était aisé de fabriquer des têtes de chevilles de deux ou trois millimètres d'épaisseur. Le ciseau du cordonnier est drôlement affûté et il n'est pas bien compliqué de tailler ces petits disques : on prend appui sur l'établi et, tchic d'un côté, tchac de l'autre, ça devient une cheville. Ensuite, à l'aide de son allène de cordonnier, grand-père perce un trou dans la semelle de la botte, il enfonce une cheville… Un coup de son petit marteau, et hop ! la cheville est en place. On en met sur deux rangées, de ces chevilles, c'est plus joli et, bien sûr, autrement plus résistant : tout secs, les petits clous de bouleau gonflent sous l'effet de l'humidité et tiennent encore plus solidement la semelle, qui ne risque pas de se détacher avant d'être complètement usée.

Grand-père recousait aussi les bottes de feutre ou, plutôt, il en doublait la semelle et on pouvait les porter telles quelles, sans caoutchoucs. Ou encore, il renforçait de cuir l'arrière de la botte de feutre, pour que ça ne frotte pas trop dans les caoutchoucs. Moi, mon travail c'était de tordre le fil de lin, de l'enduire de poix, de passer le ligneul à la cire et de l'enfiler dans l'aiguille. Seulement, une aiguille de cordonnier, c'était précieux, c'est pour ça que grand-père utilisait le plus souvent une soie, une soie ordinaire de sanglier. Le sanglier, ça n'était pas obligatoire, mais les autres poils étaient moins durs. Des soies, grand-père en avait tout un bouquet. On pouvait s'en servir pour coudre les semelles ou pour fixer une petite pièce à un endroit malcommode : la soie était souple et se glissait partout.

Troisième rêve...

Des grands montent un théâtre dans une grange voisine. Dans la pièce, il est question de gardes-frontières et d'espions. Le billet est à dix kopecks mais je n'ai pas le sou et on me refuse l'entrée. Je me mets à hurler : je veux, moi aussi, « voir la guerre ». En douce, je risque un coup d'œil dans la grange : les « gardes-frontières » ont de vrais uniformes. Le spectacle est époustouflant...

Ensuite, mes rêves s'interrompent...

Je ne tarde pas à voir de vrais uniformes chez nous... Grand-mère donne à manger à des soldats fatigués et couverts de poussière, qui disent : « Les Boches arrivent ! » Je ne lâche plus ma grand-mère : « Ils sont comment, les Boches ? »

On charge des balluchons dans une télègue et on m'installe par-dessus... Nous partons je ne sais où... Puis nous rentrons... Les Allemands sont chez nous ! Ils ressemblent à nos soldats, simplement, leur uniforme est différent et ils rigolent tout le temps. À présent, avec maman et grand-mère, on vit derrière le poêle ; grand-père, lui, est à la grange. Grand-mère ne pique plus de couvertures, grand-père ne fait plus le cordonnier. Un jour, j'écarte le rideau : dans le coin près de la fenêtre, un Allemand, avec des écouteurs, tripote les boutons d'une radio. On entend de la musique, puis, très nettement, du russe… Pendant ce temps, un autre Allemand se fait une tartine de beurre. Il m'aperçoit, me brandit son couteau sous le nez. Je lâche aussitôt le rideau et ne sors plus de derrière le poêle.

Devant notre maison passe un homme que l'on emmène, vêtu d'une vareuse brûlée ; il va, pieds nus, les mains attachées par du fil de fer barbelé. Il est tout noir… Je le revois un peu plus tard, pendu près du soviet rural. Il paraît que c'était un de nos aviateurs. La nuit, je rêve de lui. Dans mon rêve, il est pendu dans notre cour…

Souvenir de ce temps… tout m'apparaît en noir : les tanks, les motos, les soldats allemands dans leurs uniformes. Je ne suis pas certain que ce soit la réalité, mais c'est comme ça que je me le rappelle. Comme ça que c'est resté gravé dans ma mémoire… Un film en noir et blanc… À l'époque, je n'allais pas encore à l'école, mais je savais lire et compter. Je comptais les tanks, il y en avait beaucoup, tellement même que la neige devenait noire.

… On m'emmitoufle dans un truc noir, lui aussi, et nous partons nous cacher dans les marais. Tout un jour et toute une nuit. La nuit est froide. Des oiseaux inconnus poussent des cris terribles. La lune semble éclairer très fort. Ça fait peur ! Si les bergers allemands nous voyaient ou nous entendaient ? Leurs aboiements rauques résonnent parfois. Au matin, on reprend le chemin de la maison. J'ai hâte de rentrer. Tout le monde veut rentrer au chaud. Mais il n'y a plus de maison, rien qu'un amas de tisons fumants.

Tout est calciné… Près de ce gigantesque foyer, nous trouvons au milieu des cendres une boule de sel : on la gardait près du four. Nous récupérons soigneusement le sel, puis de la terre mêlée de sel, et nous versons le tout dans un pot. C'est tout ce qui reste de notre maison.

Grand-mère ne dit rien sur le moment, puis, la nuit, elle se met à hurler : « Ma maison ! Ma jolie maison ! Maison de mon père… Maison de mes noces… Maison où mes petits ont vu le jour… » Elle erre comme une âme en peine dans notre cour toute noire.

Au matin, j'ouvre les yeux : on a dormi à même le sol. Dans notre potager…

« J'ai embrassé tous les portraits de mon manuel… »

Zina Chimanskaïa, onze ans.
Caissière.

Songer au passé me fait sourire… Un sourire d'étonnement : comment croire que tout cela me soit arrivé, à moi ?

Le jour où la guerre a éclaté, on était allé au cirque. La famille au complet. En matinée. On ne se doutait de rien. Vraiment… Tous étaient déjà au courant, sauf nous. On a applaudi. On a ri. Il y avait un gros éléphant. Énorme ! Des singes dansaient… Et pendant ce temps-là… La foule des spectateurs est ressortie, toute joyeuse, mais, dans les rues, les gens étaient en larmes. « C'est la guerre », qu'ils disaient. Nous, les gosses : « Hourra ! » On était tout contents. On allait montrer de quoi on était capables, on donnerait un coup de main à nos vaillants combattants. On deviendrait des héros. Je raffolais des récits de guerre. Les batailles, les exploits… Je faisais un tas de rêves… Je me voyais, me penchant sur un combattant blessé, le tirant de la fumée… des flammes… Chez moi, j'avais tapissé tout le mur, au-dessus de mon petit bureau, de photos de guerre découpées dans les journaux. Il y avait Vorochilov, Boudionny…

Ma meilleure amie et moi, on avait même voulu partir en douce pour se battre contre la Finlande ; nos copains, eux, c'était la guerre d'Espagne. En tout cas, la guerre, on la voyait comme l'événement le plus palpitant d'une vie. La plus grande aventure. On en rêvait, on était des gosses de notre temps. De braves gosses ! Ma meilleure amie se baladait toujours avec une vieille *boudionovka*[1] sur la tête. Je ne sais plus où elle l'avait prise, mais c'était son bonnet préféré. Comment on était allées à la guerre ? Je vais vous le dire… D'abord, elle avait passé la nuit chez moi. Exprès, bien sûr… Et le matin, à l'aube, on avait filé sans faire de bruit. Sur la pointe des pieds… Chut !… On avait pris des vivres. Mon grand frère qui, apparemment, nous surveillait depuis quelques jours, avait remarqué nos conciliabules et s'était aperçu que nous préparions discrètement des sacs. Il nous a rattrapées dans la cour et obligées à revenir. On a eu droit à un sacré savon, il a menacé de jeter tous les récits de guerre de ma bibliothèque. J'ai pleuré toute la journée. Voilà le genre de gamines qu'on était !

Mais là, c'était la vraie guerre…

Une semaine plus tard, les Allemands entraient dans Minsk. Eux, je ne me les rappelle pas tout de suite. Je revois leur matériel. De gros véhicules, de grosses motos. Des comme ça, on n'en avait pas, on n'en avait même jamais vu… Les gens étaient brusquement sourds

1. Bonnet à bout pointu porté pendant la guerre civile par les soldats de l'Armée rouge. Ainsi nommé par référence à Boudionny, commandant la 1re armée de cavalerie pendant la guerre civile et la guerre russo-polonaise.

et muets. Ils avaient les yeux écarquillés de peur… Sur les palissades et les poteaux sont apparus des affiches et des tracts étrangers. Des instructions étrangères. Un « nouvel ordre » s'instaurait. Après quelque temps, les écoles ont rouvert. Ma mère a décrété que, bon, c'était pas parce qu'il y avait la guerre qu'il fallait arrêter de s'instruire. Et voilà qu'au premier cours la prof de géo, celle qu'on avait avant la guerre, commence à parler contre le pouvoir soviétique. Contre Lénine. Du coup, je me dis qu'il est hors de question que je reste dans cette école. Non et non !… Je refuse !… En rentrant à la maison, j'embrasse tous les portraits de mon manuel… Tous ces portraits adorés…

Les Allemands faisaient irruption dans les appartements, ils cherchaient tout le temps des gens. Des juifs, des partisans… maman m'a dit : « Cache ton foulard de pionnier. » Dans la journée, j'obéissais mais, la nuit, au moment de me coucher, je le mettais. Maman avait peur : et si les Allemands venaient cogner à la porte en pleine nuit ? Elle voulait à toute force m'en empêcher. Moi, je pleurais. J'attendais qu'elle s'endorme, que tout soit calme à la maison et dans la rue. Et je sortais mon foulard rouge de l'armoire, ainsi que mes livres soviétiques. Ma copine faisait pareil. Elle avait gardé sa *boudionovka*.

Aujourd'hui, j'en suis la première étonnée : est-ce que c'était vraiment moi ?

« Je l'ai ramassée de mes propres mains… Elle était blanche, toute blanche… »

Genia Selenia, cinq ans.
Journaliste.

Ce dimanche-là… 22 juin…

On est allés aux champignons, avec mon frère. C'était la saison des gros cèpes. On avait un petit bois tout près, on en connaissait le moindre fourré, la moindre clairière, on savait quels champignons y poussaient, quelles baies et quelles fleurs. On savait où trouver l'épilobe ou le millepertuis jaune. La bruyère bleue…

On rentrait chez nous, quand on a entendu un bruit de tonnerre. Ça venait du ciel… On a levé la tête : au-dessus de nous, douze ou quinze avions… Ils volaient haut, très haut, et je me suis dit qu'avant nos avions ne volaient pas aussi haut. On entendait un vrombissement : « rrrr… ».

À ce moment-là, on a vu maman qui courait vers nous : elle pleurait, elle avait l'air toute perdue, sa voix était saccadée. C'est l'impression qui me reste du premier jour de la guerre : maman ne nous appelle pas gentiment, comme d'habitude, elle crie : « Mes petits ! Mes petits enfants ! » Elle a de grands yeux qui lui mangent tout le visage…

Deux jours plus tard ou à peu près, un groupe de soldats de l'Armée rouge arrive dans notre ferme. Ils sont couverts de poussière, en sueur, les lèvres sèches et ils se précipitent sur l'eau de notre puits... On aurait dit qu'ils revivaient brusquement. Et comme leurs visages se sont éclairés quand ils ont vu dans le ciel quatre de nos avions ! On a tous remarqué qu'ils portaient des étoiles rouges. Des étoiles bien visibles... On a crié avec les soldats : « C'est nos avions ! Nos avions ! » Et c'est là qu'on a vu débouler des petits avions noirs qui se sont mis à tourner autour des nôtres, avec des craquements, des grondements... Comme si quelqu'un déchirait une toile cirée ou un tissu... en plus fort. Je ne savais pas encore que, de loin ou d'en haut, les rafales de mitrailleuses produisaient ce son-là. En tombant, nos avions laissaient des bandes rouges de feu et de fumée. Badaboum ! Nos soldats étaient figés, ils pleuraient, sans honte. C'était la première fois... la première fois que je voyais pleurer des soldats de l'Armée rouge. Dans les films de guerre qui passaient dans notre village, ils ne pleuraient jamais.

Ensuite... quelques jours plus tard... la sœur de ma mère, tante Katia, est arrivée du village des Kabaki. Toute noire, affreuse à voir. Elle a raconté que les Allemands étaient venus par chez eux, qu'ils avaient réuni les activistes, les avaient menés hors du village et mitraillés. Parmi eux, le frère de maman, député au soviet rural. Un vieux communiste.

J'entends encore les paroles de tante Katia :

« Ils lui ont démoli la tête. J'ai ramassé sa cervelle de mes propres mains... Elle était blanche, toute blanche... »

Elle a passé deux jours chez nous. À raconter... à répéter sans arrêt la même chose... Durant ces deux jours, ses cheveux sont devenus tout blancs. Et tandis que maman était assise à côté d'elle et la tenait dans ses bras en pleurant, je lui caressais la tête. J'avais peur…

… Peur que maman devienne toute blanche, elle aussi…

« Je veux vivre ! Vivre !... »

Vassia Kharevski, quatre ans.
Architecte.

Toutes ces images, toutes ces flammes... C'est ma richesse... C'est inouï d'avoir vécu ça...

Personne ne me croit... Ma mère n'y croyait pas non plus... Quand on en reparlait, après-guerre, elle s'étonnait : « Tu ne peux pas te le rappeler, tu étais trop petit. On te l'aura raconté... »

Mais non, je me souviens de tout...

Des bombes explosent, moi, je m'agrippe à mon grand frère : « Je veux vivre ! Vivre ! » J'ai peur de mourir. Pourtant, qu'est-ce que je peux savoir de la mort, hein ?

Je me souviens de tout...

Maman nous donne, à mon frère et à moi, les deux dernières pommes de terre. Elle, elle se contente de nous regarder manger. Tous deux, on sait que ce sont les dernières. Je veux lui en laisser... un petit bout. Mais je ne peux pas. Mon frère non plus... Et on a honte. Affreusement honte.

Oui, je me souviens...

L'arrivée du premier de nos soldats... Un tankiste, je crois... là, je ne suis pas sûr. Je me précipite vers lui : « papa ! » Il me soulève jusqu'au ciel : « Fiston ! »

Tout… Je me souviens de tout.

Je me rappelle que les grands disaient : « Il est trop petit. Il ne comprend pas. » Moi, ça m'étonnait : « Ils sont bizarres, ces grands ! Qu'est-ce qui leur fait penser que je ne comprends rien ? Je comprends tout, au contraire ! » J'avais même l'impression que j'en savais plus qu'eux. Et que c'était pour ça que je ne pleurais pas.

La guerre, c'est mon manuel d'histoire. Ma solitude… J'ai manqué le temps de l'enfance… elle ne fait pas partie de ma vie. Je suis un homme sans enfance. A la place, j'ai eu la guerre.

Après, il n'y a eu que l'amour pour me marquer à ce point. Le jour où je suis tombé amoureux… Où j'ai connu l'amour…

« Par la boutonnière... »

Inna Levkevitch, dix ans.
Ingénieur du bâtiment.

Les premiers jours... Dès le matin...

... Des bombes nous dégringolaient dessus... Des poteaux, des fils électriques étaient par terre. Des gens effrayés... Tout le monde s'enfuyait des maisons. Tous se précipitaient dans la rue, mais tous se lançaient des avertissements : « Attention, un fil électrique ! Attention, un fil électrique ! », pour que personne ne se prenne les pieds dedans, que personne ne tombe.

Dès le matin du 26 juin, maman avait versé les salaires, elle était comptable dans une usine. Au soir, nous étions déjà des réfugiés. En quittant Minsk, nous avons vu brûler notre école. Des flammes dansaient à toutes les fenêtres... Tellement vives... Le feu était tellement fort, il montait jusqu'au ciel... Nous, ça nous faisait pleurer, que notre école brûle. On était quatre enfants ; trois allaient à pied, la plus petite était « transportée » dans les bras de maman... Maman qui s'inquiétait parce qu'elle avait pris la clé de l'appartement mais qu'elle avait oublié de fermer la porte. Elle essayait d'arrêter des voitures, en criant, en suppliant : « Prenez nos enfants ! Nous, on ira défendre la ville. » Elle ne voulait pas croire que les Allemands s'y trouvaient déjà. La ville avait capitulé.

Tout ce qui se passait sous nos yeux était terrible et incompréhensible. Tout ce qui nous arrivait. Surtout la mort… Près des corps de ceux qui avaient été tués, traînaient des bouilloires, des casseroles. Leur nombre était effarant. Tout brûlait… On avait l'impression de courir sur des braises… Je m'étais toujours bien entendue avec les garçons. J'étais un vrai garçon manqué. Ça m'intéressait de voir les bombes qui tombaient en sifflant. Je me plaquais contre le sol, me couvrais de mon manteau et regardais par ma boutonnière… Des gens couraient en tous sens… Quelque chose pendait à un arbre… Quand j'ai compris que le quelque chose était quelqu'un, j'ai été sidérée. J'ai fermé les yeux…

Ma sœur Irma avait sept ans, elle portait un réchaud et les escarpins de maman. Elle avait une peur bleue de les perdre, ces escarpins. Ils étaient tout neufs, rose pâle, avec un talon joliment ouvragé. Maman les avait emportés presque par réflexe, parce que c'était la plus belle chose qu'elle possédait.

Avec la clé de la maison et les fameux escarpins, on n'a pas tardé à revenir en ville où tout avait brûlé. La faim s'est bientôt fait sentir. On ramassait de l'arroche, on la mangeait. On mangeait aussi des genres de fleurs. Bientôt, on n'a plus eu de bois de chauffage. Les Allemands avaient incendié le grand parc du kolkhoze : ils redoutaient les partisans. Alors, on y allait et on coupait des souches, ça nous faisait un peu de bois. De quoi allumer le poêle. On fabriquait du « foie » avec de la levure : on la grillait à la poêle, et ça avait un petit goût de foie. Un jour, maman m'a donné de l'argent pour que j'achète du pain au marché. Là, j'ai vu une femme qui vendait des chevreaux et je me suis figurée que si j'en achetais un, je sauverais toute la famille. Le chevreau grandirait et on aurait plein de lait. Je l'ai acheté, tout mon argent y est passé. Je ne me souviens plus que maman m'ait grondée, tout ce que je sais, c'est qu'on est restées plusieurs jours sans manger : on n'avait plus d'argent. On faisait cuire une espèce de bouillie pour nourrir le chevreau. La nuit, je le prenais avec moi dans mon lit, pour qu'il ait chaud. Mais il était gelé et il n'a pas tardé à mourir. Une vraie tragédie !... On a beaucoup pleuré, on voulait, malgré tout, le garder à la maison. J'étais celle qui pleurait le plus, je me sentais coupable. Maman l'a emporté en douce, une nuit ; ensuite, elle nous a raconté que les souris l'avaient mangé.

N'empêche que, pendant l'occupation, on fêtait tous les 1er Mai et les 7 Novembre[1]. C'étaient nos fêtes ! À nous ! Fallait nous entendre chanter ! On chantait beaucoup dans notre famille... Des fois, c'étaient juste des pommes de terre en robe des champs, ou bien un petit bout de sucre pour tout le monde : en tout cas, ces jours-là, on essayait d'améliorer un peu l'ordinaire. Peut-être qu'on n'aurait rien le lendemain mais, en attendant, c'était la fête. On chantait en chuchotant la chanson préférée de maman : *L'aube, tendrement, colore l'antique muraille du Kremlin...* Ça, c'était obligatoire !

Une voisine avait préparé des petits pâtés à vendre et elle nous a proposé : « Achetez-les-moi tous au prix de gros et vendez-les au détail. Vous êtes jeunes, vous avez de bonnes jambes. » J'ai décidé de m'y mettre, sachant que maman avait du mal à nous nourrir seule.

1. Anniversaire de la révolution d'Octobre.

La voisine apporte donc ses pâtés. Nous, on est là avec Irma qu'on les regarde :

« Tu ne crois pas, Irma, que ce pâté-là est plus gros que l'autre ?

— Si... »

Vous ne pouvez pas imaginer ce qu'on avait envie d'y goûter !

« On n'a qu'à en couper un tout petit bout, après on ira les vendre. »

Deux heures plus tard, on n'avait plus rien à porter au marché. Ensuite, la voisine s'est mise à faire des « coussinets ». C'étaient des genres de bonbons. Je ne sais pas pourquoi, y a longtemps qu'on n'en trouve plus en magasin. Elle nous les a donnés à vendre. Cette fois encore, on est là avec Irma :

« Y en a un qu'est plus gros que les autres, Irma. Si on le léchait juste un peu...

— D'accord... »

On avait un manteau pour trois et une seule paire de bottes de feutre. Le plus souvent, on restait à la maison. On essayait d'inventer des histoires... On avait des bouquins... mais c'était pas intéressant. Nous, ce qui nous plaisait, c'était de nous raconter que la guerre était finie et d'imaginer notre vie, après. Après, on ne mangerait que des petits pâtés et des bonbons.

À la fin de la guerre, maman a mis son corsage en crêpe de Chine. Comment elle avait réussi à le garder, ça, je ne sais plus. Ce qu'on avait de mieux, on l'avait échangé contre de la nourriture. Ce corsage avait des manchettes noires. Maman les a coupées pour qu'il n'ait plus rien de sombre, elle ne voulait que du clair...

On est tout de suite retournées à l'école et, dès les premiers jours, on a appris des chansons pour le défilé...

« Je n'ai entendu que le cri de maman… »

Lida Pogorjelskaïa, huit ans.
Docteur en biologie.

Jamais je n'oublierai ce jour… Le premier sans papa…

J'avais sommeil. Maman nous a réveillés de bon matin, en disant : « C'est la guerre ! » Il était bien question de dormir ! On s'est préparés à partir. La peur, on ne la ressentait pas encore. On regardait tous papa. Mais il avait l'air tranquille. Comme toujours. C'était un professionnel du Parti. Chacun, a dit maman, doit prendre quelque chose. Moi, je ne voyais pas quoi ; ma petite sœur a emporté sa poupée. Maman a pris dans ses bras notre petit frère. Papa nous a rejoints, alors que nous étions déjà en route…

J'ai oublié de préciser que nous vivions dans la ville de Kobrine. Pas loin de Brest[1]. C'est pour ça que la guerre est arrivée chez nous dès le premier jour. On n'a pas eu le temps de se retourner. Les grands étaient pratiquement muets ; à pied ou en charrettes, ils avançaient sans un mot. C'est là qu'on

1. Brest-Litovsk.

a commencé à avoir peur. Tous ces gens qui partaient – il y en avait des tas – et qui ne disaient rien…

Quand papa nous a rattrapés, ça nous a un peu rassurés. Papa, c'était le chef, parce que maman était très jeune, elle s'était mariée à seize ans. Elle ne savait même pas préparer à manger. Papa, lui, était orphelin. Il savait tout faire. Je me rappelle comme on aimait qu'il nous cuisine un bon petit plat, quand il avait le temps. Une vraie fête ! Aujourd'hui encore, j'ai l'impression qu'il n'y a rien de meilleur que la semoule qu'il nous mitonnait. Avec quelle impatience on attendait qu'il nous rejoigne ! En pleine guerre, sans papa ? Ça n'était pas pensable. Notre famille était comme ça.

On formait un gros convoi… qui progressait lentement. Parfois, tout le monde s'arrêtait pour regarder le ciel. On cherchait des yeux nos avions. On avait tort de les chercher…

Vers le milieu de la journée, on a aperçu une colonne de l'armée. Les hommes étaient à cheval et ils portaient des uniformes flambant neufs de l'Armée rouge. Les chevaux avaient l'air bien nourris. Solides. Personne n'a pensé une seconde que c'était de la diversion. On était sûr que c'étaient les nôtres. Et on était drôlement content ! Papa a marché à leur rencontre… Moi, je n'ai entendu que le cri de maman. Le coup de feu, je ne l'ai pas entendu… Juste le cri de maman : « A-a-ah ! Hé-é-é-é !… » Est-ce que c'était bien sa voix ? Oui ! Il me revient que ces militaires ne sont même pas descendus de cheval. Quand maman s'est mise à crier, je me suis sauvée. Tout le monde s'est sauvé… On courait sans un mot. Tout ce que j'entendais, c'était maman qui criait… J'ai couru jusqu'à ce que je bute et tombe dans l'herbe haute…

Nos chevaux sont restés là jusqu'au soir. À attendre. Et on est tous revenus quand il a commencé à faire sombre. Maman était toute seule. À attendre. Quelqu'un a dit : « Regardez ! Ses cheveux sont blancs. » Je revois les grands creuser un trou… Puis, nous pousser, ma sœur et moi : « Allez dire adieu à votre père. » J'ai fait deux pas, mais je n'ai pas pu continuer. Je me suis assise par terre. Ma petite sœur à côté de moi. Mon frère dormait ; il était tout petit, il ne comprenait rien. Notre maman était couchée dans une télègue, sans connaissance. Les gens nous empêchaient de l'approcher.

C'est comme ça qu'aucun de nous n'a vu papa mort. Je ne me le rappelle que vivant. Chaque fois que je pense à lui, je le revois, bizarrement, en tunique blanche. Jeune et beau. Même aujourd'hui, où je suis plus vieille que lui.

Dans la région de Stalingrad où on a été évacués, maman travaillait dans un kolkhoze. Notre maman qui ne savait rien faire, qui ne savait pas sarcler, qui confondait l'avoine et le blé, est devenue une travailleuse de choc. Nous, on n'avait plus de papa, mais on n'était pas les seuls. D'autres n'avaient plus de maman. Ou de frère. De sœur. De grand-père. Pourtant, on ne se sentait pas orphelins. Tout le monde nous plaignait et prenait soin de nous. Je revois une femme, Tania Morozova. Elle avait perdu ses deux enfants et vivait seule. Elle se privait de tout pour nous, exactement comme notre maman. Pour elle, on était de complets étrangers, n'empêche que, pendant la guerre, c'est devenu quelqu'un de la famille. En grandissant, mon frère avait pris l'habitude de dire : on n'a pas de papa mais on a deux mamans, la vraie et tata Tania. C'est comme ça qu'on a grandi : avec deux, trois mamans…

Je me souviens aussi qu'on a été bombardés plusieurs fois, pendant qu'on partait en évacuation. Chaque fois, on fonçait se cacher. On ne courait pas vers notre mère pour qu'elle nous protège, non, on filait toujours vers des soldats. Dès la fin du bombardement, maman nous grondait pour ça. Nous, on s'en fichait : quand ça recommençait, on refonçait vers les soldats.

Après la libération de Minsk, on a décidé de rentrer chez nous. En Biélorussie. Notre maman était native de là-bas. Seulement, quand on est arrivé à la gare de Minsk, elle ne savait plus où aller. C'était devenu une autre ville. Un champ de ruines... Un tas de cendres et de pierres.

À l'époque, j'étais déjà à l'académie agricole de Gorki... Je logeais dans un foyer d'étudiants, on était huit par chambre. Que des orphelines !... Ça s'était fait par hasard, personne ne nous avait spécialement mises ensemble, non, il y avait tellement d'orphelins !... Y avait plein de chambrées comme ça. Je me rappelle que, la nuit, tout le monde criait. Moi, je pouvais bondir de mon lit et me mettre à donner des coups de poing dans la porte... Comme si je voulais m'enfuir... Les autres filles essayaient de me retenir. Alors, je fondais en larmes. Et les autres faisaient pareil. Toute la chambrée braillait. Seulement, le lendemain matin, il fallait aller aux cours, aux conférences.

Une fois, dans la rue, je croise un homme qui ressemble à papa. Pareil... Je l'ai suivi un bon moment. Après tout, je n'avais jamais vu mon père mort...

« On jouait et les soldats pleuraient… »

Volodia Tchistokletov, dix ans.
Musicien.

C'était une belle matinée…

La mer, le matin. Calme et bleue. Je n'étais que depuis quelques jours au sanatorium de Soviet-Kvadjé, sur les bords de la mer Noire. Et soudain, le vrombissement des avions… J'ai plongé sous l'eau mais, même là, on l'entendait encore. Nous, les gosses, on n'a pas eu peur. Au contraire, on s'est mis à jouer « à la guerre », sans imaginer, une seconde, qu'elle avait déjà commencé : pas un jeu, pas des manœuvres d'entraînement, la vraie guerre !

Quelques jours plus tard, on nous renvoyait chez nous. Moi, à Rostov. Les premières bombes pleuvaient déjà sur la ville. Tous se préparaient à des combats de rue : on creusait des tranchées, on montait des barricades. On apprenait à tirer. Nous, les gosses, on était préposés à la surveillance des caisses de cocktails Molotov, on faisait des réserves de sable et d'eau, en cas d'incendie.

Toutes les écoles avaient été transformées en hôpitaux de campagne. La nôtre, l'école 70, était prévue pour les blessés légers. C'est là qu'on a envoyé maman. On l'a autorisée à me prendre avec elle pour que je ne sois pas tout seul à la maison. Et au moment de la retraite, nous avons suivi l'hôpital.

Je revois, suite à un énième bombardement, un tas de livres au milieu des ruines. J'en saisis un : *La Vie des animaux*. C'est un grand livre, avec de belles images... J'ai passé la nuit à le lire, je ne pouvais pas m'arrêter... Je me souviens que je n'avais pas pris de récits de guerre : l'envie m'en était passée. Les bêtes, les oiseaux, c'était différent...

Novembre 42... Le responsable de l'hôpital exige qu'on me donne un uniforme. Celui qu'on me propose est à retailler d'urgence. Un mois durant, on est dans l'incapacité de me trouver une paire de bottes. C'est comme ça que je deviens élève de l'hôpital. Élève soldat... Ce que je faisais ? Y avait de quoi devenir fou, rien qu'avec les bandes. Il n'y en avait jamais assez. On n'arrêtait pas de les laver, de les mettre à sécher, de les enrouler. Essayez, pour voir, d'en enrouler un millier par jour ! Moi, je me débrouillais pour être plus rapide que les adultes. Et j'ai été aussi habile à rouler ma première cigarette... Pour mes douze ans, l'adjudant-chef m'a refilé, en rigolant, un paquet de gros gris. Comme à un vrai soldat, quoi !... Je fumais de temps en temps... En douce de maman... Je faisais le malin... J'avais la frousse, aussi... J'ai eu du mal à m'habituer au sang. Et j'avais la trouille des brûlés. Ils avaient le visage tout noir...

Lorsque nos wagons ont été pilonnés au sel et à la paraffine, ça nous a sacrément rendu service. Dans les deux cas... Le sel, c'était pour les cuisiniers ; la paraffine, on me l'a refilée. Il a fallu que j'apprenne une nouvelle spécialité, non prévue par le règlement de l'armée : la fabrication des bougies.

C'était autrement plus casse-pieds que les bandes ! Je devais faire en sorte qu'elles durent longtemps, vu qu'on s'en servait quand on n'avait pas de courant. Pendant les bombardements, par exemple… Les médecins continuaient d'opérer. Quand ça tirait partout, aussi. La nuit, on se contentait de fermer les fenêtres. De les masquer avec des draps, des couvertures.

Ma mère pleurait mais moi, je rêvais de me tailler au front. J'arrivais pas à croire que je risquais d'être tué. Un jour, on nous envoie chercher du pain… On a à peine démarré, que des tirs d'artillerie éclatent. Ça canarde au mortier. Mon sergent est tué, le conducteur aussi, et moi je suis contusionné. J'arrive plus à parler. Quand j'ai recouvré la parole au bout d'un certain temps, j'ai malgré tout gardé un bégaiement. Que j'ai toujours… Tout le monde était sidéré de me voir, vivant. Moi, je me figurais les choses autrement : comme si on pouvait me tuer ! En quel honneur ?… Avec l'hôpital, on a parcouru toute la Biélorussie. La Pologne… J'ai appris des mots polonais.

Varsovie… Parmi les blessés, un Tchèque, tromboniste à l'opéra de Prague ! Le responsable de l'hôpital, ça lui a plu. Quand l'autre a été mieux, il lui a demandé de faire le tour des salles et de chercher des musiciens. Ça a donné un orchestre sensass ! J'ai appris à jouer de l'alto ; la guitare, je savais déjà, j'avais appris tout seul. On jouait et les soldats pleuraient… Pourtant, on leur jouait des airs gais…

C'est comme ça qu'on est arrivé en Allemagne…

Dans une cité allemande en ruine, je vois brusquement un vélo de gamin qui traîne. Content que j'étais ! Je suis monté dessus, et en avant ! Il roulait drôlement bien. De toute la guerre, je n'avais pas vu un truc de gosse. J'avais même oublié que ça existait… Les jouets, tout ça…

J'avais oublié… Parce que j'avais grandi à la guerre…

« Au cimetière, les morts sont remontés à la surface… Ils gisent, comme s'ils avaient été tués une seconde fois… »

Vania Titov, cinq ans.
Spécialiste de l'amendement des sols.

Un ciel noir…

De gros avions noirs… Ils vrombissent assez bas au-dessus de nous. Presque en rase-mottes. C'est la guerre… telle que je la revois… Par flashs.

Les bombardements. On s'est cachés dans le jardin, derrière de vieux pommiers. Tous les cinq. J'ai quatre frères, l'aîné a dix ans. Il sait ce qu'il faut faire pour échapper aux avions : se cacher derrière les grands pommiers, ceux qui ont le plus de feuilles. Maman nous récupère et nous emmène à la cave. Là, on a peur. Il y a des rats, avec de petits yeux qui vrillent et qui brillent dans le noir. Ils brillent d'un éclat anormal. La nuit, les rats se mettent à piailler. Ils jouent.

Notre village est incendié. Les bombes pleuvent sur le cimetière. Les gens s'y précipitent : les morts sont remontés à la surface… Ils gisent, comme s'ils avaient été tués une seconde fois. Il y a là notre grand-père, mort peu auparavant. On les réenterre tous…

Pendant la guerre, après la guerre, on joue « à la guerre ». Quand on en a assez de jouer « aux Blancs et aux Rouges », « à Tchapaïev », on joue « aux Russes et aux Allemands ». On livre bataille. On fait des prisonniers. On fusille. On s'affuble de casques de soldats, soviétiques ou allemands, on n'a que l'embarras du choix, il en traîne partout, dans les champs, la forêt… Personne ne veut faire les Allemands, on en vient même aux mains pour ça. On joue dans de vraies tranchées, de vrais abris. On se bat à coups de bâton, au corps-à-corps. Nos mères secouent la tête, désolées : ça ne leur plaît pas. Elles pleurent.

Nous, ça nous étonne, parce qu'avant… avant la guerre, elles ne nous grondaient pas pour ça…

« Je comprends que c'est bien mon père…
Et j'ai les genoux qui tremblent… »

Lionia Khossenevitch, cinq ans.
Employé dans un bureau d'études.

Je me souviens de couleurs…

J'avais cinq ans mais je me rappelle très bien… La maison de mon grand-père est jaune, en bois ; sur l'herbe, un tas de bûches à l'abri d'une barrière en planches. Le sable blanc dans lequel on jouait. Blanc, tout blanc, comme délavé. Je revois aussi maman qui nous emmène à la ville, ma sœur et moi, pour nous faire photographier. Ellotchka pleure, moi je la console. Cette photo, on l'a toujours, c'est la seule qu'on ait d'avant-guerre… Je ne sais pas pourquoi, je la revois verte.

Ensuite, tous mes souvenirs sont en noir… Si les autres, ceux d'avant, sont plutôt dans des tons clairs – une herbe toute verte, une véritable aquarelle, un sable tout blanc, une barrière en planches toute jaune –, après, tout est de couleur sombre. On m'emporte je ne sais où, suffoquant à cause de la fumée ; nos affaires sont dans la rue : des balluchons et, Dieu sait pourquoi, une chaise… Des gens sont debout à côté, qui pleurent. Avec maman, on marche longtemps à travers la ville, je me tiens à sa jupe. À tous ceux qu'elle croise, elle répète la même phrase : « Notre maison a brûlé. »

On passe la nuit dans une entrée d'immeuble. J'ai froid. Je me réchauffe les mains dans la poche du gilet de maman. Mes doigts rencontrent quelque chose de froid : la clé de notre maison…

Et soudain, maman n'est plus là. Maman disparaît, ne restent que grand-mère et grand-père. J'ai un copain, de deux ans mon aîné, Genia Savotchkine. Il a sept ans, j'en ai cinq. On m'apprend à lire avec les contes de Grimm. Grand-mère a sa méthode et les taloches pleuvent, vexantes : « Bougre d'âne ! » Genia m'apprend aussi. En lisant le livre, il me montre les lettres. Mais je préfère qu'on me raconte les histoires, surtout grand-mère. Elle a la même voix que maman. Un soir, une jolie femme arrive et m'apporte quelque chose de bon à manger. Je comprends à ce qu'elle dit que maman est vivante, que, comme papa, elle se bat. Tout heureux, je crie : « Maman reviendra bientôt ! » Je veux filer dans la cour et annoncer la nouvelle à mon copain. Grand-mère me fait tâter du ceinturon. Grand-père prend ma défense. Lorsque tous deux sont endormis, je récupère toutes les ceintures de la maison et les balance derrière l'armoire.

J'ai tout le temps faim. Avec Genia, on va dans les seigles, il y en a juste derrière les maisons. On égrène les épis et on mange les grains. Seulement, le champ est allemand, à présent, le seigle aussi… On repère une automobile et on se taille… Quasiment à la barrière de notre maison, un officier en uniforme vert, aux épaulettes étincelantes, m'empoigne et se met à me cogner avec son stick ou son ceinturon. Je suis paralysé de peur, je ne sens même pas les coups. Je vois soudain ma grand-mère : « Mon petit monsieur, s'il vous plaît, rendez-moi mon petit-fils. Je vous en supplie, par Dieu, rendez-le-moi ! » Elle est à genoux devant l'officier. L'Allemand s'en va, je suis couché dans le sable. Grand-mère me prend dans ses bras et m'emporte à la maison. Je remue péniblement les lèvres. Après, je suis longtemps malade…

Je revois aussi des chariots dans la rue. Beaucoup. Grand-père et grand-mère ouvrent le portail. Et des réfugiés s'installent chez nous. Au bout de quelque temps, ils ont le typhus. On les transporte à l'hôpital, du moins c'est ce qu'on me dit. Encore un peu de temps, et grand-père tombe malade à son tour. Je dors avec lui. Grand-mère maigrit et se traîne péniblement dans la pièce. Un après-midi, je vais jouer avec mes copains. Je rentre le soir : plus de grand-père ni de grand-mère. Les voisins disent qu'ils ont aussi été transportés à l'hôpital. J'ai peur : je suis tout seul. Je devine que c'est le genre d'hôpital dont on ne revient jamais. J'ai peur de rester seul dans la maison. La nuit, elle paraît très grande, étrangère. Même dans la journée, j'ai peur. Le frère de grand-père me prend chez lui. J'ai un nouveau grand-père.

Minsk est bombardée. On se cache à la cave. Quand je retrouve la lumière du jour, le soleil m'aveugle et je suis assourdi par un bruit de moteurs. Des tanks passent dans la rue. Je me cache derrière un poteau. Tout à coup, je vois… une étoile rouge sur une tourelle. Ce sont les nôtres ! Je fonce jusqu'à notre maison : si les nôtres sont là, c'est que maman est revenue ! J'arrive : près du perron, des femmes avec des fusils. Elles me prennent dans leurs bras et commencent à me poser plein de questions. Y en a une que je crois reconnaître. Elle me rappelle quelqu'un… Elle s'approche encore, m'embrasse très fort. Les autres se mettent à pleurer. Moi, j'ai le temps de brailler : « maman ! » Ensuite, je ne sais plus ce qui m'arrive…

Bientôt, maman ramène de la maison d'enfants ma sœur, qui ne me reconnaît pas : elle m'a complètement oublié. Moi, je suis drôlement content d'avoir de nouveau une sœur.

Je rentre de l'école et découvre mon père, de retour de la guerre, endormi sur le divan. Pendant qu'il dort, je prends ses papiers dans sa sacoche et les lis. Je comprends que c'est bien mon père. Je reste assis à le regarder jusqu'à ce qu'il se réveille.

Et j'ai les genoux qui tremblent…

« Ferme les yeux, fiston, ne regarde pas… »

Volodia Parabkovitch, douze ans.
Pensionné.

J'ai grandi sans mère…

Je n'ai aucun souvenir de moi, petit. Ma mère est morte quand j'avais sept ans. Je vivais chez ma tante. Je gardais les vaches, je préparais le bois, je rentrais les chevaux pour la nuit. Y avait aussi pas mal de travail au potager. Mais l'hiver, je faisais de la luge, je patinais avec des patins bricolés, en bois comme la luge, et puis j'avais des skis : des planches et des douves de vieux tonneaux. Je fabriquais tout moi-même…

Je me revois encore essayant mes premiers souliers, achetés par mon père. Et mon chagrin, quand je les ai éraflés à une branche dans la forêt ! Ça me faisait tellement dépit que je me disais : il aurait mieux valu que je me coupe un pied, ça aurait cicatrisé ! J'avais ces mêmes souliers lorsque j'ai quitté Orcha avec mon père, au moment où les avions nazis ont bombardé la ville.

Ils nous mitraillaient à bout portant. Les gens tombaient… dans le sable, dans l'herbe. « Ferme les yeux, fiston, ne regarde pas… » disait mon père.

J'avais tout aussi peur de regarder en l'air : le ciel était noir d'avions et, en bas, y avait des morts partout. Un avion est passé juste au-dessus de nous… Mon père est tombé à son tour et ne s'est pas relevé. J'étais penché sur lui : « Papa, ouvre les yeux !… Papa, ouvre les yeux !… » Des gens criaient : « Les Allemands ! » et voulaient m'entraîner avec eux. Moi, j'arrivais pas à me mettre dans le crâne que mon père ne se relèverait pas, qu'il fallait que je l'abandonne, là, sur la route, dans la poussière. Je ne voyais pas de sang couler, il était simplement couché, muet. On a fini par m'entraîner de force. N'empêche que, pendant des jours, j'ai avancé en regardant tout le temps derrière moi, sûr que mon père me rattraperait. Je me réveillais la nuit… Je me réveillais parce que j'entendais sa voix… Je ne pouvais pas croire que je n'avais plus de père. C'est comme ça que je me suis retrouvé tout seul, avec juste un costume de drap.

Ah, j'ai vagabondé !… En train, à pied… On a fini par me placer dans une maison d'enfants à Melekess, région de Kouïbychev. Plusieurs fois, j'ai essayé de me tailler au front, mais ça a capoté. Chaque fois, on m'a rattrapé et ramené à la maison d'enfants. Bah, comme on dit, à quelque chose malheur est bon ! Un jour que je coupais du bois dans la forêt, ma hache a rebondi sur un tronc et je me la suis prise sur un doigt de la main droite. La monitrice m'a fait un pansement avec son foulard et m'a expédié à la polyclinique de la ville.

En revenant à la maison d'enfants, avec Sacha Liapine qui m'accompagnait, on a vu, près du comité municipal des Jeunesses communistes, un matelot, coiffé d'un béret à ruban. Il était en train de placarder une annonce sur un panneau. On s'est approchés et on s'est aperçus que c'étaient les conditions d'entrée à l'école des cadets de la marine des îles Solovki. Une école où y avait que des volontaires. Avec priorité pour les fils de marins et les gosses des maisons d'enfants. J'entends encore la voix de ce matelot :

« Ça vous dirait ? »

Nous :

« On est de la maison d'enfants.

— Eh ben, entrez, faites une demande ! »

Notre enthousiasme à ce moment-là, c'est pas racontable ! C'était le meilleur moyen de se retrouver au front ! Je me disais déjà que j'allais venger mon père ! J'aurais encore le temps, avant que la guerre finisse.

On est donc entrés et on a fait une demande. Quelques jours après, on passait la visite médicale. Un des membres du conseil de révision m'a regardé :

« Il est vraiment petit et maigrichon. »

Un autre, en uniforme d'officier, a répondu, en soupirant :

« Bah, il va grandir ! »

On nous a donné des vêtements. Ça n'a pas été simple d'en dénicher à notre taille. Ce que j'étais heureux de me voir dans la glace, en uniforme de matelot, avec le béret. Vingt-quatre heures après, on voguait déjà vers les îles Solovki.

Tout est nouveau pour nous… On n'est pas habitués. La nuit noire… On est sur le pont… Les matelots veulent nous expédier au lit :

« Feriez mieux, les petits gars, d'aller au poste d'équipage. Vous y seriez au chaud. »

Tôt, le matin, on a aperçu le monastère qui brillait au soleil et la forêt toute dorée. C'étaient les îles Solovki où s'ouvrait la première école des cadets de la marine du pays. Seulement, avant de commencer l'instruction, il a fallu construire l'école ou, plutôt, des gourbis. Le sol des Solovki, c'est que de la pierre. On manquait de scies, de haches, de pelles. On a appris à tout faire à la main : creuser le sol dur, abattre des arbres centenaires, arracher les souches, jouer les charpentiers... Après le travail, on se reposait sous des tentes pas chauffées. Nos lits, c'étaient un matelas et des oreillers remplis d'herbe, avec, dessous, des branches de sapin. On se couvrait de nos manteaux. Notre lessive, on la faisait nous-mêmes, à l'eau glacée, on avait tellement mal aux mains qu'on en pleurait.

En 42... on a prêté serment. On nous a donné des bérets portant l'inscription : *École des cadets de la marine*. On était dépité, parce qu'ils n'avaient pas de longs rubans tombant sur les épaules, juste un petit nœud du côté droit. On nous a remis des fusils. Début 43, j'ai commencé mon service sur un contre-torpilleur de la garde, le *Futé*. Pour moi, c'était une première : les crêtes des vagues dans lesquelles plongeait notre navire, la sente phosphorescente tracée par les hélices qui labouraient consciencieusement l'eau salée... À vous couper le souffle...

« T'as peur, fiston ? » m'a demandé le commandant.

Je n'ai pas eu une seconde d'hésitation :

« Non. C'est beau !

— Ce serait beau sans la guerre », a répondu le commandant et, bizarrement, il a regardé ailleurs.

J'avais quatorze ans, à l'époque...

« Mon petit frère pleure parce qu'il n'était pas là quand on avait un papa… »

Larissa Lissovskaïa, six ans.
Bibliothécaire.

Je parlerai de mon papa… et de mon petit frère.

Mon père était dans les partisans. Il a été pris par les nazis qui l'ont fusillé. Des femmes ont fait savoir en douce à maman où ils avaient été exécutés… Papa et plusieurs autres hommes. Elle y a filé tout droit… Toute sa vie, elle a répété qu'il faisait très froid, qu'il y avait une croûte de glace sur les flaques. Et eux qui étaient en chaussettes…

Maman était enceinte. Elle attendait mon petit frère.

Il a fallu qu'on se cache. Les familles des partisans étaient toujours arrêtées. Elles étaient embarquées avec les enfants… Dans des camions bâchés…

On est restées longtemps dans la cave des voisins. Le printemps arrivait… On dormait sur un tas de pommes de terre… qui germaient. On s'endormait et, pendant la nuit, une petite pousse pointait, qui vous chatouillait le nez. Comme un scarabée… Des scarabées, j'en avais qui vivaient dans mes poches. Dans mes chaussettes… Ils ne me faisaient pas peur, ni le jour ni la nuit.

On est enfin sorties de la cave et maman a eu mon petit frère. Il a grandi, a commencé à parler. Nous, on lui racontait papa :

« Il était grand, papa…

— Et fort… Comment qu'il me jetait en l'air ! »

On bavarde avec ma sœur. Et mon petit frère demande :

« J'étais où, moi, à ce moment-là ?

— T'existais pas encore… »

Et de se mettre à pleurer parce qu'il n'était pas là quand on avait un papa…

« Ma voisine de table était aux premières loges… »

Nina Iarochevitch, neuf ans.
Professeur d'éducation physique.

Un événement dans la famille !…

Un soir, le fiancé de ma grande sœur vient la demander en mariage. Jusqu'à la nuit, on discute de la date, de l'endroit où ça se passera et de qui on invitera. Or, le lendemain matin, on convoque mon père au bureau de recrutement. Le bruit court dans le village que c'est… la guerre ! Maman est perdue : comment faire ? Moi, je me dis : vivement que cette journée soit passée ! Personne ne m'a expliqué que la guerre, ce n'était pas un jour ou deux, que ça pouvait durer très longtemps.

C'est l'été. Une chaude journée. J'ai envie d'aller à la rivière mais maman prépare le départ. J'ai aussi un frère, qui rentre de l'hôpital. On l'a opéré d'une jambe et il marche avec des béquilles. Maman décrète pourtant : « Tout le monde doit partir. » Où ça ? On n'en a pas la moindre idée. On marche sur à peu près cinq kilomètres. Mon frère boite et pleure. Où est-ce qu'on peut aller, avec lui ? On rebrousse chemin. À la maison, on retrouve papa. Tous les hommes convoqués le matin au bureau de recrutement sont rentrés ; les Allemands occupent déjà Sloutsk, notre chef-lieu de district.

Les premières bombes pleuvent : je reste plantée à les regarder jusqu'à ce qu'elles touchent le sol. Quelqu'un me souffle d'ouvrir la bouche pour ne pas être assourdie. Alors, j'ouvre la bouche et je me bouche les oreilles pour ne pas entendre le hurlement des bombes. Mais c'est tellement horrible que j'ai la peau qui se tend sur le visage et tout le corps… On avait un seau suspendu dans la cour. Quand tout s'est calmé, on l'a décroché et on a compté cinquante-huit impacts. Le seau était blanc. Vu du ciel, ils avaient dû croire que c'était quelqu'un avec un fichu blanc et ils avaient mitraillé…

Les Allemands entrent dans le village, dans de grands camions couverts de branches de bouleaux. Exactement comme chez nous, pour les mariages : on en coupait des quantités… On les observe à travers les claies ; à l'époque, on n'avait pas encore de palissade, juste des claies d'osier. On regarde… De loin, ils ont l'air de gens normaux… Mais je veux voir leur tête. Je ne sais pas pourquoi, j'imagine qu'ils n'ont pas figure humaine… Déjà, le bruit court qu'ils tuent. Qu'ils mettent le feu… Pourtant, là, ils passent simplement, en riant. Joyeux et bronzés.

Au matin, ils font de la gymnastique dans la cour de l'école. Ils s'aspergent d'eau froide, retroussent leurs manches, montent sur leurs motos et se mettent à pétarader. Joyeux et bronzés…

Quelques jours plus tard, en dehors du village, près de la fabrique de lait, ils creusent une grande fosse et, tous les jours, à cinq ou six heures du matin, on entend des tirs de ce côté. Quand ça commence à crépiter, même les coqs cessent de chanter et se cachent. Un soir, on va avec mon père vers la rivière : on a un cheval pas très loin de la fosse. « Je vais jeter un coup d'œil », dit mon père. Sa cousine a été fusillée là-bas. Il part, donc, moi sur ses talons.

Tout d'un coup, mon père se retourne, me masquant la fosse : « Rentre à la maison. Je t'interdis d'aller plus loin. » Tout ce que j'ai vu en franchissant la rivière, c'est que l'eau était rouge… Et les corbeaux qui s'envolaient. Il y en avait tant que j'ai hurlé. Après ça, pendant plusieurs jours, mon père n'a rien pu avaler. Dès qu'il apercevait un corbeau, il rentrait en courant dans la maison, tout tremblant… Comme s'il avait la fièvre…

Dans le parc de Sloutsk, on a pendu deux familles de partisans. Il faisait un froid terrible, les pendus étaient tellement gelés que, quand le vent les balançait, ils tintaient. Exactement comme des arbres pris par le gel dans la forêt… Le même bruit…

Quand on a été libérés, mon père est parti au front. Avec l'armée. Il n'était déjà plus là lorsqu'on m'a fait ma première robe de la guerre. C'est maman qui l'a cousue, à l'aide de bandes molletières blanches qu'elle a teintes avec de l'encre. Il n'en restait plus assez pour une des manches. Moi, je voulais montrer ma nouvelle robe à mes copines. Alors, je me suis postée de biais près de notre portillon, en montrant la bonne manche et en cachant l'autre. Je me sentais tellement jolie, tellement bien habillée !

À l'école, j'avais comme voisine une certaine Ania. Elle avait perdu son père et sa mère, et vivait chez sa grand-mère. C'étaient des réfugiés des environs de Smolensk. L'école lui avait payé un manteau, des bottes de feutre et des caoutchoucs bien brillants. La maîtresse avait apporté le tout et l'avait posé sur le pupitre. Dans la classe, personne ne bronchait :

aucun de nous n'avait d'aussi belles bottes ni un aussi beau manteau. On était jaloux. Un garçon a flanqué un coup de coude à Ania, en disant : « T'as de la veine ! » Elle s'est effondrée sur la table. Elle a sangloté sans arrêt pendant les quatre heures d'école.

Quand mon père est rentré du front, tout le monde est venu le voir. Nous voir, aussi, parce que papa était revenu.

Et ma voisine de table était aux premières loges…

« C'est moi, ta maman… »

Tamara Parkhimovitch, sept ans.
Secrétaire, dactylo.

Toute la guerre, j'ai songé à maman. Je l'avais perdue dès les premiers jours…

On était là à dormir, et voilà que notre camp de pionniers est bombardé. On sort en vitesse des tentes, on part au galop, en criant : « Maman ! maman ! » La monitrice me secoue par les épaules pour m'obliger à me calmer mais moi, je crie : « Maman ! Où est ma maman ? » Et comme ça, jusqu'à ce qu'elle me serre contre elle, en disant : « C'est moi, ta maman. »

J'avais, suspendus à mon lit, une jupe, un chemisier blanc et un foulard rouge. Je les ai mis et on est allés à pied jusqu'à Minsk. En chemin, plein d'enfants ont retrouvé leurs parents, mais y avait pas ma maman. Brusquement, on entend : « Les Allemands ont pris la ville… » Alors, on est repartis dans l'autre sens. Quelqu'un m'a dit qu'il avait vu ma maman : tuée.

Là, j'ai un blanc…

Comment on est arrivé à Penza, je ne me le rappelle pas, ni comment je me suis retrouvée à la maison d'enfants… Des pages blanches dans ma mémoire… Je sais seulement qu'on était beaucoup, on dormait à deux par lit. Si une se mettait à pleurer, l'autre braillait immanquablement : « Maman ! Où est ma maman ? » J'étais toute petite, une des infirmières voulait m'adopter. Moi, je ne pensais qu'à ma maman…

Je sors de la cantine, et tous les enfants me crient : « Ta maman est là ! » Ça me résonne aux oreilles : « Ta ma-man-an !… Ta ma-man-an ! » Ma maman, j'en rêve toutes les nuits. De ma vraie maman. Cette fois, je suis bien réveillée, mais j'ai l'impression que tout se passe en rêve. Parce que je vois… Maman ! Et je n'y crois pas. Plusieurs jours qu'il a fallu pour m'en convaincre. J'avais peur de m'approcher d'elle. Si c'était un rêve ? Rien qu'un rêve !! Maman pleurait, et moi je criais : « Va-t'en ! Ma maman, on l'a tuée. » J'avais peur… Peur de croire à ma chance…

C'est pareil aujourd'hui… Je pleure toujours aux instants les plus heureux de ma vie. Je fonds en larmes. Toujours… Mon mari… Y a longtemps qu'on est ensemble et on s'aime. Quand il m'a fait sa demande : « Je t'aime. Marions-nous… », je me suis mise à sangloter… Il a eu peur : « J'ai dit quelque chose qui t'a pas plu ? – Non, non ! Je suis si heureuse ! » Seulement, je ne peux jamais être complètement heureuse. Jamais ! Le bonheur, ça ne marche pas avec moi. Il me fait peur. J'ai toujours l'impression que ça va s'arrêter, là, tout d'un coup. Ce « tout d'un coup », je l'ai enraciné en moi ! Une terreur d'enfant…

« On demandait : on peut lécher ?… »

Vera Tachkina, dix ans.
Manœuvre.

Avant la guerre, je pleurais beaucoup…

Mon père était mort. Maman avait sept enfants sur les bras. On était pauvres. La vie était dure. Seulement, ensuite, pendant la guerre, cette vie du temps de paix, elle paraissait drôlement heureuse…

Les grands pleuraient : c'était la guerre. Nous, on n'avait pas peur. On jouait souvent « à la guerre », ce mot, on le connaissait bien. Ça m'étonnait d'entendre maman sangloter des nuits entières. De la voir tout le temps les yeux rouges. Je n'ai compris que plus tard…

On mangeait… de l'eau. Au moment du repas, maman posait sur la table une casserole d'eau chaude. Qu'on répartissait dans les assiettes. Le soir, au dîner : nouvelle casserole d'eau chaude. De l'eau complètement transparente, rien pour la colorer un peu. Il n'y avait même pas d'herbe.

Mon frère a fini par manger un coin du poêle, tellement il avait faim. Il l'a grignoté, grignoté un peu tous les jours. Quand on s'en est aperçus, y avait un trou. Plusieurs fois, maman a pris le peu d'affaires qui lui restait et l'a porté au marché pour le troquer contre des pommes de terre, du maïs. Ces jours-là, elle faisait un genre de polenta qu'elle nous partageait. Nous, on guignait la casserole et on demandait : on peut lécher ? On y avait droit à tour de rôle. Et après, venait le chat, aussi affamé que nous. Je ne vois pas ce qu'il pouvait récupérer. On ne laissait pas une miette. Y avait même plus l'odeur de la nourriture. L'odeur, on la léchait avec le reste.

On attendait les nôtres…

Et quand notre aviation a commencé à bombarder, je ne me suis pas abritée, j'ai foncé admirer nos bombes. J'ai trouvé un éclat d'obus…

« Où t'es allée traîner ? m'a demandé ma mère, morte de peur. Qu'est-ce que tu caches là ?

— Je ne cache rien. J'ai rapporté un éclat d'obus.

— Le jour où tu te feras tuer avec ça, tu comprendras peut-être…

— Voyons, maman ! C'est un bout de nos bombes à nous ! Comment ça pourrait me tuer ? »

Je l'ai gardé longtemps…

« … Une demi-cuillerée supplémentaire de sucre »

Emma Levina, treize ans.
Ouvrière typographe.

Ce jour-là, j'étais à un mois exactement de mes quatorze ans…

« Non, nous ne partirons pas ! La guerre, tu parles ! On n'aura pas le temps de quitter la ville, qu'elle sera terminée. Nous n'irons nulle part ! Nu-ulle part ! »

Ainsi en avait décidé mon père, membre du Parti depuis 1905. Il avait connu plus d'une fois les prisons tsaristes, avait fait la révolution d'Octobre.

Pourtant, il a bien fallu partir. On a soigneusement arrosé les fleurs aux fenêtres – on en avait des quantités –, on a fermé portes et fenêtres, ne laissant ouvert que le vasistas pour que le chat puisse sortir. On n'a pris que le strict nécessaire. Papa nous avait tous convaincus : on reviendrait dans quelques jours. Minsk, cependant, brûlait…

Seule, ma deuxième grande sœur n'est pas partie avec nous. Elle avait trois ans de plus que moi. Longtemps, on a été sans nouvelles. On se faisait du souci. C'était déjà l'époque où on était en évacuation… En Ukraine… Et puis on a reçu une lettre d'elle. Et une autre… et encore… Plus tard sont arrivées des félicitations du commandement de l'unité où elle servait comme instructeur sanitaire. Ces félicitations, à qui maman ne les a-t-elle pas montrées ! Ce qu'elle était fière ! Pour la circonstance, le président du kolkhoze nous a attribué un kilo de farine de fourrage. Et maman a régalé tout le monde avec des galettes.

On faisait toutes sortes de travaux des champs, pourtant on était vraiment de la ville. N'empêche qu'on travaillait bien. Ma grande sœur, qui était juge avant la guerre, a appris à conduire les tracteurs. Bientôt, Kharkov a été bombardée et on a dû repartir.

En route, on a appris qu'on nous conduisait au Kazakhstan. Une dizaine de familles voyageaient dans notre wagon. Dans l'une, la fille était enceinte. Le train a été bombardé. Les avions ont piqué droit sur nous, personne n'a eu le temps de sauter du wagon. Tout d'un coup, on entend un cri : la femme enceinte a une jambe arrachée. Cette horreur-là, jamais je n'ai pu me la sortir de la tête. Les couches ont commencé. C'est son père qui a joué les sages-femmes. Devant tout le monde. Un boucan du tonnerre. Le sang. La saleté. Et un enfant qui naît…

On avait quitté Kharkov en été et, quand on est arrivé à destination, c'était presque l'hiver. On était dans la steppe kazakhe. J'ai mis du temps à m'habituer à ce qu'on ne soit plus ni bombardés ni mitraillés. Mais il nous restait un ennemi : les poux ! Il y en avait des petits, des moyens, et d'autres, énormes ! Noirs, gris. De toutes sortes. Et tous aussi épouvantables. Ils ne nous laissaient en répit ni le jour ni la nuit. Je vous jure que je n'invente rien ! Tant que le train roulait, ils n'étaient pas trop agressifs, ils se tenaient plus ou moins tranquilles. Mais dès qu'on entrait dans une maison… Mon Dieu, il fallait voir ça ! Seigneur ! J'avais le dos et les bras complètement bouffés, pleins d'abcès. Quand je retirais ma chemise, ça allait mieux, seulement je n'avais rien d'autre à me mettre. J'ai malgré tout dû me résoudre à la brûler, cette chemise, tellement j'étais pouilleuse. Alors, je me suis couverte de journaux. Je me baladais comme ça, habillée de papier journal. Pour la chemise, en tout cas. Notre logeuse nous lavait avec de l'eau tellement chaude que, si je faisais ça aujourd'hui, sûr que ma peau partirait en morceaux ! Mais à l'époque… Se laver à l'eau chaude ! Brûlante ! Un vrai bonheur !

Notre maman était une parfaite maîtresse de maison et une très bonne cuisinière. Il n'y avait qu'elle pour préparer des rôtis de petits blaireaux et que ce soit mangeable ; pourtant, on dit, en général, que leur viande n'est pas tellement comestible. J'en revois un sur la table… Il pue à un kilomètre. Une odeur épouvantable, j'ai rarement senti pire. Seulement, on n'a pas d'autre viande. On n'a rien du tout. Alors, on mange…

Il y avait près de chez nous une très brave femme. Elle voyait comme on était malheureux et, un jour, elle a dit à ma mère : « Votre fille n'a qu'à venir m'aider. » J'étais toute chétive, à l'époque. La femme est allée aux champs et m'a laissée avec son petit-fils. Elle m'a montré où étaient les choses pour que je lui donne à manger et que je mange, moi aussi. Je m'approche de la table, je regarde la nourriture et j'ai peur d'y toucher. J'ai l'impression que si je prends quelque chose, tout va disparaître d'un coup, que je suis en train de rêver… Non seulement je n'ai rien mangé, mais je n'ai même pas osé toucher une miette. Je voulais à tout prix que ça continue d'exister. Et je me suis dit que j'allais me contenter de regarder cette nourriture, de la regarder longtemps. Sous toutes les coutures. J'avais peur de fermer les yeux. C'est comme ça que je n'ai rien avalé de la journée. Or, cette femme avait une vache, des moutons, des poules. Et elle m'avait laissé du beurre, des œufs…

Quand elle est revenue, le soir, elle m'a demandé :

« T'as mangé ? »

Moi :

« Oui.

— Eh bien, rentre chez toi. Et porte ça à ta mère. » Elle m'a donné du pain. « Reviens demain. »

J'arrive chez moi et, immédiatement après, la femme débarque. J'ai pris peur : des fois que quelque chose aurait disparu de chez elle ? Mais elle, elle m'embrasse en pleurant :

« Pourquoi donc que t'as rien mangé, petite sotte ? Pourquoi que t'as touché à rien ? »

Et de me caresser sans fin la tête.

Les hivers étaient rudes au Kazakhstan. On n'avait pas de quoi chauffer le poêle. Heureusement, les bouses de vache nous sauvaient. On se levait au petit matin et on attendait que les vaches sortent. On prenait un seau et on courait de vache en vache. J'étais pas la seule, tous les évacués faisaient pareil. On en récupérait un plein seau, on le vidait près de la maison et on repartait en vitesse. Après, on mélangeait à de la paille, on mettait à sécher et ça donnait des galettes noires. Du fumier séché. C'est avec ça qu'on se chauffait.

Papa est mort… Sûrement que son cœur n'a pas tenu, tellement il avait pitié de nous. Y avait longtemps qu'il avait le cœur malade…

J'ai été acceptée au lycée professionnel. On m'a donné un uniforme : un manteau, des chaussures… Et une carte de rationnement pour le pain. Avant, j'avais les cheveux tout courts, mais ils avaient repoussé et je me faisais des petites tresses. On m'a remis ma carte des Jeunesses communistes. Y a eu ma photo dans le journal. Ma carte, je l'avais à la main, pas dans ma poche. Un bien aussi précieux… J'avais peur de la mettre dans ma poche : des fois que je la perdrais ?… J'avais le cœur qui battait : toc, toc, toc. Ah, si papa m'avait vue comme ça, sûr qu'il aurait été content !

Aujourd'hui, je me dis : c'était une époque terrible, mais ce que les gens étaient chics ! Ça m'épate de voir comment on était, à ce moment-là ! On y croyait ! J'ai pas envie d'oublier ça… Y a beau temps que je ne crois plus à Staline ni aux idées communistes. Cette partie-là de ma vie, je voudrais l'oublier mais je garde dans mon cœur ces sentiments. Cet élan… Ces émotions, je veux me les rappeler… C'est des trésors…

Ce soir-là, à la maison, maman a préparé du vrai thé. Tu parles, une fête pareille ! Et comme c'était en mon honneur, j'ai eu droit, en plus, à une demi-cuillerée supplémentaire de sucre…

« Ne brûle pas, maison chérie, ne brûle pas !… »

Nina Ratchitskaïa, sept ans.
Ouvrière.

J'ai des bribes qui me reviennent… Très nettes, des fois…

L'arrivée des Allemands à moto. Et nous, on se cachait… J'avais deux petits frères, quatre et deux ans. On se cachait sous le lit et on y passait la journée. Jusqu'à ce que ça arrête de pétarader…

Ça m'étonnait que le jeune officier nazi qui s'était installé chez nous porte des lunettes. Je me figurais qu'il n'y avait que les maîtres d'école qui en avaient. Il logeait avec son ordonnance dans une moitié de la maison, et nous dans l'autre. Mon frère, le plus petit, a pris froid. Il toussait très fort. Un matin, l'officier se pointe dans notre moitié et dit à maman que si son *Kinder* pleure encore et l'empêche de dormir la nuit, « pan, pan ! ». Et il montre son pistolet. Alors, chaque nuit, dès que mon frère se met à tousser ou à pleurer, ma mère l'enveloppe dans une couverture et fonce dans la rue, où elle reste à le bercer jusqu'à ce qu'il s'endorme ou se calme. Pan, pan !…

On nous avait tout pris, on crevait de faim. On n'avait pas accès à la cuisine : c'était rien que pour eux. Un jour, mon petit frère a senti l'odeur et s'est laissé guider par elle, à quatre pattes, jusqu'à la cuisine. Tous les jours, ils se faisaient de la soupe aux pois. La soupe aux pois, ça sent très fort. Cinq minutes plus tard, on entend mon frère crier, un hurlement épouvantable. Ils l'avaient ébouillanté à la cuisine, juste parce qu'il demandait à manger. Lui, il avait tellement faim qu'il venait trouver maman : « Si on faisait cuire mon petit canard ? » Ce petit canard, c'était son jouet préféré. Il ne le prêtait à personne, dormait avec.

Nos conversations d'enfants…

On s'asseyait et on réfléchissait : si on attrapait une souris (pendant la guerre, y en avait plein, dehors comme dans la maison), est-ce qu'on pourrait la manger ? Et les mésanges, ça se mange ? Et les pies ? Pourquoi est-ce que maman ne fait pas de la soupe avec des scarabées bien gras ?

On ne laissait pas les pommes de terre pousser tranquillement, on creusait la terre à mains nues, on vérifiait : grosse ou petite ? Tout paraissait pousser si lentement, le maïs, les tournesols…

Le dernier jour… Juste avant de faire retraite, les Allemands ont incendié notre maison. Maman ne bougeait pas, elle regardait le feu et elle avait des larmes qui lui coulaient sur la figure. Nous autres, on courait partout, tous les trois, en criant : « Ne brûle pas, maison chérie, ne brûle pas ! » On n'a eu le temps de rien emporter, j'ai juste réussi à prendre mon abécédaire. Je l'avais soigneusement gardé toute la guerre. Je dormais avec, il était toujours sous mon oreiller. J'avais tellement envie d'apprendre ! Plus tard, en 44, quand je me suis retrouvée en première année de primaire, c'était le seul livre pour treize élèves. Toute la classe…

Je me rappelle la première fête d'après-guerre, à l'école. Ce qu'on a pu chanter, danser !… Moi, je n'arrêtais pas de taper dans mes mains… J'applaudissais, j'applaudissais sans fin… J'étais toute joyeuse jusqu'au moment où un garçon est monté sur la scène pour réciter un poème. Il récitait d'une voix forte. C'était un long poème, mais je n'ai entendu qu'un mot : « guerre ». Je regarde autour de moi : tout le monde est tranquille. Et moi, la peur me prend : comment ça ? La guerre vient à peine de finir qu'elle recommence ? Ce mot, je ne le supportais pas. J'ai laissé tomber la fête pour filer chez moi. J'arrive en courant, maman est en train de préparer quelque chose à la cuisine : c'est donc qu'il n'y a pas de guerre. Alors, je suis retournée à l'école, à la fête. Et j'ai recommencé à taper dans mes mains.

Notre papa n'est pas revenu de la guerre. Maman a reçu un papier comme quoi il était porté disparu. Quand maman partait au travail, on se mettait tous les trois ensemble et on pleurait parce qu'on n'avait plus de papa. On a mis la maison sens dessus dessous, en cherchant le papier qui parlait de papa. On se disait : ils n'écrivent pas qu'il est mort, juste qu'il est porté disparu. Ce papier, on va le déchirer et il en arrivera un autre qui expliquera où le trouver. Seulement, ce papier, on n'a pas réussi à le dénicher. Quand maman est rentrée, elle n'a pas compris pourquoi il y avait un tel bazar dans la maison. Elle m'a demandé ce qu'on avait fabriqué. Mon petit frère a répondu à ma place : « On a cherché papa… »

Avant la guerre, j'aimais quand papa nous racontait des histoires. Il en connaissait plein et il racontait bien. Après la guerre, j'ai cessé d'en lire. Plus envie…

« Elle avait une blouse blanche,
comme maman... »

Sacha Souïetine, quatre ans.
Ajusteur.

Je revois ma maman... Des images sans lien...

Première image :

Maman est toujours en blouse blanche... Mon père est officier, maman travaille à l'hôpital militaire. C'est mon frère aîné qui me l'a raconté, plus tard. Moi, je me rappelle seulement la blouse blanche de maman... Même son visage, je ne le revois plus, juste cette blouse blanche... Son petit bonnet blanc, aussi : il était tout le temps posé bien droit sur une table... oui, droit, raide, tellement il était amidonné.

Deuxième image :

Maman n'est pas rentrée... Que papa ne rentre pas, j'avais l'habitude mais, jusqu'à présent, maman revenait toujours à la maison. On reste plusieurs jours, avec mon frère, seuls dans l'appartement ; on ne met pas le nez dehors : des fois que maman arriverait ? Et puis des gens qu'on ne connaît pas frappent à la porte, ils nous habillent et nous emmènent. Je pleure :

« Maman ! Où est ma maman ?

— Pleure pas, elle nous trouvera bien », me console mon frère qui a trois ans de plus que moi.

On arrive dans un bâtiment tout en longueur : une maison ? une grange ? Avec des châlits. On a tout le temps faim. Je suce les boutons de ma chemise : on dirait les bonbons que papa rapportait de mission. J'attends maman.

Troisième image :

Un homme nous tasse, mon frère et moi, dans un coin du châlit, il nous jette une couverture sur la tête, nous cache sous un tas de chiffons. Je commence à pleurer, d'abord tout doucement, ensuite fort. Quelqu'un retire les chiffons qui nous dissimulaient et enlève la couverture. J'ouvre les yeux. Près de nous se tient une femme en blouse blanche :

« Maman ! »

Je me traîne vers elle.

Comme maman, elle me caresse. D'abord la tête… Puis la main… Ensuite, elle sort quelque chose d'une boîte métallique. Je n'y prête pas attention, je ne vois que la blouse et le petit bonnet blancs.

Tout à coup, j'ai très mal à mon bras. On a enfoncé une aiguille sous ma peau. J'ai à peine le temps de hurler que je perds connaissance. Quand je reviens à moi, il n'y a plus, à mes côtés, que l'homme qui nous a cachés. Et puis mon frère est couché près de moi.

« N'aie pas peur, dit l'homme. Il n'est pas mort, il dort.

— C'était pas ma maman ?

— Non…

— Elle avait une blouse blanche, comme maman… »

Je n'arrête pas de le répéter.

« Je t'ai fabriqué un joujou. »

L'homme me tend une balle de chiffon.

Je prends le jouet et cesse de pleurer.

Ensuite, je ne me rappelle plus rien : je ne sais plus qui nous a sauvés, ni comment, au camp de concentration. On y prenait du sang aux enfants pour les soldats allemands blessés… Tous les gosses mouraient… Comment on s'est retrouvés à la maison d'enfants, avec mon frère ? Comment on a appris, à la fin de la guerre, que nos parents étaient morts ? Je ne sais plus rien. J'ai un gros problème de mémoire. Je ne me rappelle ni les visages ni les paroles…

« S'il te plaît, prends-moi sur tes genoux… »

Marina Karianova, quatre ans.
Travaille dans le cinéma.

Oh, que je n'aime pas me souvenir !… Que je n'aime pas ça !… Non, vraiment…

Si on demandait à tout le monde ce que c'est que l'enfance, chacun aurait une réponse différente. Pour moi, l'enfance, c'est maman, papa et des bonbons. Toute mon enfance, j'ai voulu ça : maman, papa et des bonbons. De toute la guerre, non seulement je n'ai pas mangé un bonbon, mais je n'en ai même pas vu. Mon premier bonbon, j'y ai eu droit plusieurs années après la guerre… Trois ou quatre ans après… J'étais déjà grande : dix ans.

Je n'ai jamais compris comment on pouvait ne pas avoir envie de bonbons au chocolat. Allons donc ! Ça n'est pas possible !

Quant à maman et papa, je ne les ai pas trouvés. Je ne connais même pas mon vrai nom. On m'a ramassée à Moscou, à la gare Severny[1].

1. La gare du Nord.

« Comment tu t'appelles ? »

On m'a posé la question à la maison d'enfants.

Moi :

« Marinotchka.

— Marinotchka comment ?

— Je sais plus… »

On m'a inscrite comme : Marina Severnaïa.

J'avais tout le temps faim. Mais j'avais surtout envie qu'on me prenne dans ses bras, qu'on me fasse des câlins. Seulement, de la tendresse, on n'en avait pas beaucoup, on était en pleine guerre, c'était dur pour tout le monde. Je marche dans une rue… Devant moi, une maman promène ses enfants. Elle en prend un dans ses bras, le porte un peu, le repose, en prend un autre. Ils s'asseyent sur un banc et elle assied le plus petit sur ses genoux. Je reste là, sans bouger. À regarder de tous mes yeux. Je m'approche : « S'il te plaît, prends-moi sur tes genoux… » Elle s'étonne…

J'insiste : « S'il te plaît ! Allez… »

« Elle la berçait comme une poupée… »

Dima Soufrankov, cinq ans.
Ingénieur mécanicien.

Avant, je n'avais peur que des souris. Et là, tout d'un coup, un tas de peurs… Des centaines et des centaines…

Le mot « guerre » a sans doute moins marqué ma conscience d'enfant que le mot « avion ». « Les avions ! » Aussitôt, maman nous fait descendre du poêle[1]. Nous, on a peur de le quitter et de sortir de la maison. Alors, pendant qu'elle en descend un, l'autre y regrimpe. On est cinq. Plus le chat, qu'on adore.

Les avions nous mitraillent…

Mes petits frères… Maman les attache à elle avec du fil de chanvre. Les plus grands courent tout seuls. Quand on est gosse, on vit dans un autre monde… on ne voit pas les choses de haut, on vit au ras du sol. Alors, les avions font encore plus peur ; les bombes, aussi. Je me souviens que j'étais jaloux des

1. Le poêle russe traditionnel est un véritable « monument » : il chauffe l'isba, permet de faire la cuisine, est doté d'un four mais aussi d'une couchette sur laquelle, d'ordinaire, dorment les vieillards et les petits enfants.

scarabées : ils étaient tellement petits qu'ils pouvaient toujours se cacher n'importe où, sous la terre… Je me disais que, quand je mourrais, je deviendrais un animal et m'enfuirais dans la forêt.

Les avions nous mitraillent…

Ma cousine – elle a dix ans – porte mon cousin de trois ans. Elle court, court comme une folle, mais ses forces la trahissent et elle tombe. Ils passent une nuit entière dans la neige. Le petit est mort de froid, elle a survécu. On creuse une fosse pour enterrer l'enfant. Elle ne veut pas le lâcher : « Ne meurs pas, Michenka ! Pourquoi est-ce que tu meurs ? »

On a fui les Allemands dans les marais… Et on s'y est installés. Sur des îles… On s'est construit des maisons et on a vécu là. Les maisons en question, c'étaient des rondins nus, avec un trou en haut… pour la fumée. En bas, de la terre battue. Et l'eau, partout. On y vivait, hiver comme été. On couchait sur des branches de pin. Une fois, on est revenus au village, avec maman. On voulait prendre quelque chose chez nous. Mais les Allemands y étaient. Ils ont traîné à l'école tous ceux qu'ils ont attrapés. Ils nous ont mis à genoux et ont pointé sur nous leurs mitrailleuses. Nous, les gosses, on n'était pas plus grands qu'elles.

Tout à coup, on entend que ça tire dans la forêt. Les Allemands : « Les partisans ! Les partisans ! » Ils sautent dans leurs véhicules et disparaissent. Nous, on file dans la forêt.

Après la guerre, j'avais peur de tout ce qui était en fer. Je repère un éclat d'obus, et j'ai peur qu'il explose une fois encore. La petite de la voisine : trois ans et deux mois… ça, je m'en souviens… devant son cercueil, sa mère n'arrêtait pas de répéter : « Trois ans et deux mois… Trois ans et deux mois… » Elle avait trouvé une grenade… et s'était mise à la bercer comme une poupée. Elle l'avait enveloppée dans des chiffons et la berçait. Elle était petite comme un jouet, cette grenade, mais lourde. La mère est arrivée trop tard…

Après la guerre, dans notre village de Staryïé Golovtchitsy, district de Petrikovo, deux ans de suite, encore, on a enterré des gosses. Elles traînaient partout, ces ferrailles de l'armée. Des tanks noirs, démolis, des camions blindés. Des morceaux de mines, de bombes… Et nous, on n'avait pas de jouets… Plus tard, on a ramassé tout ça, on l'a récupéré pour les usines. Maman m'a expliqué que c'était pour fabriquer des tracteurs, des machines… à coudre, par exemple. Moi, quand je voyais un tracteur neuf, je refusais de m'en approcher, j'étais sûr qu'il allait exploser. Qu'on le retrouverait tout noir, comme les tanks.

C'est que je savais de quel métal il était fait…

« On m'avait déjà acheté un abécédaire… »

Lilia Melnikova, sept ans.
Institutrice.

Je devais entrer à l'école…

On m'avait déjà acheté un abécédaire et un cartable. J'étais l'aînée de la famille. Ma sœur Raïa avait cinq ans, et notre petite Tomotchka trois. On vivait aux Rossony, mon père était directeur d'un kolkhoze forestier mais il est mort un an avant la guerre. On était donc avec maman.

Le jour où la guerre est arrivée jusqu'à nous, on était toutes les trois au jardin d'enfants, même la petite dernière. Les parents sont venus chercher leurs enfants mais nous, on est restées. On s'inquiétait. Maman est accourue la dernière. Elle travaillait au kolkhoze, ils avaient brûlé des papiers, enterré des trucs, ça l'avait retardée.

Maman a dit qu'on allait être évacuées, qu'on nous avait trouvé un chariot. On ne devait prendre que le strict minimum. Je me souviens qu'il y avait une corbeille dans le couloir. On l'a mise dans la télègue. Ma petite sœur a pris sa poupée. Maman a voulu la lui faire laisser… La poupée était encombrante… Mais ma sœur a pleuré : « Je la laisserai pas ! » On est sorties des Rossony et notre télègue a versé. La corbeille s'est ouverte et des chaussures en sont tombées. On a compris qu'on n'avait rien : ni à manger ni pour se changer. Dans l'affolement, maman s'était trompée de corbeille, elle avait pris celle où elle mettait les chaussures à porter au cordonnier.

On n'a pas eu le temps de ramasser ces fameuses chaussures que des avions sont arrivés et se sont mis à bombarder, à mitrailler. La poupée s'est retrouvée pleine de trous mais ma petite sœur n'a rien eu, pas même une égratignure. Elle a dit en pleurant : « De toute façon, je la laisserai pas ! »

On est revenues chez nous et la vie a repris, sous l'occupation allemande, cette fois. Maman vendait les affaires de mon père. Je me rappelle que, la première fois, elle a troqué un costume contre des pois. Un mois durant, on a mangé de la soupe aux pois. Et puis il n'y en a plus eu. On avait une grande couverture ancienne, ouatinée. Maman en a fait des pèlerines à vendre. Les gens la payaient comme ils pouvaient. Des fois, on avait une espèce de bouillie, des fois un œuf pour toute la famille… Et, souvent, rien du tout. Là, maman se contentait de nous serrer dans ses bras, de nous caresser…

Maman nous avait caché qu'elle aidait les partisans, mais je le devinais. Elle disparaissait souvent, sans dire où. Quand elle allait troquer quelque chose, on le savait. Mais, là, elle partait, c'est tout. J'étais fière de ma maman et je répétais à mes sœurs : « Les nôtres viendront bientôt. Avec tonton Vania. » C'était le frère de papa, il était dans les partisans.

Ce jour-là, maman a empli une bouteille de lait, elle nous a embrassées et elle est partie, en fermant la porte à clé. On s'est mises, toutes les trois, sous la table, elle était recouverte d'une longue nappe, on était bien au chaud, et on a commencé à jouer à la maman. Tout à coup, on a entendu des motos, puis un bruit effrayant à la porte, puis une voix d'homme qui disait le nom de maman, en le déformant. Il le disait mal. J'ai eu un mauvais pressentiment. Sous une fenêtre, du côté du potager, y avait une échelle. On est descendues sans faire de bruit. En vitesse. J'ai pris une de mes sœurs par la main, l'autre sur mes épaules – on appelait ça « faire à dada » – et on est sorties dans la rue.

Il y avait plein de monde. Des enfants. Ceux qui étaient venus chercher maman ne nous connaissaient pas. Ils ne nous ont pas repérées. Ils voulaient enfoncer la porte… Et moi, j'ai vu arriver maman, toute petite, toute menue. Les Allemands, aussi, l'ont vue, ils ont grimpé à toute vitesse sur la colline, l'ont attrapée, lui ont tordu les bras, ont commencé à la frapper. Nous, on courait toutes les trois en hurlant, on criait de toutes nos forces : « Maman ! maman ! » Ils l'ont poussée dans un side-car. Elle a juste lancé à notre voisine : « Fenia, je t'en prie, veille sur mes enfants ! » Les voisins nous ont écartées de la route, mais, tous, ils avaient peur de nous prendre chez eux : des fois qu'on viendrait nous chercher… Alors, on est allées pleurer dans le fossé. On ne pouvait pas rentrer à la maison, on nous avait raconté que, dans le village d'à côté, on avait embarqué les parents et brûlé les enfants. On les avait enfermés dans la maison et on avait mis le feu. On avait peur de retourner chez nous… Ç'a été trois jours comme ça, je crois. Tantôt on restait dans le poulailler, tantôt on se rapprochait du potager. On avait faim, mais on n'osait rien prendre dans le jardin, parce que maman n'arrêtait pas de nous gronder, qu'on arrachait les carottes trop tôt, qu'elles étaient trop jeunes et qu'on cassait les pois. Alors, on n'y a pas touché. On se disait que maman devait se faire du souci, elle devait avoir peur que, sans elle, on abîme tout le potager. Sûr, qu'elle devait penser ça ! Elle ne savait pas qu'on se tenait bien, qu'on lui obéissait. Les voisins nous faisaient passer des choses que leurs enfants nous apportaient : qui un rutabaga, qui des pommes de terre, qui une betterave…

Ensuite, tata Arina nous a prises chez elle. Il lui restait un garçon, elle en avait perdu deux quand elle était partie avec les réfugiés. Nous, on n'arrêtait pas de parler de maman, et tata Arina nous a amenées chez le commandant de la prison pour demander qu'on puisse la voir. Il a répondu qu'on n'avait pas le droit de lui parler, la seule chose qu'on pouvait faire, c'était de passer devant sa fenêtre.

C'est ce qu'on a fait, et j'ai aperçu maman… On est passées tellement vite que j'ai été la seule à la voir, mes sœurs n'ont pas eu le temps. Le visage de maman était tout rouge. J'ai compris qu'on l'avait beaucoup battue. Elle aussi nous a aperçues. Elle a juste crié : « Mes enfants ! Mes petites ! » Ensuite, elle a arrêté de regarder par la fenêtre. Plus tard, on nous a fait savoir que, dès qu'elle nous avait vues, elle avait perdu connaissance…

Quelques jours après, on a appris que maman avait été fusillée. Avec ma sœur Raïa, on comprenait qu'elle était morte, mais la plus petite, Tomotchka, n'arrêtait pas de répéter que, quand elle reviendrait, elle lui raconterait tout : qu'on l'embêtait, qu'on ne voulait pas la porter… Quand on nous donnait à manger, je lui laissais toujours le meilleur morceau. Je me rappelais que maman faisait comme ça…

Quand maman a été fusillée… une voiture est arrivée devant notre maison… Des gens ont commencé à prendre nos affaires… Les voisins nous ont appelées : « Allez demander vos bottes de feutre, vos manteaux chauds. L'hiver sera bientôt là et vous n'avez que des habits d'été. » On arrive donc, toutes les trois, la petite Tomotchka sur mes épaules. Je dis : « Tonton[1], rendez-lui ses bottes… » Un Polizei[2] les a justement à la main. Je n'ai pas le temps de finir ma phrase qu'il me flanque un coup de pied. Ma sœur tombe… et sa tête heurte une pierre…

Le lendemain matin, elle avait une grosse bosse, qui a continué à grossir. Tata Arina avait un foulard épais. Elle lui a enveloppé la tête, n'empêche qu'on voyait toujours la bosse. La nuit, je serrais ma petite sœur dans mes bras. Sa tête n'arrêtait pas d'enfler. Et moi, j'avais peur : je me disais qu'elle allait mourir.

Les partisans ont été mis au courant et ils nous ont prises avec eux. Dans leur détachement, on nous consolait comme on pouvait, on était très gentil avec nous. À un moment, on a même oublié qu'on n'avait plus ni père ni mère. Si un des partisans abîmait sa chemise et ne pouvait plus la porter, il retournait une manche, dessinait dessus des yeux, un nez… et ça faisait des poupées pour nous. On nous a appris à lire. Quelqu'un a même inventé un poème sur moi, parce que je n'aimais pas me laver à l'eau froide. C'est que, dans la forêt, fallait voir les conditions !… L'hiver, on se lavait avec de la neige…

Dans son bain, petite Lilia,
Hurle, crie à faire pitié :
« Ouille ! Aïe ! Gla-gla-gla !
Ce que l'eau peut être mouillée ! »

1. C'est ainsi que, le plus souvent, les enfants russes ou biélorusses s'adressent aux adultes.
2. Police locale, qui collaborait avec les troupes d'occupation.

Quand c'est devenu dangereux, on nous a ramenées chez tata Arina. Le commandant – c'était le légendaire Piotr Mironovitch Macherov – a demandé : « De quoi avez-vous besoin ? Qu'est-ce qui vous ferait plaisir ? » On avait besoin d'un tas de choses. De vareuses, par exemple. Alors, on nous a fait des robes dans du tissu de vareuses. Des robes vertes, avec des petites poches plaquées. On nous a bricolé des bottes de feutre à toutes les trois, cousu des petites pelisses et tricoté des moufles. Je me rappelle qu'on nous a transportées chez tata Arina dans une charrette, avec des sacs où il y avait de la farine, de la semoule. Et même des bouts de cuir pour qu'elle puisse nous faire des chaussures.

Quand on a perquisitionné chez tata Arina, elle a dit qu'on était ses enfants. Ils l'ont longtemps interrogée : et pourquoi on était toutes blondes, et son fils tout noiraud ? Ils devaient se douter de quelque chose… Ils nous ont chargés dans un véhicule, avec tata Arina et son garçon, et nous ont conduits au camp de concentration d'Igritskoïé. C'était l'hiver. Tout le monde dormait à même le sol, qui était fait de planches avec de la paille dessus. On se couchait comme ça : moi, Tomotchka, à côté d'elle Raïa, et après, tata Arina et son garçon. Moi, j'étais au bord et, près de moi, les gens changeaient souvent. Si, pendant la nuit, je sentais une main froide, je comprenais que la personne était morte. Au matin, je regardais : la personne avait l'air vivant mais elle était froide. Un jour, j'ai eu une peur bleue : j'ai vu des rats ronger les lèvres et les joues d'un mort. Ils étaient gras, ces rats, et ils avaient tous les culots… Eux, ils me faisaient vraiment peur… Chez les partisans, la bosse de ma petite sœur avait disparu. Au camp de concentration, elle est revenue. Tata Arina passait son temps à essayer de la cacher. Elle le savait : si on s'apercevait que la petite était malade, on la tuerait. Elle lui enveloppait la tête dans de gros foulards. Une nuit, je l'ai entendue prier : « Seigneur, tu as repris leur mère, préserve les enfants ! » Moi aussi, je priais… Je demandais que Tomotchka, au moins, reste en vie. Elle était trop petite pour mourir.

Ensuite, on nous a emmenés hors du camp… Dans des wagons à bestiaux. Sur le sol, il y avait des bouses de vache séchées. Je me rappelle qu'on est arrivés en Lettonie et que, là, des gens du coin nous ont pris chez eux. La première à partir a été Tomotchka. Tata Arina a tendu la petite à un vieux Letton, elle s'est mise à genoux en disant : « Je vous en prie, sauvez-la ! C'est tout ce que je vous demande. » Il a répondu : « Si j'arrive à la porter jusque chez moi, elle vivra. Seulement, j'ai deux kilomètres à faire. Je dois traverser la rivière, puis le cimetière… » On s'est tous retrouvés chez des gens différents. On a aussi été séparées de tata Arina…

Et puis y a eu des bruits… On nous a dit : « la victoire ! ». Je suis allée trouver les gens qui avaient pris ma sœur Raïa :

« On n'a plus de maman… Viens, on va aller récupérer Toma. Et puis il faut savoir où est tata Arina. »

Voilà ce qu'on s'est dit et on est parties à la recherche de tata Arina. On l'a trouvée, et ça, c'est un miracle. On l'a trouvée uniquement parce qu'elle était bonne couturière. On est entrées dans une maison pour demander de l'eau. On nous a interrogées : où on allait ? On a répondu qu'on cherchait tata Arina. La gamine de la famille a aussitôt réagi : « Venez, je vais vous montrer où elle habite. » Tata Arina a été épatée de nous voir. On était maigres comme des coucous. C'était la fin juin, la période la plus pénible : les récoltes de l'année passée sont épuisées, et c'est trop tôt pour les nouvelles. On mangeait des épis encore verts : on les égrenait et on les avalait, on ne prenait même pas le temps de les mâcher, tellement on avait faim.

Pas très loin de l'endroit où on était se trouvait la ville de Kraslav. Tata Arina a dit qu'il fallait qu'on y aille, à la maison d'enfants. Elle était déjà très malade et elle a demandé qu'on nous y transporte en voiture. On nous y a conduites tôt, un matin, les portes étaient encore fermées. On nous a débarquées sous les fenêtres de la maison et on nous a laissées là. Le soleil s'est levé… Des gamins sont sortis en courant des bâtiments, tous avec des petites chaussures rouges, en shorts, sans maillots, une serviette à la main. Ils ont filé au ruisseau, en s'amusant. Nous, on regardait… On croyait pas qu'une vie pareille, ça puisse exister. Les enfants nous ont repérées : on était là, loqueteuses, sales. Ils ont crié : « Il y a des nouvelles ! » Ils ont appelé les monitrices. Personne ne nous a demandé aucun papier. On nous a tout de suite apporté un morceau de pain et des conserves. Nous, on n'osait pas manger : on se disait que tout ça allait disparaître. C'était trop beau… On nous a rassurées : « Restez là, les petites. Pendant ce temps, on va chauffer l'étuve. On vous lavera et on vous montrera où vous installer. »

Le soir, la directrice est venue. Elle nous a vues et elle a dit qu'il fallait nous conduire au refuge d'enfants de Minsk, que, là, on nous enverrait dans une autre maison parce que, chez eux, tout était archi-plein. Nous, quand on a entendu qu'il fallait repartir, on s'est mises à pleurer et à la supplier de nous garder. La directrice a répondu : « Ne pleurez pas, petites. Je ne peux plus supporter vos larmes. » Elle a téléphoné je ne sais où et on nous a gardées dans cette maison d'enfants. C'était une maison magnifique, fantastique, il y avait des monitrices extraordinaires, sans doute qu'il n'en existe plus des comme ça. Elles avaient tellement de cœur ! Comment c'était possible, après la guerre ?

On nous aimait beaucoup. On nous apprenait à nous conduire en société. Par exemple, on nous expliquait que si on offrait des bonbons à quelqu'un, il ne fallait pas en sortir un du paquet, mais laisser l'autre choisir. Quant à celui à qui on en offrait, il ne devait pas prendre tout. Juste un bonbon. Quand on nous a expliqué ça, un garçon était absent. La sœur d'une gamine arrive et lui apporte une boîte de bonbons. La petite – une pensionnaire de la maison – présente la boîte à ce garçon qui la prend. Nous, on rigole. Lui, il est tout perdu et il demande : « Qu'est-ce que je dois faire ? » On lui répond qu'il ne faut prendre qu'un bonbon. Alors, il pige : « Je comprends, qu'il dit, il faut toujours partager. Sinon, ce serait bien pour moi mais pas pour les autres. » C'était exactement ça : on nous apprenait à faire en sorte que ce soit bien pour tout le monde. C'était d'ailleurs pas difficile de nous apprendre : on en avait tellement vu ! Pour ça, on était vraiment grands…

Les aînées des filles cousaient des cartables pour tout le monde, elles en fabriquaient même dans de vieilles jupes. Les jours de fête, la directrice préparait une gigantesque pâte, grande comme un drap. Ensuite, chacun s'en coupait un morceau et se faisait des gâteaux à sa guise : grands, petits, ronds, en triangle…

Quand on était ensemble, on pensait moins à nos papas et nos mamans ; mais, si on était malade, en quarantaine, à ne rien faire, on ne parlait que d'eux, on se rappelait comment on s'était retrouvés à la maison d'enfants. Un garçon m'a raconté qu'on avait brûlé toute sa famille. Lui, à ce moment-là, il était parti à cheval au village d'à côté. Il disait qu'il avait de la peine pour sa maman, pour son papa, et encore plus pour sa petite sœur Nadia. Elle était dans son berceau, dans ses langes tout blancs, et on l'avait brûlée. Ou bien, quand on se réunissait dans la clairière, on formait un rond bien serré et on se parlait de nos maisons. De comment on vivait avant la guerre...

Un jour, on amène une petite fille. On lui demande :
« Comment tu t'appelles ?
— Maria Ivanovna[1].
— C'est quoi, ton nom de famille ?
— Maria Ivanovna.
— Et ta maman, elle s'appelait comment ?
— Maria Ivanovna. »

On ne pouvait rien en tirer que ce « Maria Ivanovna ». Notre institutrice s'appelait comme ça, et la gamine aussi...

Pour le Nouvel An, elle a récité une poésie de Marchak : « J'avais une jolie petite poulette... » Alors, les enfants l'ont surnommée : « Poulette ». On n'était que des gosses, après tout, et on en avait marre de l'appeler Maria Ivanovna. Ensuite, un garçon de chez nous est allé voir un copain au collège professionnel dont on dépendait. Ils se sont disputés et le gars de chez nous a traité l'autre de « Poulette ».

1. L'emploi du prénom et du patronyme est une manière respectueuse de s'adresser à des adultes que l'on fréquente régulièrement. C'est ainsi, par exemple, que les élèves s'adressent aux enseignants.

Le copain s'est vexé : « Pourquoi que tu m'appelles comme ça ? J'ai rien à voir avec une poule ! » Le garçon lui a expliqué qu'il y avait, dans notre maison d'enfants, une fille qui lui ressemblait : le même nez, les mêmes yeux, et qu'on l'appelait « Poulette ». Il lui a raconté pourquoi.

Et c'est comme ça qu'on a su que c'était la sœur de l'autre. Lorsqu'ils se sont retrouvés, ils se sont rappelés qu'ils avaient voyagé en télègue… Que leur grand-mère leur faisait réchauffer à manger dans une boîte de conserve… Puis qu'elle avait été tuée dans un bombardement… Que leur vieille voisine, une amie de leur grand-mère, l'appelait, alors qu'elle était déjà morte : « Maria Ivanovna, relevez-vous, vous avez deux petits-enfants à charge… Comment pouvez-vous mourir, Maria Ivanovna ? Pourquoi êtes-vous morte, Maria Ivanovna ? » La petite avait donc enregistré tout ça, sans être vraiment sûre de l'avoir vécu. Seuls, deux mots continuaient de résonner à son oreille : « Maria Ivanovna ».

On était tous drôlement contents qu'elle ait trouvé un frère, parce qu'on avait tous quelqu'un, sauf elle. Moi, par exemple, j'avais deux sœurs, d'autres avaient un frère ou des cousins, des cousines. Et ceux qui n'avaient personne s'inventaient des familles : « t'as qu'à être mon frère… » « on dirait que tu serais ma sœur… » Et, quand c'était décidé, ils prenaient soin les uns des autres, se défendaient mutuellement. On avait onze Tamara dans notre maison d'enfants. Avec, pour noms de famille : Tamara Inconnue, Tamara Non-identifiée, Tamara Sans-nom, Tamara la Grande, Tamara la Petite…

Ce que je me rappelle d'autre ? Qu'on ne nous grondait pas beaucoup à la maison d'enfants, et même pas du tout. L'hiver, on faisait de la luge avec des enfants qui avaient leurs parents, et j'ai vu, un jour, une mère qui grondait son garçon et, même, le tapait, parce qu'il avait mis ses bottes de feutre sans chaussettes. Nous, quand on était pieds nus, personne ne nous disait rien. Je mettais exprès mes bottes sans chaussettes pour qu'on me gronde. J'en avais tellement envie…

J'étais bonne élève et on m'a demandé d'aider un garçon. Un garçon du village. Parce qu'on était à l'école ensemble, ceux de la maison d'enfants et ceux du village. Je devais aller chez lui. Dans sa maison. Et j'avais peur. Je me demandais : qu'est-ce qu'il y a, là-bas, comme affaires ? Comment c'est disposé ? Comment je dois me comporter ? La maison, c'était pour nous le rêve le plus cher, le plus inaccessible.

En frappant à la porte, j'ai cru que mon cœur allait s'arrêter de battre…

« Pas l'âge de combattants, et pas l'âge de galants... »

Vera Novikova, treize ans.
Dispatcher dans un dépôt de tramways.

C'est tellement loin, tout ça... N'empêche que ça fait peur...

Je me souviens de plein de soleil, et du vent qui souffle dans une toile d'araignée. Notre village est en flammes, notre maison brûle. Nous quittons l'abri de la forêt. Les petits enfants crient : « Un feu ! Un feu ! C'est beau ! » Tous les autres pleurent. Maman aussi. Elle se signe.

La maison a été anéantie... On a fouillé les cendres, mais on n'a rien trouvé. Juste des fourchettes à moitié brûlées. Le poêle, lui, était entier, avec ce qui cuisait dessus : des crêpes, atroces ! Des pommes de terre, atroces ! Maman a retiré elle-même la poêle : « Mangez, les enfants. » Les crêpes étaient immangeables, elles sentaient la fumée. N'empêche qu'on les a dévorées parce qu'à part de l'herbe on n'avait rien d'autre. C'est tout ce qui restait : de la terre et de l'herbe.

C'est tellement loin tout ça... N'empêche que ça fait peur...

J'ai eu une cousine pendue. Son mari commandait un détachement de partisans. Elle était enceinte. Quelqu'un l'a dénoncée aux Allemands, qui ont débarqué. Ils ont obligé tout le monde à venir sur la place. Ils ont interdit de pleurer. Près du soviet rural, il y avait un grand arbre. Ils ont amené un cheval. Ma cousine était debout dans un traîneau… Elle avait une longue tresse… Ils lui ont passé la corde au cou, elle a sorti sa tresse du nœud. Ils ont tiré, d'un coup, le cheval et le traîneau… et elle s'est retrouvée à se balancer au bout de sa corde… Les femmes ont commencé à crier… À crier sans larmes, d'une même voix. On n'avait pas le droit de pleurer… Crier, on pouvait tant qu'on voulait. Mais pas pleurer… Fallait pas montrer de pitié. Ils tuaient tout de suite ceux qui pleuraient. Des gamins de seize, dix-sept ans, qu'ils ont fusillés… parce qu'ils pleuraient. Si jeunes encore… Pas l'âge de combattants, et pas l'âge de galants…

Pourquoi je vous raconte ça ? Ça me fait même encore plus peur qu'à l'époque. C'est pour ça que je ne veux pas me souvenir…

« Si au moins il pouvait
me rester un fils... »

Sacha Kavrous, dix ans.
Docteur en philologie.

J'allais à l'école...

On était dans la cour, on avait commencé à jouer, comme d'habitude, et c'est à ce moment-là que les avions nazis sont arrivés et ont lâché des bombes sur notre village. Nous, on avait déjà entendu parler de la guerre d'Espagne et du sort des enfants espagnols. Mais là, c'était sur nous que les bombes dégringolaient. Les vieilles femmes se laissaient tomber sur le sol et priaient. Voilà...

Je n'oublierai jamais la voix de Levitan[1] annonçant le début de la guerre. Je ne me rappelle pas le discours de Staline. Les gens restaient plantés des journées entières devant le haut-parleur du kolkhoze à attendre Dieu savait quoi. Moi, je ne quittais pas mon père... Voilà...

Les premiers à faire irruption dans notre village des Broussy, district de Miadela, ont été les hommes d'un détachement punitif. Ils ont ouvert le feu, mitraillé

1. Speaker le plus connu de l'époque stalinienne.

tous les chiens et les chats, puis cherché à savoir où se trouvaient les activistes. Avant la guerre, le soviet rural était chez nous, mais personne n'a dénoncé mon père. Voilà… Personne ne l'a trahi… La nuit suivante, j'ai fait un rêve : on m'avait fusillé, j'étais étendu et je me demandais pourquoi je ne mourais pas…

Une scène m'est restée en mémoire : comment les Allemands faisaient la chasse aux poules. Quand ils en attrapaient une, ils la soulevaient du sol et lui tordaient le cou jusqu'à ce que la tête leur reste dans la main. Et ils rigolaient comme des fous. Moi, j'avais l'impression que nos poules criaient… On aurait dit des gens… des voix humaines… Et les chats, les chiens, quand ils mitraillaient !… Jusque-là, je ne savais pas ce que c'était que la mort. Je n'avais vu mourir personne, aucun animal. Si, une fois, des oiseaux morts dans la forêt ! Rien d'autre. Voilà…

Notre village a brûlé en 43… Ce jour-là, on ramassait les pommes de terre. Vassili, notre voisin – il avait fait la Première Guerre mondiale et savait un peu d'allemand –, a dit : « Je vais aller leur demander de ne pas incendier le village. Y a des enfants, ici. » Il y est allé et ils l'ont brûlé vif. Ils ont brûlé l'école. Tous les livres. Incendié nos potagers. Nos jardins. Voilà…

Où on pouvait aller ? Mon père a voulu nous conduire chez les partisans dans la forêt des Kozinki. En chemin, on rencontre des gens d'un autre village, incendié lui aussi. Ils nous disent que, devant, il y a les Allemands, c'est pour ça qu'ils viennent chez nous. On s'est cachés dans une sorte de fosse : moi, mon frère Volodia, maman avec ma petite sœur et mon père. Papa avait pris une grenade et on a décidé que, si les Allemands nous repéraient, il la dégoupillerait.

On a commencé à se dire adieu. Avec mon frère, on a ôté nos ceintures, on a fait un nœud coulant pour nous pendre et on se les est passées au cou. Maman nous a tous embrassés. Je l'ai entendue dire à mon père : « Si au moins il pouvait me rester un fils… » Alors, papa a décidé : « Ils n'ont qu'à filer, ils sont jeunes, peut-être qu'ils s'en tireront. » Mais je plaignais tellement maman que je suis resté. Voilà… J'ai refusé de partir.

On a entendu des chiens ; on a entendu des ordres dans une langue étrangère ; on a entendu des tirs. Seulement, la forêt, chez nous, c'est rien que du chablis, des sapins renversés, on ne voit rien à dix mètres. Tantôt, ils étaient à deux pas, tantôt leurs voix s'éloignaient. Quand le calme est revenu, maman n'a pas pu se relever. Ses jambes ne la portaient plus. Papa l'a hissée sur son dos. Voilà…

Quelques jours plus tard, on a trouvé les partisans. Ils connaissaient mon père. On n'arrivait pratiquement plus à avancer, on était affamés. On n'avait plus de jambes mais on marchait quand même. Et voilà qu'un partisan me demande : « Qu'est-ce que tu rêverais de trouver au pied d'un sapin ? Des bonbons ? Des gâteaux ? Un morceau de pain ? » Je réponds : « Une poignée de cartouches. » Ça, les partisans s'en sont longtemps souvenus. Je détestais tellement les Allemands. Pour tout… Pour maman, aussi…

On a traversé des villages incendiés. Les seigles n'étaient pas moissonnés, les pommes de terre poussaient. Il y avait des pommes par terre. Des poires… Mais pas de gens. Des chats, des chiens couraient. Seuls. Voilà… Pas de gens. Pas âme qui vive. Rien que des chats affamés…

Je me souviens qu'après la guerre il ne restait dans notre village qu'un abécédaire. Et le premier livre que j'ai trouvé, c'était un recueil de problèmes d'arithmétique.

Je les lisais, ces problèmes, comme j'aurais lu des poésies… Voilà…

« De sa manche, il sèche ses larmes… »

Oleg Boldyrev, huit ans.
Contremaître.

Parlez d'une question !… Qu'est-ce qui vaut mieux : se souvenir ou oublier ? Ou bien se taire ? Des années durant, j'ai essayé d'oublier…

On a mis un mois à arriver à Tachkent. Un mois ! C'était le fin fond de l'arrière. Mon père y était envoyé en tant que spécialiste. On y transférait les usines. Les fabriques. Tout le pays se déplaçait à l'arrière. Dans la province profonde. Par chance, le territoire est grand…

C'est là que j'ai appris la mort de mon frère aîné à Stalingrad. Il voulait à toute force aller au front. Moi, on m'avait refusé, même à l'usine, j'étais trop petit : « Tu n'auras dix ans que dans un an et demi, répétait ma mère, navrée. Sors-toi de la tête ces idées infantiles. » Mon père se renfrognait, lui aussi : « L'usine, c'est pas le jardin d'enfants, faudra que tu trimes comme tout le monde, des douze heures par jour. Et à quel boulot ! »

L'usine en question fabriquait des mines, des obus, des bombes aériennes. On y embauchait les adolescents pour le polissage. Toutes les pièces en métal étaient polies à la main… Le procédé était simple : un tuyau sous forte pression envoyait un jet de sable chauffé à cent cinquante degrés. Le sable rebondissait sur le métal, il vous brûlait les poumons, vous fouettait le visage, vous tombait dans les yeux. Rares étaient ceux qui tenaient plus d'une semaine. Il fallait être sacrément résistant.

Mais, en 43… j'ai eu mes dix ans et mon père a fini par me prendre avec lui. Il m'a amené dans son atelier, le numéro trois. Là où on fabriquait des détonateurs pour les bombes.

On bossait à trois : Oleg, Vaniouchka – ils avaient seulement deux ans de plus – et moi. On montait les détonateurs et Iakov Mironovitch Sapojnikov (son nom m'est resté en mémoire), un as dans sa partie, soudait les pièces. Ensuite, il fallait grimper sur une caisse pour pouvoir atteindre l'étau, fixer la gaine du détonateur et, d'un tour de taraud, en calibrer le filetage. On se débrouillait sacrément bien… Et vite… Le reste, c'était de la rigolade : on fixait le bouchon et… dans la caisse ! Quand elle était pleine, on la mettait à charger. D'accord, c'était un peu lourd, dans les cinquante kilos, mais à deux, on y arrivait. On évitait de déranger Iakov Mironovitch : il avait le boulot le plus délicat, le plus responsable, la soudure !

Ce qui était vraiment pénible, c'était la flamme du chalumeau. On avait beau essayer de ne pas regarder les étincelles bleues, en douze heures de travail, on en chopait, des rayons ! Du coup, on avait l'impression d'avoir du sable plein les yeux. On les frottait, les frottait, mais c'était peine perdue. À cause de ça, peut-être, ou bien à cause du bruit monotone de la dynamo qui fournissait le courant pour les soudures, ou encore à force de fatigue, on avait parfois affreusement envie de dormir. Aux heures de nuit, surtout. Ah, dormir, dormir !

Chaque fois que Iakov Mironovitch entrevoyait la moindre possibilité de nous accorder un répit, il ordonnait :

« Direction la pièce aux électrodes ! »

On ne se faisait pas prier : il n'y avait pas, dans toute l'usine, de coin plus confortable et douillet que l'endroit où on séchait les électrodes à l'air chaud. On grimpait sur une sorte d'étagère en bois et on s'endormait aussitôt. Un quart d'heure plus tard environ, Iakov Mironovitch nous réveillait.

Une fois, je me réveille tout seul, avant qu'il ne m'appelle. Et qu'est-ce que je vois ? Tonton Iakov est là, qui nous regarde… Il nous donne une petite rallonge… Et, de sa manche, il sèche ses larmes…

« Il était pendu à sa corde, comme un enfant… »

Liouba Alexandrovitch, onze ans.
Ouvrière.

Je ne veux pas… Je ne veux même pas redire ce mot : « guerre »…

La guerre est arrivée très vite chez nous. Le 9 juillet, soit au bout de quelques semaines à peine, on se battait déjà pour notre chef-lieu de district, Senno. On a vu affluer un tas de réfugiés, tellement que les gens ne savaient pas où se mettre, on manquait de maisons. Nous, par exemple, on hébergeait cinq ou six familles, avec des enfants. Et c'était partout pareil.

D'abord, les gens sont passés. Puis a commencé l'évacuation des bêtes. Ça, je m'en souviens parfaitement, parce que c'était terrible. Des images effroyables. La gare la plus proche de chez nous était celle de Bogdan – elle le reste aujourd'hui – entre Orcha et Lepel. Là, dans cette direction, on évacuait le bétail, et pas seulement de notre soviet rural mais de toute la région de Vitebsk. L'été était très chaud, on emmenait les bêtes par gros troupeaux : vaches, moutons, cochons, veaux. Les chevaux étaient à part. Ceux qui convoyaient le bétail étaient si fatigués qu'ils se moquaient bien de savoir combien il y avait de têtes. Les vaches n'étaient pas traites. Elles entraient dans notre cour et demeuraient près de notre perron jusqu'à ce qu'on vienne les traire. On leur vidait le pis directement sur la route, par terre… Les cochons étaient les plus malheureux, ils ne supportent pas la chaleur ni une trop longue marche. Ils finissaient par s'écrouler. La chaleur augmentait encore le nombre de cadavres, et c'était si terrible que, le soir, j'avais peur de sortir de chez nous. Partout, des chevaux, des moutons, des vaches… morts. On n'avait pas le temps de les mettre en terre. Et la chaleur en tuait de nouveaux, chaque jour… Il y en avait de plus en plus… Ils enflaient… La nuit, je me réveillais en hurlant de peur…

Les paysans savent ce que c'est que de s'occuper ne serait-ce que d'une vache, le travail que ça représente. La patience. Le temps qu'il y faut. Ils pleuraient de voir ainsi périr le bétail. Et puis ça n'était pas des arbres qui tombaient en silence. Tout ça criait, hennissait, bêlait… Gémissait…

Je me rappelle les paroles de mon grand-père : « Et ceux-là, ces innocents, pourquoi ils meurent ? Eux autres, ils ne peuvent rien dire ! » Mon grand-père aimait les livres. Il passait ses soirées à lire…

… Avant la guerre, ma grande sœur travaillait au comité de district du Parti et on l'y avait gardée en clandestine. Elle avait rapporté plein de livres de la bibliothèque du comité, des portraits, des drapeaux rouges. On les a enterrés dans le jardin, sous les pommiers. Avec sa carte du Parti. On a fait ça, la nuit. Moi, j'avais l'impression que le rouge… la couleur rouge… était visible même de dessous la terre. Que toute la terre du jardin était rouge…

L'arrivée des Allemands, c'est drôle, je ne la revois pas… Ils étaient déjà là, et depuis un moment, quand ils nous ont tous rassemblés, tout le village. Ils ont pointé sur nous des mitrailleuses et ordonné qu'on leur dise où étaient les partisans et qui les aidait chez nous. Personne n'a bronché. Alors, ils en ont pris un sur trois pour les fusiller. Ils ont tué six personnes : deux hommes, deux femmes et deux adolescents. Et puis ils sont partis.

Dans la nuit, une neige toute fraîche est tombée… Le Nouvel An… Et sous cette neige toute neuve gisaient ceux qu'on avait tués. Il n'y avait personne pour les enterrer, personne pour fabriquer des cercueils. Les hommes étaient cachés dans la forêt. Les vieilles femmes ont brûlé des bûches pour réchauffer un peu la terre et qu'on puisse creuser des tombes. Longtemps, leurs pelles ont cogné contre le sol gelé…

Les Allemands n'ont pas tardé à revenir… Ils ont rassemblé tous les gosses, on était treize, les ont placés en tête de leur colonne : ils avaient peur que les partisans aient posé des mines. On marchait donc devant, et eux suivaient. Si, par exemple, il fallait s'arrêter et prendre de l'eau à un puits, ils nous y envoyaient en premier. On a marché, comme ça, une quinzaine de kilomètres. Les gamins n'avaient pas trop peur, mais les filles pleuraient. Et eux, derrière nous, dans leurs véhicules… Pas moyen de s'échapper… Je me souviens qu'on était pieds nus, alors que le printemps commençait à peine. Ce n'étaient que les premiers beaux jours…

Je veux oublier…

Les Allemands faisaient le tour des fermes… Ils embarquaient les mères dont les enfants avaient rejoint les partisans… Et ils les décapitaient sur la place du village… Ils nous ordonnaient de regarder. Dans une ferme, ils n'ont trouvé que le chat. Alors, ils l'ont attrapé et pendu. Il était là, qui se balançait au bout de sa corde, comme un enfant…

Je veux tout oublier…

« À présent, vous serez mes enfants… »

Nina Chounto, six ans.
Cuisinière.

Ah là là ! J'ai tout de suite un pincement au cœur…

Avant la guerre, on n'avait que notre père… Maman était morte. Quand papa est parti au front, on est restés avec ma tante. Elle vivait au village des Zadory, district de Lepel. Un mois après que papa nous a conduits chez elle, elle s'est cognée à une branche et crevé un œil. Ensuite, ça s'est infecté, et elle est morte. Notre unique tante. Alors, on est restés tout seuls, avec mon frère. Il était petit. On est partis, tous deux, à la recherche des partisans. Je ne sais pas pourquoi on avait décrété que papa était avec eux. On couchait où on pouvait. Je me rappelle que, quand il y avait de l'orage, on dormait dans une meule de foin. On faisait un trou à l'intérieur et on s'y cachait. Des gosses comme nous, y en avait des tas. Qui, tous, cherchaient leurs parents, même quand on leur avait annoncé qu'ils étaient morts. Ça ne fait rien, qu'ils nous disaient, on continue à chercher papa et maman. Ou de la famille…

On a marché, marché…

Dans un village… la fenêtre d'une maison est ouverte. De l'extérieur, on voit qu'on vient d'y faire cuire des tourtes aux pommes de terre. On s'approche et, en sentant l'odeur de ces tourtes, mon frère perd connaissance. Je suis entrée demander un petit morceau pour mon frère. Je savais que, sans ça, il ne se relèverait pas. Et moi, je n'aurais pas pu le porter, je n'avais pas la force. Dans la maison, je n'ai vu personne. Je n'ai pas pu m'en empêcher : j'ai pris un petit bout de tourte. On est donc là, avec mon frère, on attend les gens. Qu'ils n'aillent pas penser qu'on est des voleurs… Une femme arrive. Elle vit seule. Elle refuse de nous laisser repartir et dit : « À présent, vous serez mes enfants… » Elle a à peine fini sa phrase qu'avec mon frère on s'endort à table. Tellement on est bien, tout d'un coup ! On a trouvé une maison…

Peu après, le village a été incendié. Les gens sont morts dans les flammes. Notre nouvelle tata, aussi. Nous, on est restés en vie parce que, le matin, de bonne heure, on était allés cueillir des baies… Nous voilà donc, sur une colline, à regarder les flammes… On avait tout compris. Ce qu'on ne savait pas, c'était où aller. Ni comment dénicher une autre tata. Parce que, celle-là, on l'aimait bien. On se disait même, entre nous, qu'on l'appellerait maman. Elle était si gentille ! Et elle nous embrassait toujours, le soir, avant qu'on s'endorme.

Des partisans nous ont récupérés. Qui nous ont expédiés en avion hors de la zone du front…

Ce qui me reste de la guerre ? Je ne sais pas ce que c'est que des « étrangers » parce que mon frère et moi, on a grandi au milieu d'étrangers. Des étrangers nous ont sauvés. Alors, en quoi ils me sont étrangers ? Ce sont des proches, comme tous les hommes. Je vis avec ce sentiment-là…

« Nous, on leur baisait les mains… »

David Goldberg, quatorze ans.
Musicien.

On préparait la fête…

Ce jour-là devait avoir lieu l'inauguration des « Talki », notre camp de pionniers. On avait invité des gardes-frontières et, le matin, on était allés en forêt… cueillir des fleurs. On avait réalisé un journal mural spécial et joliment décoré l'arche du portail. C'était un endroit extraordinaire, il faisait un temps magnifique. Et on était en vacances ! On n'a même pas été alertés par le bruit des avions qu'on a entendu toute la matinée, tellement on était joyeux et content !

Tout à coup, on nous fait mettre en ligne et on nous annonce que, ce matin-là, pendant qu'on dormait, Hitler a attaqué notre pays. Dans mon esprit, la guerre, ça se passait en Chine, c'était quelque chose de très lointain et qui ne pouvait pas durer longtemps. Et puis on ne doutait pas un instant d'avoir une armée invincible et indestructible, les meilleurs chars et avions. Tout ça, on nous l'avait dit à l'école. Et répété à la maison. Les garçons avaient un air assuré, mais beaucoup de filles pleuraient à chaudes larmes, elles avaient peur. On a demandé aux plus grands de faire le tour des équipes et de les réconforter, surtout les plus jeunes. Le soir, on a donné aux garçons de quatorze ou quinze ans des fusils de petit calibre. C'était drôlement bien ! On se sentait sacrément fiers ! Et responsables ! Il y avait quatre fusils pour tout le camp, on montait la garde à trois. Tout ça me plaisait assez. J'ai fait un tour dans la forêt avec un des fusils pour me tester : savoir si j'avais peur ou non. Je ne voulais pas être un poltron.

Plusieurs jours, on a attendu qu'on vienne nous chercher. Mais personne ne s'est montré et on est allés nous-mêmes à la gare des Poukhovitchi. Là, on a dû patienter longtemps. Le chef de gare a dit qu'il n'y aurait plus de train en provenance de Minsk, que le trafic était interrompu. Soudain, un des gosses est arrivé en courant et en criant qu'un gros, gros convoi approchait. On s'est postés sur les rails… On a commencé par faire de grands signes, puis on a retiré nos foulards de pionniers… et on s'est mis à les agiter pour stopper le train. Le machiniste nous a vus et, au désespoir, il nous a expliqué par gestes qu'il ne s'arrêterait pas parce que la locomotive ne repartirait pas. « Si vous pouvez, jetez les gosses sur les plates-formes ! » criait-il. Sur les plates-formes, il y avait des gens qui criaient eux aussi : « Sauvez les enfants ! Sauvez les enfants ! »

On a entrepris de leur lancer les petits. Le train a à peine ralenti. Des wagons se sont ouverts, des bras blessés se sont tendus pour attraper les enfants. Finalement, on a tous réussi à se caser. C'était le dernier convoi en provenance de Minsk…

On a roulé longtemps… Le train n'allait pas vite. On voyait bien le paysage… Sur le remblai, des morts étaient étendus, soigneusement alignés, comme des traverses de chemin de fer. Ça m'est resté… Et le fait qu'on était bombardés, qu'on hurlait autant que les obus. Que dans les gares, des femmes nous donnaient à manger : je ne sais pas comment elles avaient appris qu'un train circulait, avec des enfants. Nous, on leur baisait les mains. On s'est retrouvés avec un bébé, sa mère était morte, mitraillée. À une gare, une femme l'a vu et elle a retiré son foulard, elle l'a donné pour faire des langes.

Assez ! J'arrête ! Ça me fait des émotions, tout ça ! Et des émotions, m'en faut pas. J'ai le cœur malade. En plus, je vais vous dire, au cas où vous ne le sauriez pas : ceux qui ont connu la guerre, enfants, meurent souvent avant leurs pères qui ont été au front. Avant ceux qu'ont été soldats. Avant, oui…

J'en ai déjà enterré combien, de mes copains…

« Je les voyais avec mes yeux de petite fille… »

Zina Gourskaïa, sept ans.
Polisseuse.

Je les voyais avec mes yeux de petite fille… Une petite fille de la campagne. Aux yeux écarquillés…

Mon premier Allemand, je l'ai vu de près. Il était grand, aux yeux bleus. Ça m'a époustouflée : « Tellement beau, et il tue ! » C'est vrai qu'ils étaient beaux…

C'est sans doute ce qui m'a le plus frappée. Ma première impression de la guerre…

On était : moi, maman, mes deux sœurs, mon frère et une poule. Il ne nous en restait plus qu'une, de poule, elle vivait dans la maison, dormait avec nous. Tous ensemble, on essayait de se protéger des bombes. Elle était habituée et nous suivait comme un petit chien. On avait drôlement faim, n'empêche que la poule, on l'a jamais tuée. On avait même tellement faim qu'en hiver maman a fait cuire une vieille veste en cuir et tous les fouets de la maison. Pour nous, ça avait un goût de viande. Mon frère était encore au sein. On mettait un œuf à durcir, et l'eau qui restait, on la lui donnait en guise de lait. Alors, il arrêtait de pleurer… et de mourir.

Autour, ça tuait tout le temps. Ça n'arrêtait pas… Les gens, les chevaux, les chiens… Pendant la guerre, tous les chevaux du village y sont passés. Et tous les chiens. Les chats, eux, en ont réchappé.

Dans la journée, les Allemands se pointaient : « La mère, donne-nous des œufs. La mère, donne-nous du lard. » Ils avaient le tir facile. La nuit, c'étaient les partisans… Fallait bien qu'ils survivent dans la forêt, surtout l'hiver ! La nuit, ils frappaient à la fenêtre. Des fois, ça se passait gentiment, d'autres fois, ils prenaient des trucs de force. Un jour, ils nous ont emmené une vache… Maman pleurait. Les partisans aussi. C'est pas racontable, tout ça ! Pas racontable, ma pauvre ! Oh non !

Les labours, maman et grand-mère les faisaient comme ça : maman se mettait le collier de cheval autour du cou et grand-mère tenait la charrue. Ensuite, elles changeaient, c'est l'autre qui était le cheval. Moi, j'étais impatiente de grandir… J'avais tellement de peine de les voir…

Après la guerre, il ne restait qu'un chien pour tout le village (un qu'était pas de chez nous et qui s'était installé) et notre poule. Des œufs, on n'en mangeait pas. On les ramassait pour avoir des poussins.

Je suis allée à l'école… J'ai arraché du mur un bout des vieux papiers peints : ça m'a fait un cahier. En guise de gomme, un bouchon de bouteille. À l'automne, on a eu plein de betteraves. Ce qu'on était contents ! On n'avait qu'à les râper, et ça faisait de l'encre : on laissait reposer un jour ou deux, et elle devenait toute noire. Au moins, on avait de quoi écrire.

Je me rappelle aussi qu'on aimait bien, avec maman, broder au plumetis. Toujours des petites fleurs pimpantes ! Le fil noir, je voulais pas le voir.

À présent encore, j'aime pas trop le noir…

« Maman n'avait jamais souri… »

Kima Mourzitch, douze ans.
Technicienne de radio.

Notre famille…

On était trois sœurs, Rema, Maïa et Kima. Rema, c'était l'abréviation d'Électrification et de Paix, Maïa, de Premier Mai, Kima, d'Internationale communiste[1]. Ces prénoms, c'est mon père qui les avait choisis. C'était un communiste, entré tout jeune au Parti. Et il nous éduquait dans cet esprit. On avait plein de livres chez nous, des portraits de Lénine et de Staline. Le premier jour de la guerre, on les a enterrés dans la grange. Je n'ai gardé que *Les Enfants du capitaine Grant*, de Jules Verne. Mon livre préféré. J'ai passé la guerre à le lire et le relire.

Maman faisait le tour des villages des environs de Minsk, elle troquait des foulards contre de la nourriture. Elle avait une belle paire de chaussures. Elle a même échangé son unique robe en crêpe de Chine. Nous, on restait à la maison avec Maïa, à attendre maman, en se demandant si elle reviendrait.

1. Après la révolution de 1917, la mode est aux prénoms nouveaux, à connotation idéologique.

On essayait de se distraire mutuellement de ce genre de pensée, on se racontait comment c'était avant la guerre : qu'on allait au lac, qu'on se baignait, qu'on se dorait au soleil, qu'on dansait au club de l'école ; qu'il y avait une longue, longue allée qui menait à l'école ; et aussi l'odeur de la confiture de cerises que maman faisait cuire sur des pierres, dans la cour… Tout ça paraissait si loin, tout ça était si bien ! On parlait de Rema, ma grande sœur. Toute la guerre, on a cru qu'elle était morte. Elle était allée travailler à l'usine, le 23 juin, et n'était jamais revenue…

La guerre terminée, maman a écrit partout, elle cherchait Rema. Il y avait un bureau où c'était toujours la foule, tout le monde cherchait quelqu'un. J'arrêtais pas d'y porter des lettres de maman. Mais on n'avait jamais de réponse. Les jours où maman ne travaillait pas, elle s'asseyait à la fenêtre et attendait la factrice. Qui passait toujours sans s'arrêter…

Un jour, maman rentre du travail et la voisine débarque chez nous. Elle dit à maman : « Vous allez sauter de joie ! ». Elle cache quelque chose dans son dos. Maman a deviné que c'était une lettre. Elle n'a pas sauté de joie. Elle s'est assise sur le banc, elle ne pouvait plus se relever. Et elle ne disait pas un mot.

C'est comme ça qu'on a retrouvé ma sœur. Elle avait été évacuée. Et maman a souri. De toute la guerre, jusqu'à ce qu'on retrouve ma sœur, maman n'avait jamais souri…

« Je ne pouvais pas me faire
à mon nom… »

Lena Kravtchenko, sept ans.
Comptable.

Je ne savais rien de la mort, bien sûr… Mais personne n'a eu besoin de m'expliquer, j'ai tout de suite compris.

Quand des mitrailleuses tirent d'un avion, vous avez l'impression que toutes les balles volent vers vous. Dans votre direction. J'ai supplié : « Maman, couche-toi sur moi… » Je me disais qu'alors je ne verrais ni n'entendrais plus rien.

Le plus terrible, c'était de perdre sa maman… J'ai vu une jeune femme tuée, que son enfant tétait encore. Apparemment, elle venait tout juste de mourir. Le bébé ne pleurait même pas. Moi, j'étais assise à côté.

Surtout, ne pas perdre maman… Elle me tenait tout le temps par la main, me caressait la tête : « Tout ira bien. Ne t'en fais pas… »

On est dans un véhicule. On a mis à tous les enfants un seau sur la tête. Je n'entends pas maman…

Ensuite, je me rappelle : on nous pousse dans une colonne. Et, là, on me prend ma maman… Je m'accroche à ses bras, m'agrippe à sa robe en voile de coton – elle n'était pas habillée pour la guerre, c'était sa robe de fête, la plus belle. Moi, je ne la lâche pas… Je pleure… Un nazi me repousse, d'abord avec sa mitraillette, puis, quand je suis tombée, d'un coup de botte. Une femme me récupère. Ensuite, je me retrouve avec cette femme dans un wagon. On roule. Vers où ? Elle m'appelle « Anietchka »… Moi, je me dis que j'ai un autre nom. Je me rappelle que j'en ai un autre, mais lequel ? Je ne sais plus. La peur me l'a fait oublier… La peur qu'on me prenne ma maman… Et où est-ce qu'on va ? Je crois que j'ai compris, à travers les conversations des grands, qu'on nous transportait en Allemagne. Je me souviens de ce que je pensais : les Allemands n'ont pas besoin de moi, je suis trop petite. Qu'est-ce que je vais faire chez eux ? Quand il a commencé à faire sombre, des femmes m'ont appelée près de la porte et m'ont carrément poussée hors du wagon : « Cours ! Peut-être que tu en réchapperas. »

Je suis dégringolée dans un genre de caniveau où je me suis endormie. Il faisait froid et j'ai rêvé que maman m'emmitouflait dans quelque chose de chaud, qu'elle me disait des mots tendres. Ce rêve, je l'ai fait toute ma vie…

Vingt-cinq ans après la guerre, j'ai retrouvé une parente, une seule : une tante. Elle m'a appelée par mon vrai nom mais, pendant longtemps, je n'ai pas pu m'y faire…

Je ne réagissais pas…

« Sa vareuse était mouillée… »

Valia Matiouchkova, cinq ans.
Ingénieur.

Ça va vous étonner, mais je voudrais me rappeler un truc drôle. Gai. J'aime rire, je ne veux pas pleurer. O-o-oh… Je pleure déjà…

Papa m'emmène voir maman à la maternité et me dit qu'on va bientôt acheter un petit frère. J'essaie d'imaginer de quoi il aura l'air. Je demande à papa : « Un petit frère comment ? » Lui : « Un bébé. »

Et, tout d'un coup, avec papa, on est très haut, de la fumée s'envole par la fenêtre. Papa me porte dans ses bras. Moi, je veux qu'on retourne chercher mon petit sac. Je fais un caprice. Papa ne dit rien, il me serre fort contre lui, si fort que j'ai du mal à respirer. Bientôt, papa n'est plus là, je marche dans la rue avec une femme. On longe des barbelés, derrière lesquels il y a des prisonniers de guerre. Il fait chaud, ils demandent à boire. Moi, je n'ai que deux bonbons dans ma poche. Je les jette de l'autre côté des barbelés. D'où ils me viennent, ces bonbons ? Ça, je ne me le rappelle pas. Quelqu'un leur lance du pain… Des concombres… Un gardien tire, tout le monde s'enfuit…

C'est drôle que je me souvienne de tout ça… De ces détails…

Ensuite, je me revois dans un refuge d'enfants, entouré de barbelés. On est gardés par des soldats allemands et des chiens. Il y a des enfants qui ne marchent pas encore : ils se traînent à quatre pattes. Quand ils ont faim, ils lèchent le sol… Mangent de la boue… Ils ne tardent pas à mourir. On est mal nourris, on nous donne une sorte de pain qui nous fait tellement enfler la langue qu'on n'arrive plus à parler. Manger ! On ne pense qu'à ça. Dès le petit déjeuner, on se dit : qu'est-ce qu'on aura au déjeuner ? Et, à peine on a déjeuné qu'on se demande ce qu'il y aura pour le dîner. On se faufile sous les barbelés et on va faire un tour en ville. Avec un seul objectif : les poubelles. Quel bonheur extraordinaire de trouver des peaux de harengs ou des épluchures de pommes de terre, qu'on mange crues.

Je me souviens de m'être fait surprendre par un homme, en train de fouiller les poubelles. J'ai eu très peur :

« Je recommencerai plus ! »

Lui :

« À qui es-tu ?

— À personne. Je suis du refuge d'enfants. »

Il m'a amenée chez lui et m'a donné à manger. Il n'avait que des pommes de terre. On les a fait cuire et j'en ai dévoré une pleine casserole.

Du refuge, on m'a transférée dans une maison d'enfants, en face de l'institut de médecine où se trouvait un hôpital militaire allemand. Je revois les fenêtres basses, les lourds volets qu'on fermait pour la nuit.

On était bien nourris et je me suis remplumée. Il y avait une femme de service qui m'aimait bien. Elle nous plaignait tous, moi surtout. Quand on venait nous prendre du sang, tous les enfants se cachaient : « V'là les médecins ! » La femme me fourrait en vitesse dans un coin. Et elle répétait tout le temps que je ressemblais à sa fille. Les autres se planquaient sous les lits, mais ils se faisaient prendre. On les appâtait : tantôt avec un bout de pain, tantôt avec un jouet. Je me rappelle une balle rouge…

Les « médecins » partis, je revenais dans la pièce… Je revois un petit garçon, un bras pendant de son lit, et le sang qui coulait. Les autres gosses pleuraient… Toutes les deux ou trois semaines, les enfants changeaient. On en emportait certains, tout faibles, tout pâles, et on en apportait d'autres. Qu'on se mettait à bien nourrir…

Les médecins allemands pensaient que le sang des enfants de moins de cinq ans favorisait un prompt rétablissement des blessés. Qu'il avait un effet rajeunissant. Je le sais, maintenant…

Mais à l'époque… je voulais, moi aussi, avoir un joli jouet. Une balle rouge…

Quand les Allemands ont commencé à ficher le camp de Minsk… à battre en retraite… la femme, qui avait tout fait pour me sauver, nous a conduits à la porte de la maison d'enfants : « Ceux qui ont de la famille, cherchez-la. Ceux qui n'en ont pas, allez dans n'importe quel village, les gens vous aideront. »

Alors, je suis partie. J'ai vécu chez une grand-mère… Je ne me rappelle ni son nom ni celui de son village. Je sais qu'on avait arrêté sa fille et qu'on n'était que toutes les deux, la vieille et la petiote. On avait un bout de pain pour la semaine.

J'ai été la dernière au courant que les nôtres étaient là. J'étais malade, à ce moment-là. Quand j'en ai entendu parler, je me suis levée de mon lit et j'ai foncé à l'école. J'ai sauté au cou du premier soldat que j'ai vu. Je me souviens que sa vareuse était mouillée…

… Tellement on l'étreignait, on l'embrassait, tellement on pleurait…

« À croire qu'elle lui avait sauvé sa fille… »

Guenia Zavoïner, sept ans.
Technicienne de radio.

Quel souvenir je garde, surtout, de ces jours noirs ?

Comment ils ont pris mon père… Il était en survêtement. Son visage, je ne le revois pas, il s'est complètement effacé de ma mémoire. Je me rappelle ses mains… Ils les lui ont attachées avec des cordes. Les mains de papa… J'ai beau faire un effort… je ne revois pas non plus ceux qui sont venus le chercher…

Maman n'a pas pleuré. Elle est restée, toute la journée, debout à la fenêtre.

Ils ont emmené papa et ils nous ont envoyées au ghetto. On a donc commencé à vivre derrière les barbelés. La maison où on était se trouvait près de la route. Tous les jours, des bâtons volaient dans notre cour. J'ai vu un nazi près de notre portillon. On emmenait un groupe de personnes pour les fusiller, et lui, frappait les gens avec ces bâtons. Les bâtons se cassaient et il les balançait derrière lui, sans regarder. Dans notre cour. Je voulais l'observer plus en détail, ne pas voir seulement son dos. Et un jour, je l'ai vu : il était petit, un peu chauve. Il soufflait, râlait. C'est ce qui a le plus frappé mon imagination d'enfant : qu'il soit aussi ordinaire…

On a trouvé notre grand-mère morte dans l'appartement. Elle avait été tuée... On l'a nous-mêmes enterrée. Notre grand-mère, si sage et si gaie, qui aimait tant la musique allemande... La littérature allemande...

Maman était allée troquer des objets contre de la nourriture, quand un pogrome a commencé dans le ghetto. En général, on se cachait à la cave mais, cette fois, on a grimpé au grenier. Tout un pan en était démoli, et c'est ce qui nous a sauvés. Les Allemands sont entrés dans la maison. Ils ont donné des coups de baïonnette dans le plafond, mais ils ne sont pas montés au grenier, justement parce qu'il était démoli. Dans la cave, ils ont balancé des grenades.

Le pogrome a duré trois jours. Trois jours qu'on a passés au grenier. Et maman qui n'était pas avec nous ! On n'arrêtait pas de penser à elle. Le pogrome terminé, on s'est postés à la porte et on a attendu : savoir si elle était vivante ? Brusquement, notre ancien voisin est apparu au tournant. Il a longé notre maison sans s'arrêter, mais on a entendu : « Votre maman est vivante. » Quand elle est revenue, on est restés tous trois debout, à la regarder. Personne n'a pleuré, on n'avait plus de larmes. On avait une sorte de résignation tranquille. On ne sentait même plus la faim.

Un jour, on est, avec maman, près des barbelés. Une jolie femme vient à passer. Elle s'arrête devant nous, en face, et dit à maman : « Comme j'ai pitié de vous ! » maman lui répond : « Si vous avez pitié, prenez ma fille chez vous. – Bon », lance la femme, après un instant de réflexion. Et elles règlent les détails dans un murmure.

Le lendemain, maman me conduit aux portes du ghetto.

« Guenia, ma chérie. Tu prendras ton landau de poupée et tu iras trouver tata Maroussia. » (C'était notre voisine.)

Je me rappelle comment elle était habillée : un corsage bleu, un pull léger avec des pompons blancs. Une tenue de fête. Ce qu'elle avait de mieux.

Maman veut me pousser hors du ghetto. Moi, je me serre contre elle. Elle me pousse, mais elle est en larmes.

Je revois le moment où je suis partie… Je me rappelle l'endroit où étaient les portes, le poste de garde…

J'ai donc poussé mon petit landau dans la direction où maman me l'avait commandé. Là, on m'a mis une petite veste en cuir et fait monter dans une charrette. J'ai pleuré tout le long du chemin. Je pleurais et répétais : « Je suis toujours avec toi, maman. Je suis toujours avec toi… »

On est arrivés dans une ferme. On m'a fait asseoir sur un banc très long. La famille où je me retrouvais avait quatre enfants. N'empêche qu'ils m'ont prise en plus. Je veux que tout le monde connaisse le nom de la femme qui m'a sauvée : Olympia Pojaritskaïa, du village des Guenevitchi, district de Volojino. La famille a vécu dans la peur tout le temps de mon séjour. On pouvait les fusiller n'importe quand… La famille au complet. Avec les quatre enfants… Parce qu'ils cachaient une gamine juive. Je représentais leur mort… Quel cœur il faut avoir ! Une humanité surhumaine… Dès que les Allemands se montraient, on me mettait à l'abri. La forêt était toute proche, elle nous sauvait. La femme me plaignait beaucoup, elle me plaignait autant que ses propres enfants. Quand elle donnait quelque chose, personne n'était oublié ; quand elle distribuait les baisers, il y en avait pour tout le monde. Même chose pour les caresses. Je l'appelais « Mamoussia ». Quelque part, au loin, j'avais ma maman, et ici, Mamoussia…

Quand des tanks sont arrivés à la ferme, je gardais les vaches. Je les ai vus et je me suis cachée. Je ne pouvais pas croire que c'étaient les nôtres. Mais quand j'ai remarqué qu'ils avaient des étoiles rouges, je suis allée sur la route. Un militaire a sauté du premier tank, il m'a prise dans ses bras et m'a soulevée très, très haut. À ce moment-là, la fermière est arrivée, si heureuse, si jolie ! Elle voulait tellement avoir quelque chose de bien à partager avec eux, leur dire que sa famille, aussi, avait œuvré pour la victoire. Et elle leur a raconté comment ils m'avaient sauvée. Moi, la petite juive… Le militaire m'a serrée contre lui. J'étais toute menue et je me suis lovée sous son bras. Alors, il a pris la femme dans ses bras. Il fallait voir son visage, au militaire ! À croire qu'elle lui avait sauvé sa fille ! Il a dit que tous les siens avaient péri. Que la guerre allait se terminer et qu'il m'emmènerait à Moscou. Moi, je n'étais pas du tout d'accord. Pourtant, je ne savais pas si maman était vivante…

D'autres gens sont accourus, qui m'ont aussi serrée dans leurs bras. Tous disaient qu'ils avaient une petite idée de qui on cachait à la ferme…

Ensuite, maman est venue me chercher. Elle est entrée dans la cour et elle s'est mise à genoux devant cette femme et ses enfants…

« On m'a porté jusqu'au détachement
j'étais en miettes, de la tête aux pieds… »

Volodia Ampilogov, dix ans.
Ajusteur.

J'avais dix ans, dix ans exactement… Et cette guerre… Cette saloperie de guerre !…

On jouait à « tape-bâton » dans la cour, avec des copains. Un gros camion est arrivé, des soldats allemands ont sauté à terre et se sont mis à nous donner la chasse, à nous jeter dans la benne, sous une bâche. Ils nous ont emmenés à la gare, le camion a reculé jusqu'à un wagon et on nous y a balancés comme des sacs. Sur de la paille.

Le wagon était tellement plein que, dans un premier temps, on ne pouvait que rester debout. Il n'y avait aucun adulte, rien que des petits et des ados. On a roulé deux jours et deux nuits, toutes portes fermées, sans rien voir. On n'entendait que le martèlement des roues. Dans la journée, encore, de la lumière filtrait par les fentes ; mais, la nuit, on avait tellement peur que tout le monde pleurait. On se disait qu'on nous emportait au loin, que nos parents ne savaient pas où on était. Le troisième jour, la porte s'est ouverte et un soldat a lancé dans le wagon quelques miches de pain.

Les plus proches les ont attrapées. En une seconde, ils les avaient dévorées. Moi, j'étais à l'opposé de la porte. Le pain, j'en ai rien vu. Il m'a juste semblé que j'en avais senti l'odeur, quand j'avais entendu ce cri : « Du pain ! » Juste l'odeur…

Je ne sais plus depuis combien de temps on roulait… Tout ce que je sais, c'est que c'était irrespirable parce qu'on faisait nos besoins dans le wagon. La petite et la grosse commissions… À un moment, notre convoi a été bombardé… Le toit de notre wagon a été arraché. Je n'étais pas tout seul, j'étais avec mon copain Grichka. Il avait dix ans, comme moi, avant la guerre on était dans la même classe. Dès que le bombardement a commencé, on s'est accroché l'un à l'autre pour ne pas se perdre. Quand le toit a été arraché, on a décidé de passer par le trou et de filer ! De nous enfuir ! À ce moment-là, on avait compris qu'on nous emmenait vers l'Ouest. En Allemagne…

Il faisait sombre dans la forêt. On a regardé derrière nous : notre convoi brûlait, une vraie torche. Une grande, grande flamme. On a marché toute la nuit. Au matin, on a réussi à se traîner jusqu'à un village. En fait, il n'y avait pas de village. À la place des maisons… c'était la première fois que je voyais ça… il y avait que des poêles, tout noirs. Des espèces de monuments noirs. Le brouillard était tombé… On marchait comme dans un cimetière… On cherchait quelque chose à manger mais les poêles étaient vides et froids. On a poussé plus loin. Vers le soir, on est tombés sur un autre village en cendres, sur d'autres poêles vides… On a marché, marché… Tout d'un coup, Grichka est tombé et il est mort. Son cœur ne battait plus. Je l'ai veillé toute la nuit, attendant le matin. Quand le jour est venu, j'ai creusé une petite fosse dans le sable avec mes mains et j'y ai enterré Grichka. Je voulais me rappeler l'endroit, mais comment tu veux te rappeler, quand, autour, tout t'est inconnu ?

Je marche. J'ai tellement faim que la tête me tourne. Brusquement, j'entends : « Ne bouge plus ! Où tu vas, comme ça, petit ? » J'ai demandé : « Vous êtes qui ? » Eux : « Des amis. Des partisans. » C'est par eux que j'ai appris que j'étais dans la région de Vitebsk. Je me suis retrouvé dans la brigade des partisans d'Alexeïev…

Une fois que j'ai été un peu retapé, j'ai demandé à me battre. On s'est payé ma tête et on m'a envoyé aider à la cuisine. Seulement, il y a eu une occasion… Une fameuse occasion… Trois fois de suite, on avait envoyé des éclaireurs à la gare, et aucun n'était revenu. Après ça, le commandant du détachement a réuni tout le monde :

« Je ne peux pas prendre la responsabilité de faire une quatrième tentative. Il faut des volontaires… »

J'étais dans la deuxième rangée. J'ai entendu :

« Qui est volontaire ? »

Moi, comme à l'école, je lève la main. Seulement, je porte un maillot trop long. Les manches traînent par terre. Je lève la main, mais personne ne le voit. Mes manches pendouillent, je ne peux pas m'en dépêtrer.

Le commandant a lancé :

« Les volontaires, un pas en avant ! »

J'ai fait un pas en avant.

« Mon petit, mon petit… » a dit le commandant.

On m'a donné une musette, une vieille chapka à oreillettes. Il lui manquait une oreille.

Dès que j'ai atteint la grand-route… j'ai eu l'impression qu'on m'épiait. Je regarde tout autour de moi :

personne. Et puis je remarque trois pins touffus. Je regarde attentivement et je repère trois tireurs d'élite allemands. Ils font un carton sur tous ceux qui sortent de la forêt. Les tireurs d'élite, pas moyen de leur échapper. Mais là, ils ont vu un gamin à la lisière, avec, en plus, une musette… Ils m'ont laissé tranquille.

J'ai rejoint le détachement et rapporté au commandant qu'il y avait des tireurs allemands, planqués dans les pins. Dans la nuit, on les a capturés sans un coup de feu et ramenés vivants. C'était ma première mission…

Fin 43… Au village des Staryïé Tchelnychki, district des Bechenkovitchi, je me suis fait pincer par des SS… Ils m'ont cogné avec leurs baguettes de fusil. M'ont flanqué des coups de pied, avec leurs bottes ferrées. Des bottes, t'aurais dit qu'elles étaient en pierre !… Finalement, ils m'ont traîné dehors et m'ont aspergé d'eau. C'était l'hiver : je me suis couvert d'une couche de glace sanglante. Et puis j'ai entendu des coups de marteau au-dessus de moi. Je n'avais pas idée de ce que c'était. Ils montaient une potence. Je l'ai vue quand ils m'ont relevé et hissé sur un billot. Mon dernier souvenir ? L'odeur du bois frais… Une odeur vivante…

La corde me serrait déjà le cou… mais on l'a décrochée à temps. Des partisans se tenaient en embuscade. Quand j'ai repris conscience, j'ai reconnu notre médecin. « Deux secondes plus tard, m'a-t-il dit, et je ne pouvais plus rien pour toi. T'as de la veine d'être en vie, fiston. »

On m'a porté jusqu'au détachement, j'étais en miettes de la tête aux pieds. J'avais tellement mal que je me demandais si je pourrais jamais grandir…

« Et pourquoi, moi, je suis tout petit ?… »

Sacha Streltsov, quatre ans.
Aviateur.

Mon père ne m'a même pas vu.

Je suis né sans lui. Il a fait deux guerres : il rentrait à peine de celle contre la Finlande, que la Seconde Guerre mondiale commençait. Il est donc reparti.

De maman, je me rappelle qu'on allait ensemble en forêt et qu'elle m'apprenait des choses : « Ne te presse pas… Écoute tomber les feuilles… Écoute le bruit de la forêt… » Et puis on s'asseyait sur le chemin et, avec une petite branche, elle me dessinait des oiseaux sur le sable.

Je me souviens aussi que je voulais être grand et que je demandais à maman :

« Il est grand, papa ? »

Elle :

« Très grand et très beau. Mais il ne fait pas le fier pour autant.

— Et pourquoi, moi, je suis tout petit ? »

Je commençais seulement à grandir… On n'avait plus une seule photographie de mon père. Or, moi, j'avais besoin de m'assurer que je lui ressemblais.

« Tu lui ressembles. Tu lui ressembles beaucoup », me tranquillisait ma mère.

En 45, on a appris que mon père était mort. Maman l'aimait tellement qu'elle est devenue folle… Elle ne reconnaissait plus personne, même pas moi. Ensuite, autant que je me souvienne, je me revois seul, avec grand-mère. Les gens l'appelaient Choura, pour pas qu'on nous confonde[1]. Mais, tous les deux, on s'était mis d'accord : j'étais Chourik, et elle mémé Sacha.

Mémé Sacha ne me racontait jamais d'histoires, elle n'avait pas le temps : depuis le matin jusque tard dans la nuit, elle faisait la lessive et la cuisine, blanchissait, labourait. Elle menait paître la vache. Les jours de fête, elle aimait se rappeler ma naissance. Voyez, là, je vous raconte, mais c'est la voix de ma grand-mère qui résonne dans mes oreilles : « Il faisait chaud. Une vache de grand-père Ignat avait eu un petit veau. Et puis des voleurs étaient entrés dans le jardin du vieux Iakimchtchouk. C'est à ce moment-là que t'es venu au monde… »

Des avions passaient sans arrêt au-dessus de notre ferme… Des avions à nous. J'étais en deuxième année d'école, et bien décidé à devenir aviateur.

Grand-mère est allée au bureau de recrutement. On lui a demandé mes papiers. Elle ne les avait pas, mais elle avait pris avec elle l'avis de décès de mon père. Elle est rentrée en me disant : « On récolte les pommes de terre et, après, tu pars à Minsk, au collège Souvorov. »

Juste avant mon départ, elle a emprunté de la farine à quelqu'un et fait cuire un tas de petits pâtés. Je

1. Sacha, de même que Choura, est un diminutif des prénoms Alexandre et Alexandra. Chourik est aussi un diminutif d'Alexandre.

suis monté dans la voiture du chef du bureau de recrutement, qui m'a déclaré : « C'est en hommage à ton père que tu as droit à ça. »

C'était la première fois que je montais dans une voiture.

Quelques mois plus tard, grand-mère est venue au collège. Elle m'apportait une gâterie : une pomme. Elle m'a supplié : « Mange. »

Moi, je ne voulais pas me séparer tout de suite de son cadeau…

« Ils étaient attirés par l'odeur de la chair humaine… »

Nadia Savitskaïa, douze ans.
Ouvrière.

On attendait que mon frère rentre de l'armée. Il avait écrit qu'il reviendrait en juin.

On se disait : voilà, quand il sera de retour, on lui fera une maison. Mon père transportait déjà des rondins dans sa voiture à cheval et, le soir, on s'asseyait dessus pour passer un moment. Je me souviens même que maman expliquait à mon père qu'il faudrait faire une grande maison. Parce qu'ils auraient beaucoup de petits-enfants.

La guerre a éclaté et, bien sûr, mon frère n'est pas rentré. On était cinq sœurs et un frère, lui, c'était le plus grand. Toute la guerre, maman a pleuré ; toute la guerre, on a attendu mon frère. C'est l'impression qui me reste : on l'attendait tous les jours.

Dès qu'on entendait dire que des soldats à nous, faits prisonniers, passaient, on fonçait voir. Maman préparait une dizaine de petits pains, on les nouait dans un torchon et on filait. Une fois, on n'avait rien à emporter mais, dans un champ, il y avait du seigle mûr. On a coupé plein d'épis, on a écrasé les grains dans nos mains. Et on est tombées sur les Allemands, une patrouille qui surveillait les champs. Ils ont jeté nos grains par terre et nous ont indiqué de nous ranger en ligne, pour nous fusiller. Nous, on se met à pleurer. Maman leur embrasse les bottes. Ils sont à cheval, très haut, elle s'accroche à leurs pieds, qu'elle embrasse en suppliant : « Mes bons messieurs, ayez pitié de nous !… Mes bons messieurs, ce sont mes enfants. Vous voyez, il n'y a que des petites filles. » Ils ont renoncé à nous fusiller et sont partis.

Après leur départ, je me mets brusquement à rire. Je ris à n'en plus finir. Dix minutes passent, je ris toujours. Vingt minutes… Je suis écroulée de rire. Maman me gronde, en vain. Maman me supplie, toujours en vain. J'ai ri tout le long du chemin. On arrive à la maison, je ris encore. Je plonge le nez dans mon oreiller, je n'arrive pas à me calmer, je ris. Et, comme ça, toute la journée. Tout le monde croyait que je… vous comprenez… tout le monde avait peur… que j'aie perdu l'esprit. Que je sois devenue simplette…

Le pire, c'est que ça m'est resté : quand la frayeur me prend, je me mets à rire. À hurler de rire.

L'année 44… On nous libère. C'est alors qu'on reçoit une lettre, comme quoi mon frère est mort. Maman pleure, pleure. Finalement, elle est devenue aveugle. On logeait en dehors du village, dans des abris allemands, parce que tout le village avait brûlé, tout : notre vieille maison, les rondins pour la nouvelle… On n'avait plus rien. On a trouvé des casques de soldats dans la forêt et on s'en est servi de casseroles. Les casques allemands étaient grands comme des marmites. On se procurait à manger dans la forêt. On avait peur d'aller y chercher des champignons et des baies. Il restait un tas de bergers allemands qui se jetaient sur les gens et dévoraient les petits enfants. Ils étaient habitués à la chair et au sang humains, ils avaient été dressés pour ça. Habitués à l'odeur de chair fraîche… Alors, quand on allait en forêt, on partait toujours par grands groupes. Une vingtaine de personnes… Nos mères nous apprenaient qu'il fallait crier, en se déplaçant dans la forêt, que ça ferait peur aux chiens. Le temps de remplir un panier de baies, on hurlait tellement qu'on n'avait plus de voix. Aphones, qu'on était. On avait la gorge qui enflait. C'étaient des chiens gros comme des loups. Ils étaient attirés par l'odeur de la chair humaine…

« Pourquoi ils lui ont tiré dans la figure ?
Ma maman était si jolie… »

Volodia Korchouk, sept ans.
Professeur, docteur en histoire.

On vivait à Brest… Juste à la frontière…

Dans la soirée, on avait été au cinéma tous les trois : maman, papa et moi. C'était tellement rare qu'on aille ensemble quelque part, mon père était tout le temps pris. Il était directeur régional de l'Instruction publique, sans arrêt parti en mission.

Le dernier soir sans guerre… La dernière nuit…

Quand maman m'a secoué, au matin, tout grondait, cognait, vrombissait. Il était très tôt, je me souviens que, dehors, il faisait encore sombre. Mes parents s'agitaient, ils préparaient une valise et, bizarrement, ne trouvaient pas ce qu'ils voulaient.

On avait une maison à nous, un grand jardin. Mon père est parti je ne sais où et, avec maman, on a regardé par la fenêtre : dans le jardin, il y avait des militaires qui parlaient un russe bizarre ; leur uniforme était différent du nôtre. Maman a dit que c'était une manœuvre de diversion, des espions étrangers. Moi, je n'arrivais pas à me le fourrer dans le crâne : dans notre jardin où, sur une petite table, se trouvait encore le samovar de la veille, brusquement, des espions étrangers ?! Que faisaient nos gardes-frontières ?

On a quitté la ville à pied. Un immeuble de pierre s'est littéralement volatilisé sous mes yeux, un téléphone a volé par la fenêtre. Au milieu de la rue, un lit, avec une fillette tuée, sous une couverture. Exactement comme si on avait sorti ce lit et qu'on l'ait posé là exprès, tellement tout était intact : la couverture était juste un peu brûlée. À la sortie de la ville, il y avait des champs de seigle. Les avions nous mitraillaient. Alors, tout le monde a délaissé la route et pris par ces champs.

Une fois dans la forêt, on avait moins peur. À l'abri des arbres, j'ai vu sur la route de gros véhicules. Les Allemands arrivaient, ils étaient tout joyeux, ils riaient fort. On les entendait parler dans une langue inconnue. Une langue dans laquelle il y avait plein de « r-r-r »…

Mes parents n'arrêtaient pas de se demander où étaient les nôtres. Où était notre armée ? Moi, je m'imaginais que Boudionny allait venir au galop, sur son cheval de bataille… Que les Allemands s'en iraient… Notre cavalerie était sans égale, mon père m'en avait convaincu depuis longtemps.

On a marché, marché… La nuit, on allait dans des fermes où on nous donnait à manger, où on se réchauffait. Plein de gens connaissaient mon père. Lui aussi en connaissait plein. Une fois, on est arrivés, comme ça, et je me souviens encore du nom du maître d'école qui habitait là : Paouk[1]. Il avait deux maisons, une vieille et une neuve. Il nous a proposé de nous en laisser une et qu'on reste chez lui. Mais mon père a refusé. Alors, le maître d'école nous a conduits

1. « L'araignée ».

jusqu'à la grand-route et, quand maman a voulu lui donner de l'argent, il a secoué la tête en disant que l'amitié, aux instants difficiles, ça ne se payait pas. Ça, je l'ai retenu !

C'est comme ça qu'on est arrivés dans la ville d'Ouzda, d'où mon père était natif. On s'est installés chez mon grand-père, au village des Mrotchki…

Mon premier partisan, je l'ai vu chez nous, en hiver. Depuis, je me les suis toujours représentés en tenue de camouflage blanche. Mon père n'a pas tardé à les rejoindre dans la forêt. On est restés, avec grand-père et maman.

Maman faisait de la couture… Non… Elle était assise à la grande table et elle brodait sur un métier. Moi, j'étais sur le poêle. Les Allemands sont entrés avec le staroste[1], qui a désigné maman : « C'est elle. » On a ordonné à maman de se préparer. Là, j'ai eu vraiment peur. Ils l'ont emmenée dans la cour, elle m'a appelé pour me dire adieu. Moi, je m'étais caché sous un banc et il n'y a pas eu moyen de m'en sortir…

Maman a été emmenée avec deux autres femmes, dont les maris étaient aussi partisans. Personne ne savait où. De quel côté ? Le lendemain, on les a retrouvées toutes les trois, étendues dans la neige, pas très loin du village… Il avait neigé toute la nuit… Ce dont je me souviens, quand on a ramené maman, c'est qu'on lui avait tiré en pleine figure. Elle avait des petits trous sur la joue, à cause des balles. Je n'arrêtais pas de demander à grand-père : « Pourquoi ils lui ont tiré dans la figure ? Ma maman était si jolie… » On l'a enterrée. On était trois derrière le cercueil : grand-père, grand-mère et moi. Les gens

1. Responsable d'un village.

avaient peur. Ils venaient nous voir la nuit… La nuit, ça n'arrêtait pas mais, dans la journée, on était seuls. Je n'arrivais pas à comprendre pourquoi ils avaient tué ma maman, puisqu'elle n'avait rien fait de mal… Elle était là, tranquille, à broder…

Une nuit, mon père est venu et il a dit qu'il me prenait avec lui. J'étais drôlement content ! Les premiers temps, ma vie chez les partisans ne se distinguait guère de celle que je menais chez mon grand-père. Mon père partait en opération, en me laissant chez quelqu'un, dans un village. Je revois une femme à laquelle il m'avait confié, une fois. On lui avait ramené son mari, tué, en traîneau. Elle se tapait la tête contre la table où se trouvait le cercueil, et n'arrêtait pas de répéter : « Les monstres ! »

Mon père était absent depuis longtemps. Je l'attendais et me disais : « Je n'ai plus de maman, grand-père et grand-mère sont loin, qu'est-ce que je vais faire, tout petit, tout seul, si on me ramène papa, mort, en traîneau ? » Quand il est revenu, j'ai eu l'impression de ne pas l'avoir vu d'une éternité. En l'attendant, je m'étais juré que, s'il rentrait, je ne lui dirais plus que « vous ». Une façon de lui montrer à quel point je l'aimais, à quel point il me manquait et que je n'avais que lui. Visiblement, mon père n'a pas remarqué, au début. Ensuite, il m'a demandé : « Pourquoi tu me vouvoies ? » Je lui ai avoué mon serment et ce qui l'avait motivé. Et il m'a expliqué : « Moi aussi, je n'ai que toi. C'est bien pour ça qu'on doit se tutoyer. On est les plus proches du monde. » Je lui ai encore demandé qu'on reste toujours ensemble. Mais lui n'arrêtait pas de me répéter : « Tu es déjà grand. Tu es un homme. »

Je me rappelle comme il était gentil avec moi. On a été mitraillés… On était là, couchés sur la terre froide d'avril, il n'y avait pas encore d'herbe… Mon père a trouvé un trou assez profond et il m'a dit : « Couche-toi au fond. Moi, je serai au-dessus. Si je suis tué, tu survivras. » Tous les partisans me plaignaient. Je me rappelle que l'un d'eux, un homme déjà âgé, s'est approché, une fois, il m'a ôté mon bonnet et m'a longuement caressé les cheveux, en disant à mon père qu'il en avait un comme ça, de garnement, qui se baladait Dieu savait où. Un jour qu'on traversait un marécage, dans l'eau jusqu'à la ceinture, mon père a voulu me porter, mais il s'est vite fatigué. Alors, les partisans m'ont porté à tour de rôle. Ça, je ne l'oublierai jamais. Comme je n'oublierai pas la fois où ils avaient trouvé quelques feuilles d'oseille et me les avaient toutes données. Eux, ils s'étaient couchés l'estomac vide.

… À la maison d'enfants de Gomel, où j'ai été transféré en avion avec d'autres enfants de partisans, dès que la ville a été libérée, quelqu'un m'a remis de l'argent de la part de mon père, un gros billet rouge. On est allés au marché, avec les copains, et on a tout dépensé en bonbons. Ça en faisait un tas ! Y en avait pour tout le monde. La monitrice m'a demandé : « Qu'est-ce que tu as fait de l'argent de ton père ? » J'ai avoué que j'avais acheté des bonbons. « C'est tout ? » a-t-elle dit, étonnée.

Minsk a été libérée… Un homme est venu me chercher pour me ramener à mon père. On a eu du mal à monter dans le train. L'homme a réussi à s'y glisser, moi, on m'a fait passer par la fenêtre.

J'ai retrouvé mon père et je lui ai à nouveau demandé qu'on ne se quitte plus jamais, parce que, sinon, c'était pas bien. Je me souviens qu'il n'était pas tout seul pour m'accueillir : il y avait une nouvelle maman. Elle a serré ma tête contre elle. Moi, ça me manquait tellement, les caresses maternelles, et son contact m'était si agréable que je me suis tout de suite endormi dans la voiture. Sur son épaule.

À dix ans, je suis entré à l'école. J'étais déjà grand, je savais lire et, au bout de six mois, on m'a mis en deuxième année. Je savais lire, mais pas écrire. On me fait venir au tableau et on me demande d'écrire un mot avec le son « ou ». Moi, je reste planté, horrifié à l'idée que je ne sais pas comment ça s'écrit, « ou ». En revanche, je savais tirer. Et bien !…

Un jour, je m'aperçois que le pistolet de mon père n'est plus dans l'armoire. Je retourne tout : pas de pistolet.

« Ben alors ? Qu'est-ce que tu vas faire, à présent ? » j'ai demandé à mon père, quand il est rentré du travail.

Il m'a répondu :

« Je vais instruire les enfants. »

Ça m'a désorienté… Pour moi, le travail, c'était forcément la guerre…

« Tu me demandes de t’achever… »

Vassia Boïkatchev, douze ans.
Enseignant du technique.

L’hiver 41… J’y ai repensé longtemps… Les derniers jours de mon enfance…

Pendant les vacances d’hiver, toute notre école avait joué à la guerre. Avant, on avait eu une préparation militaire, on avait fabriqué des fusils en bois, cousu des tenues de camouflage, des tenues de brancardiers. Des responsables de l’armée étaient venus dans de petits coucous. On était aux anges !

Seulement, en juin, c’étaient des avions allemands qui nous survolaient et nous envoyaient des espions. Des hommes de vingt-deux, vingt-six ans, en vestes grises à carreaux et à casquettes. Avec les adultes, on en a capturé plusieurs, qu’on a livrés au soviet rural. On était drôlement fiers d’avoir pris part à une opération militaire. Ça nous rappelait nos jeux de l’hiver précédent. Ensuite, on en a vu arriver d’autres… Ils ne portaient plus de vestes à carreaux, ils n’avaient pas les mêmes casquettes, ils étaient en uniformes verts, manches retroussées, et chaussés de bottes à large tige et aux talons ferrés ; sur le dos, des havresacs en veau, au côté de longues boîtes avec des masques à gaz, et des pistolets-mitrailleurs en bandoulière. Lourds, repus. Ils chantaient et braillaient : « *Zwei Monat, Moskwa kaput !* » Mon père m'a expliqué : « *Zwei Monat* », ça veut dire : « Deux mois »... Deux mois ? Seulement ? Cette guerre, décidément, ne ressemblait pas à celle de nos jeux, qui me plaisait tant.

Dans un premier temps, les Allemands n'ont fait que passer dans notre village des Malevitchi. Ils ont poussé plus loin, vers la gare de Jlobine. Mon père y travaillait, mais il n'y allait plus, il attendait le retour de nos troupes qui repousseraient les Allemands de l'autre côté de la frontière. On était sûrs qu'elles seraient là d'un jour à l'autre... Seulement voilà... Nos soldats... On les voyait étendus, raides, un peu partout : sur les routes, dans la forêt, dans les fossés, les champs, les potagers... Dans les tourbières... Morts. Ils gisaient avec leurs fusils, leurs grenades. C'était la canicule et on aurait dit que la chaleur les faisait grossir. Il semblait y en avoir de plus en plus, chaque jour. Toute une armée. Personne ne se souciait de les enterrer...

Mon père a attelé le cheval et on est allés dans les champs. On a entrepris de ramasser les morts. On a creusé des fosses. On les a mis par rangées de dix, douze hommes. Mon cartable s'est rempli de papiers d'identité. Je me souviens des adresses : c'étaient des gens natifs de la région de Kouïbychev, de la ville d'Oulianovsk.

Quelques jours plus tard, j'ai trouvé mon père mort, en dehors du village, ainsi que mon meilleur copain, Vassia Chevtsov, qui avait quatorze ans. Vassia avait été transpercé de trois coups de baïonnette. Ce jour-là, on est allés ramasser les morts sans moi...

Après, avec grand-père, on s'est rendus sur les lieux... Mais ils ont commencé à bombarder et on n'a pas pu enterrer mon père. Et, après le bombardement, on n'a plus rien retrouvé de lui. Rien de rien. Alors, on a mis une croix au cimetière. C'est tout. Une simple croix. Avec, au-dessous, dans la terre, son costume de fête…

Une semaine plus tard, on ne pouvait plus ramasser les soldats… Impossible de les soulever… Il y avait de l'eau, sous leurs vareuses, qui faisait un bruit de ventouse… On a récupéré leurs fusils. Et leurs livrets militaires.

Grand-père a été tué dans un bombardement…

Qu'est-ce que j'allais faire, à présent ? Sans mon père ? Sans mon grand-père ? Ma mère n'arrêtait pas de pleurer. Et les armes qu'on avait récupérées et enterrées en lieu sûr, à qui les donner ? Je n'avais personne à qui demander conseil. Et maman qui pleurait tout le temps…

Au cours de l'hiver, j'ai pu contacter des résistants. Mon cadeau leur a fait sacrément plaisir. On a réussi à faire passer les armes aux partisans…

Au bout d'un certain temps… je ne sais plus vraiment… trois ou quatre mois, peut-être, un jour, je me souviens, je ramasse des pommes de terre gelées de l'année précédente… Je rentre, trempé et affamé, à la maison, mais j'en rapporte un plein seau. J'ai à peine le temps de me déchausser, de retirer mes *lapti*[1] mouillés, que des coups retentissent à la trappe de la cave où on habitait. Quelqu'un demande : « Boïkatchev est là ? » Et lorsque je me montre, on m'ordonne de sortir. Dans ma précipitation, je prends ma *boudionovka* au lieu de ma chapka, ce qui me vaut aussitôt de tâter du fouet.

1. Chaussons de tille que portaient traditionnellement les paysans.

À côté de la cave, il y a trois chevaux, montés par des Allemands et des Polizei. Un Polizei met pied à terre, il me passe autour du cou une lanière qu'il attache à sa selle. Maman les implore : « Laissez-moi au moins lui donner à manger ! » Elle redescend dans la cave chercher des galettes qu'elle a faites avec des pommes de terre gelées. Pendant ce temps-là, ils fouettent leurs chevaux qui partent aussitôt au trot. Et ils me traînent comme ça sur environ cinq kilomètres, jusqu'au bourg de Vessioloïé.

Au premier interrogatoire, l'officier nazi me pose des questions simples : nom, prénom, date de naissance… Qui sont ton père et ta mère ? C'est un jeune Polizei qui traduit. À la fin, il me dit : « Tu vas nettoyer la salle de tortures. Regarde bien le banc… » On me donne un seau d'eau, un balai, un chiffon, et on m'y conduit.

Là, je découvre un tableau terrifiant : au milieu de la pièce se trouve un large banc auquel sont fixées des courroies. Il y en a trois : une pour le cou, l'autre pour la taille, la troisième pour les pieds. Dans un coin, de gros gourdins de bouleau et un seau avec de l'eau. Une eau toute rouge. Sur le sol, des flaques de sang… d'urine… d'excréments.

J'en ai versé des seaux d'eau ! Il n'empêche que mon chiffon était tout rouge…

Au matin, l'officier me fait appeler :

« Où sont les armes ? Tes liens avec la résistance ? Quelles missions ? »

Une question n'attend pas l'autre.

Moi, je fais celui qui ne sait rien : je suis trop jeune. Et, dans les champs, c'est des pommes de terre gelées que je ramassais, pas des armes…

« Mettez-le-moi à la cave », a enjoint l'officier à un soldat.

On m'a descendu dans la cave d'eau froide. Juste avant, on m'a montré un partisan qu'on venait d'en sortir. Il n'avait pas supporté ce supplice et… s'était noyé. Son corps, à présent, traînait dehors.

Je suis dans l'eau jusqu'au cou. Je sens mon cœur battre, les pulsations de mon sang dans mes veines. J'ai l'impression que mon sang réchauffe l'eau autour de mon corps. Je n'ai qu'une obsession : ne pas perdre connaissance. Ne pas boire la tasse. Ne pas me noyer…

Interrogatoire suivant : on me colle le canon d'un pistolet sur l'oreille. On tire : une latte de parquet est fendue. Ils ont tiré dans le plancher ! Un coup de bâton sur les cervicales. Je tombe… Au-dessus de moi, un gros type, massif, qui pue le saucisson et le tord-boyaux. J'ai la nausée, mais je n'ai rien à vomir. J'entends : « Je vais te faire lécher ce que tu as lâché par terre… Te le faire lécher, tu piges ?… Tu piges, merdaillon rouge ?! »

Dans la cellule, je ne dors pas, je perds simplement connaissance, à force de douleur. Tantôt, je me crois en rangs, à l'école, et notre maîtresse, Lioubov Ivanovna Lachkevitch, dit : « À l'automne, vous entrerez en cinquième année mais, en attendant, les enfants, je vous dis au revoir. Vous allez grandir au cours de l'été et Vassia Boïkatchev, qui est actuellement le plus petit, vous dépassera tous. » Et Lioubov Ivanovna sourit…

Tantôt, on est dans les champs avec mon père, à ramasser nos soldats tués. Mon père marche devant, et moi, je trouve, sous un pin, un homme… Ça m'était effectivement arrivé. Enfin, pas un homme, plutôt ce qui en restait… C'était dans les tout premiers jours. Il m'avait imploré : « Petit, je n'ai plus de bras, plus de jambes, achève-moi… » Les autres avaient eu le temps de le panser mais pas de l'emporter…

Épouvanté, j'étais parti en courant, appelant mon père…

Le vieil homme qui partage ma cellule me réveille :

« Arrête de crier, petit.

— Qu'est-ce que je crie ?

— Tu me demandes de t'achever… »

Des dizaines d'années ont passé et je m'étonne toujours d'être en vie. Ce sentiment ne me lâche pas…

« Je n'avais même pas un fichu… »

Nadia Gorbatcheva, sept ans.
Travaille à la télévision.

Ce qui me fascine dans la guerre, c'est ce qui ne s'explique pas… J'y pense encore beaucoup…

Je ne me rappelle pas le départ de mon père pour le front…

On ne nous l'a pas dit. On a voulu nous épargner. Il nous a conduites le matin, ma sœur et moi, au jardin d'enfants. Tout était comme d'habitude. Le soir, bien sûr, on a demandé où il était mais maman nous a rassurées : « Il va bientôt revenir. Dans quelques jours. »

Je me rappelle la route… Des véhicules roulaient, dans les bennes des camions des vaches meuglaient, des cochons piaulaient. Je revois un garçon qui tenait un cactus. Les cahots le projetaient de part et d'autre de la benne. Ma sœur et moi, ça nous faisait rire de le voir s'agiter comme ça. Nous les gosses, tout ce qu'on voyait, c'étaient les champs, les papillons… Ça nous plaisait, cette balade… Et puis maman était là pour nous défendre, on était « sous son aile ». Je sentais plus ou moins qu'un malheur était arrivé, mais on était avec maman et là où on allait, ce serait forcément bien. Elle nous protégeait des bombes, des propos affolés des grands, de tout ce qui pouvait nous faire du mal. Sûr que, si on avait été capable de lire sur son visage, on aurait tout compris ! Seulement, son visage, je ne m'en souviens pas ! Je me souviens d'une grosse sauterelle posée sur l'épaule de ma sœur. Je me souviens d'avoir crié : « Un avion ! », et tous les grands, bizarrement, ont sauté des chariots et levé le nez.

On est arrivés chez grand-père au village de Gorodets, district de Senno. Il avait une grande famille, alors on s'est installés dans la cuisine d'été. Tout le monde s'est mis à nous appeler « les estivants » et ça nous est resté jusqu'à la fin de la guerre. Je ne nous revois pas en train de jouer ; en tout cas, on n'avait pas de jeux d'été, ça c'est certain ! Mon frère était tout petit et on devait s'en occuper parce que maman bêchait, plantait, cousait. Quand on se retrouvait sans elle, on avait à laver les cuillers, les assiettes, le plancher, à finir de chauffer le poêle, à ramasser du petit bois pour le lendemain, à faire des réserves d'eau : on n'arrivait pas à en porter un plein seau, on transportait des demi-seaux. Chaque soir, maman donnait ses instructions : toi, tu t'occupes de la cuisine, et toi de ton frère. Chacune était responsable.

Il y a eu des moments où on avait drôlement faim. Faut dire, aussi, qu'on avait un chat et un chien. Ils faisaient partie de la famille, on partageait tout avec eux. Et si on n'avait pas assez pour le chat et le chien, chacune s'arrangeait, en douce, pour leur garder un petit morceau. Le jour où le chat a été tué par un éclat d'obus, ç'a été une perte… on a cru qu'on ne s'en remettrait jamais ! On a pleuré pendant deux jours. On lui a organisé un véritable enterrement, avec une procession, des larmes. On a mis une petite croix, planté des fleurs qu'on arrosait régulièrement.

Aujourd'hui encore, quand je revois comme on a pleuré, comme on était malheureuses, je ne peux pas envisager de prendre un chat. Quand ma fille était petite, elle voulait un chien. Je n'ai jamais pu m'y résoudre.

Ensuite, il s'est passé un truc… On a cessé d'avoir peur de la mort…

On a vu arriver plein de gros camions allemands. Ils ont fait sortir tout le monde des fermes. Ils nous ont alignés et ont commencé à compter : « *Ein, zwei, drei…* » maman était la neuvième, ils en fusillaient un sur dix. En l'occurrence, notre voisin… Maman portait mon petit frère. Ça lui a fait un tel choc, qu'elle l'a laissé tomber…

Je me rappelle les odeurs. Aujourd'hui, quand je vois des nazis au cinéma, je retrouve tout de suite l'odeur… du cuir, du drap de bonne qualité, de la sueur…

La mort, on n'en parlait pas. Dans notre famille, on essayait de l'évoquer le moins possible. Un genre d'accord qu'on avait entre nous. Parce que la mort était partout…

Ce jour-là, ma sœur s'occupait de mon frère ; moi, je sarclais le potager. J'étais au milieu des pommes de terre, sûre qu'on ne pouvait pas me voir. Vous savez, quand on est petit, tout paraît très grand, très haut. L'avion, je ne l'ai remarqué que lorsqu'il s'est mis à tourner au-dessus de ma tête et que j'ai vu très nettement le visage du pilote. Un visage jeune. Une courte rafale : tacatacatac ! L'avion s'éloigne, puis revient… Il ne voulait pas spécialement me tuer, il s'amusait. J'avais beau être gamine, je le comprenais.

Moi, je n'avais même pas un fichu, rien pour me protéger la tête…

Vous vous rendez compte ? Comment vous expliquez ça ? Je me demande si cet aviateur est toujours vivant. Quels souvenirs il a et comment il les raconte ? Avec quels mots ?

Je vous le disais… Ce qui m'intéresse dans la guerre, c'est ce qui ne peut pas s'expliquer… Je n'arrête pas d'y penser.

L'instant où on ne savait pas si on allait être tué ou mourir de peur, cédait la place à une sorte de « période neutre » : on avait échappé à un malheur et, le suivant, on ne le connaissait pas encore. Parce que, faut pas croire, on riait beaucoup, aussi !… On se moquait les uns des autres, on s'imitait en train de courir se cacher, de fuir ; on montrait les balles qui volaient et… rataient leur but. Ça, je m'en souviens bien ! Même nous, les gosses, on se retrouvait ensemble pour se taquiner : t'as eu peur, t'as eu peur, et pas lui ! On riait et on pleurait en même temps.

Je repense à la guerre pour essayer de comprendre. Sinon, à quoi ça sert ?

On avait deux poules. Quand on leur commandait : « Chut, les Allemands ! », elles ne faisaient plus de bruit. Elles restaient avec nous, tapies sous le lit, pas une ne pipait. Après, de toutes les poules dressées que j'ai vues dans les cirques, aucune ne m'a épatée. Quoi qu'il arrive, les nôtres pondaient régulièrement leurs deux œufs dans une caisse sous le lit. On se sentait drôlement riches !

Pour le Nouvel An, on réussissait malgré tout à faire un sapin. Maman n'oubliait jamais qu'on était des enfants. On découpait dans des livres des images avec plein de couleurs, on fabriquait des boules en papier : une blanche, une noire, et des guirlandes avec de vieux bouts de fils. Ces jours-là, tout le monde se faisait un tas de sourires. En guise de cadeaux (on n'en avait pas), on se laissait des billets au pied du sapin.

Par exemple, j'écrivais à maman : « Mamounette, je t'aime très fort. Très, très fort ! » On s'offrait des mots doux…

Les années ont passé… J'ai lu tant de livres !… Et je n'en sais pas beaucoup plus sur la guerre que quand j'étais enfant. C'est de ça que je voulais parler…

« Il n'y a personne pour jouer dehors… »

Valia Nikitenko, quatre ans.
Ingénieur.

Tout se fixe dans une mémoire d'enfant, comme dans un album de photos. Par clichés isolés…

Maman me supplie :

« Allez, on court, on court !… On avance, vite ! »

Elle a les mains prises. Moi, je fais un caprice :

« J'ai mal aux pieds. »

Mon petit frère de trois ans me pousse :

« On cou't. » (Il n'arrive pas à prononcer les « r »). « Sinon les Allemands vont nous att'aper. »

Alors, on « cou't », tous ensemble, sans rien dire.

Je protège ma tête des bombes… et ma poupée. Une poupée qui n'a plus ni bras ni jambes. Je pleure pour que maman les lui remette…

Quelqu'un apporte un tract à maman… Je sais déjà ce que c'est… Des nouvelles de Moscou, de bonnes nouvelles. Maman parle avec grand-mère et je comprends que notre tonton a rejoint les partisans. Comme voisins, on a une famille de Polizei. Vous savez comment sont les gosses : on est dehors, et chacun se vante de son papa. Leur fils dit :

« Mon papa, il a une mitraillette… »

Je ne veux pas être en reste :

« Eh ben, nous, tonton nous a envoyé un tract... »

La mère du Polizei l'entend et elle vient prévenir maman : si jamais son fils surprend mes paroles ou si un des enfants les lui répète, notre famille est en danger de mort.

Maman me fait rentrer et dit :

« Ma petite fille, tu ne le raconteras plus à personne, hein ?

— Si, je le raconterai !

— Il ne faut pas.

— Alors, lui, il peut, et moi non ? »

Elle prend un des osiers du balai, mais ça lui fait mal de me corriger. Elle se contente de me mettre au coin :

« Tu ne le feras plus ? Sinon, on tuera maman.

— Bah, tonton arrivera de la forêt en avion et il te défendra ! »

C'est comme ça que j'ai fini par m'endormir, au coin...

Notre maison brûle. On m'emporte, tout ensommeillée. Mon manteau et mes chaussures sont en cendres. Je porte la veste de maman, qui me descend jusqu'aux pieds.

On vit dans un gourbi. Je m'en extrais et je sens l'odeur de la bouillie de seigle au lard. Aujourd'hui encore, je ne connais rien de meilleur. Quelqu'un crie : « Les nôtres sont là ! » Dans le potager de tata Vassilissa – comme l'appelle maman, les enfants, eux, disent tous : « mémé Vassia » – est installée une cuisine de campagne. Des soldats prennent de la bouillie dans des marmites et nous en distribuent. Je me rappelle parfaitement que c'était dans des marmites. Mais je ne sais plus comment on a mangé : on n'avait pas de cuillers...

Quelqu'un me tend un quart de lait. Moi, le temps de la guerre, j'en ai oublié l'existence. D'abord, on me le verse dans une tasse, mais je la fais tomber et elle se casse. Je pleure. Tout le monde croit que c'est à cause de la tasse, pas du tout, c'est à cause du lait renversé. Il est si bon ! J'ai peur qu'on ne m'en redonne plus.

Après la guerre, les maladies ont commencé. Tout le monde était malade, tous les enfants. Plus que pendant la guerre. Bizarre, non ?

Épidémie de diphtérie… Des enfants meurent. Je suis enfermée à clé à la maison, mais je me sauve pour aller à l'enterrement de deux jumeaux du voisinage, avec lesquels je m'entendais bien. Maman me ramène sans ménagement. Elle est persuadée, et grand-mère avec elle, que j'ai été contaminée. Non, je tousse simplement.

Au village, il n'y a plus du tout d'enfants. Il n'y a personne pour jouer dehors…

« Elle a ouvert la fenêtre…
et lâché les feuilles au vent… »

Zoïa Majarova, douze ans.
Employée des postes.

Toute la guerre, j'ai vu un ange… Il ne s'est pas montré tout de suite…

La première fois… il m'est apparu en rêve, quand on nous emmenait en Allemagne. Dans le wagon, pourtant… on n'apercevait pas une étoile ni le moindre bout de ciel. N'empêche qu'il m'a visitée. Mon ange…

Vous n'avez pas peur de moi ? De ce que je vous dis ? Parce que… tantôt j'entends des voix… tantôt je vois des anges… Quand je me mets à raconter, y a des gens qui n'ont pas envie d'écouter. Je leur fais peur. Pour les fêtes, on ne m'invite pas souvent. Même mes voisins. C'est que… je raconte à n'en plus finir… C'est peut-être la vieillesse ? Quand je me lance, je ne peux plus m'arrêter…

Pendant la guerre… Mais, commençons par le commencement… La première année, je l'ai passée avec papa et maman. Je labourais et moissonnais. Je fauchais et battais. On donnait tout aux Allemands : le grain, les pommes de terre, les pois. À l'automne, ils arrivaient en charrettes, ils faisaient la tournée des fermes et collectaient… comment ça s'appelle, déjà ?… la redevance. Nos Polizei les accompagnaient. On les connaissait tous. Ils venaient du village d'à côté. On vivait comme ça. On s'y était habitués, pour ainsi dire. Hitler, à ce qu'on racontait, était déjà à Moscou. À Stalingrad…

La nuit, on voyait arriver les partisans. Eux, ils présentaient les choses autrement : Staline ne lâcherait jamais Moscou. Ni Stalingrad…

On vivait, malgré tout… On labourait et moissonnait. Les soirs de fête ou quand on ne travaillait pas, on dansait. Dans la rue. Au son de l'accordéon.

Je me rappelle ce fameux dimanche des Rameaux. On avait coupé plein de branches, on était allés à l'église. On était tous dans la rue, à attendre l'accordéoniste. C'est là qu'un tas d'Allemands sont arrivés. Dans de grands camions bâchés. Avec des chiens tout noirs, hargneux. Ils nous ont encerclés, et les voilà qui nous commandent : « Montez ! » Ils nous poussent avec leurs crosses de fusil. Ça pleure, ça crie… Le temps que nos parents accourent, on est déjà dans les camions. Sous les bâches. On avait, pas très loin, une gare de chemin de fer. C'est là qu'on nous a emmenés. Y avait déjà, tout prêts, des wagons qui nous attendaient… Un Polizei me tire vers le convoi, moi, je résiste. Il enroule ma tresse autour de son poing :

« Arrête de crier, idiote ! Le Führer veut vous libérer de Staline.

— Qu'est-ce qu'on irait faire par chez vous ? »

Avant, déjà, on nous avait fait de la propagande pour nous envoyer en Allemagne. On nous promettait la belle vie…

« Vous aiderez le peuple allemand à vaincre le bolchevisme.

— Moi, je veux retourner chez ma mère.

— T'habiteras dans une maison avec un toit de tuiles et tu mangeras plein de chocolats.

— Je veux voir ma mère… »

Oh, je vous le dis, si les gens savaient ce qui les attend, ils ne vivraient pas un jour de plus !

On nous a donc chargés, et le train est parti. Le voyage a été long. Combien de temps ? Je ne sais pas. Dans mon wagon, il n'y avait que des gens de la région de Vitebsk. De différents villages. Des jeunes et quelques petits, comme moi. On me demande :

« Comment tu t'es retrouvée ici ?

— J'étais allée danser. »

La faim et la peur m'ont fait perdre connaissance. Je suis étendue. Je ferme les yeux. Et c'est là que… pour la première fois… je vois l'ange. Un ange minuscule, avec de petites ailes. Je comprends qu'il veut me sauver. « Comment il va s'y prendre ? je me dis, il est tellement petit ! » Je ne l'avais jamais vu avant…

La soif… Elle nous tourmentait tous, on ne pensait qu'à ça : boire. On était tout desséchés à l'intérieur, à tel point que la langue nous sortait et qu'on ne pouvait plus la rentrer. Dans la journée, on était tous comme ça, à tirer la langue. La bouche ouverte. La nuit, ça allait un peu mieux.

Toute ma vie, je m'en souviendrai… Jamais je n'oublierai ça…

Dans un coin, on avait un seau pour les petits besoins, le temps du voyage. Et une gamine… a fini par ramper jusque-là, elle a saisi le seau, s'est penchée au-dessus et s'est mise à boire. À grandes goulées… Ensuite, elle a vomi… Dès qu'elle a eu fini, elle est repartie vers le seau… Et elle s'est remise à vomir.

Oh, je vous le dis, si les gens savaient ce qui les attend !…

Je me rappelle la ville de Magdebourg… On nous y a rasé la tête et enduit le corps d'un truc blanc. Contre les maladies… Ça brûlait, ce machin, on avait le corps en feu… La peau qui tirait… Mon Dieu… Je ne voulais plus vivre… Je n'avais plus de peine pour personne : ni pour papa et maman ni pour moi. Dès qu'on levait les yeux, on les voyait partout. Avec leurs chiens. Les chiens avaient des yeux effrayants. Un chien, ça ne regarde jamais un homme droit dans les yeux, ça détourne le regard. Ceux-là vous fixaient bien en face… Je ne voulais plus vivre… Il y avait avec nous, dans le train, une fillette que je connaissais. Je ne sais pas ce qui s'était passé, mais on l'avait embarquée avec sa mère. Peut-être que la mère avait grimpé à sa suite dans le camion… Je ne peux pas dire…

Toute ma vie, je m'en souviendrai… Jamais je n'oublierai ça…

Et voilà la gamine qui pleure parce qu'au moment où on nous a traités pour les maladies, elle a perdu sa mère. Elle était jeune, sa mère… Et jolie. Faut dire, aussi, qu'on avait été tout le temps dans l'obscurité : personne n'ouvrait jamais les portes des wagons, c'étaient des wagons de marchandises, sans fenêtre. En fait, elle n'avait pas vu sa mère de tout le voyage. De tout un mois. Elle est donc là, qui pleure, et y a une vieille femme, complètement rasée, qui lui tend les bras, qui veut la caresser. Elle, elle la fuit, jusqu'au moment où l'autre dit : « Ma petite fille… » C'est là seulement, à la voix, qu'elle l'a reconnue.

Oh, je vous le dis, si les gens savaient ce qui les attend !…

On était tout le temps affamés. Je n'arrivais pas à retenir les endroits où on passait. Où on nous emmenait… Les noms de lieux, de gens… La faim, ça faisait de nous des somnambules.

Je me souviens d'avoir traîné des caisses dans une usine qui fabriquait des cartouches et de la poudre. Ça sentait les allumettes… la fumée. Il n'y avait pas de fumée, mais ça sentait…

Je me souviens d'avoir trait les vaches chez un *Bauer*. D'avoir coupé du bois… Des douze heures par jour…

On nous donnait à manger des épluchures de pommes de terre, du turnep, et on nous distribuait du thé avec de la saccharine. Le thé, je me le faisais piquer par la fille avec qui j'étais. Elle était ukrainienne. Plus grande que moi. Plus forte. Elle me disait : « Je dois survivre. Ma mère est seule à la maison. »

Quand on était aux champs, elle chantait de jolies chansons ukrainiennes. De très jolies chansons.

Moi… une fois… Mais je ne peux pas tout raconter en une soirée. Je n'aurai pas le temps. Et puis je ne tiendrai pas…

Où c'était donc ? Je ne me souviens pas… En tout cas, on était déjà au camp… C'est ça, je crois que j'étais à Buchenwald…

On y déchargeait des camions de morts qu'on empilait, par couches : une couche de morts, une de traverses goudronnées. Une couche, une autre… Et comme ça, du matin au soir ! On préparait de grands feux. Des feux de… Enfin, vous voyez bien… De cadavres… Des fois, au milieu, on trouvait des vivants qui voulaient nous dire quelque chose. Deux ou trois mots… Seulement, on n'avait pas le droit de s'arrêter à côté, ne serait-ce que le temps d'écouter…

Oh, je vous le dis, la vie humaine… ! Je ne sais pas si celle des arbres est plus facile, ou celle des êtres vivants que l'homme a domestiqués : le bétail, la volaille… Mais pour les gens, je sais…

Je voulais mourir, j'avais de regrets pour personne… Seulement, chaque fois que je m'y apprêtais, que je cherchais un couteau, mon ange arrivait à tire-d'aile. Je ne me rappelle plus ce qu'il disait pour me consoler, mais c'étaient des mots gentils. Il en passait, un temps, à essayer de me dissuader !… Quand je parlais de lui aux autres, elles croyaient toutes que j'avais perdu la boule. Je ne reconnaissais personne autour, je ne voyais que des étrangères. Des inconnues. Personne, d'ailleurs, ne voulait connaître personne. On savait que, demain, une telle ou une telle mourrait. Alors, à quoi ça servait ? Une fois, pourtant, je me suis prise d'affection pour une petite fille… Machenka… Elle était toute blonde, douce. On a été amies, un mois. Au camp, un mois, c'est une vie entière, une éternité. C'est elle qui était venue me trouver :

« T'aurais pas un crayon ?

— Non.

— Et une feuille de papier ?

— Non plus. Pourquoi t'en as besoin ?

— Je sais que je vais bientôt mourir et je veux écrire une lettre à maman. »

Au camp, c'était interdit, les crayons, le papier… N'empêche qu'on lui en a trouvé. Cette petite, tout le monde l'aimait, blonde, comme ça, et douce. Avec une voix toute douce, aussi.

« Comment tu l'enverras, ta lettre ? je lui ai demandé.

— La nuit, j'ouvrirai la fenêtre… et je la lâcherai au vent. »

Je ne sais pas… Elle devait avoir huit ans, dix, peut-être. Pas facile à voir, sur des os ! Y avait pas de gens, là-bas, rien que des squelettes… Elle n'a pas tardé à tomber malade. Elle ne pouvait plus se lever ni aller au travail. Je la suppliais… Le premier jour, je l'ai même traînée jusqu'aux portes, mais elle y est restée cramponnée, incapable de faire un pas. Deux jours, qu'elle a été couchée. Et, le troisième, on l'a emportée sur une civière. Il n'y avait qu'une façon de sortir du camp : par la cheminée… On le savait tous. Direct au ciel !…

Toute ma vie, je m'en souviendrai… Jamais je n'oublierai ça…

Quand elle est tombée malade… on s'est mises à parler, la nuit.

« Est-ce que t'as un ange qui te visite ? »

Je voulais lui raconter mon ange.

« Non. Moi, c'est ma maman qui vient. Elle a toujours un corsage blanc. Je m'en souviens, de ce corsage, avec des bleuets brodés. »

À l'automne… Parce que j'ai survécu jusqu'à l'automne… Par quel miracle ? Je ne sais pas… Un matin, on nous a envoyées travailler aux champs. Ramasser les carottes, les choux. J'aimais faire ça. Y avait un moment que je n'étais pas allée aux champs, que je n'avais pas vu de vert. Au camp, on ne voyait pas le ciel. Ni la terre. À cause de la fumée. La cheminée était haute, noire. Jour et nuit, elle crachait de la fumée… Aux champs, j'ai aperçu une petite fleur jaune. J'avais oublié comment ça poussait, les fleurs. Celle-là, je l'ai caressée… Les autres femmes ont fait comme moi. On savait qu'on répandait là les cendres du crématoire, et chacune avait ses morts. Une, c'était sa sœur, l'autre sa mère… Moi, c'était Machenka.

Si j'avais su que je survivrais, je lui aurais demandé l'adresse de sa mère… Mais je n'aurais pas pu penser…

Comment j'ai survécu, alors que j'ai été, cent fois, à deux doigts de mourir ? Je ne sais pas… C'est mon ange qui m'a sauvée. Qui m'a persuadée de tenir… Il m'apparaît aujourd'hui encore, il aime les nuits où la lune brille fort à la fenêtre. D'une lumière blanche…

Je ne vous fais pas peur ? Vous n'avez pas peur de m'entendre ?…

Oh, je vous le dis… !

« Creusez là !... »

Volodia Barsouk, douze ans.
Président du comité national
de la société sportive « Spartak ».

On a tout de suite rejoint les partisans...

Toute la famille : papa, maman, mon frère et moi. Mon frère était plus grand. On lui a donné un fusil. J'étais jaloux. Alors, il m'a appris à tirer.

Un jour, mon frère n'est pas rentré d'opération... Longtemps, maman a refusé de croire qu'il était mort. Des gens ont informé notre détachement qu'un groupe de partisans avait été encerclé par les Allemands et avait préféré se faire sauter avec une mine antichar plutôt que d'être pris vivants. Maman soupçonnait notre Alexandre d'avoir été de ceux-là. En principe, il n'était pas dans ce groupe, mais il avait pu le rejoindre. Elle est donc allée trouver le commandant du détachement :

« Je sens que mon fils est là-bas, avec eux. Permettez-moi de me rendre sur place. »

Quelques combattants ont été mis à sa disposition, et on est partis. Ce que c'est qu'un cœur de mère ! Les gens du coin avaient déjà inhumé les morts.

Les combattants commencent à creuser à un endroit, mais maman leur en indique un autre :

« Creusez là !... » Ils obtempèrent et trouvent mon frère. Méconnaissable : il était devenu tout noir. Maman l'a identifié à la cicatrice de son opération de l'appendicite et à son peigne de poche.

Je pense souvent à maman...

Je me rappelle la première fois que j'ai fumé. Elle s'en est aperçue, a appelé mon père :

« Regarde ce que fabrique notre Vovka[1] !

— Quoi donc ?

— Il fume. »

Mon père est venu vers moi, il m'a regardé :

« Bah, laisse-le ! On règlera ça après la guerre. »

Pendant la guerre, je n'arrêtais pas d'évoquer notre vie, avant. On était tous ensemble, plusieurs familles de la parentèle, dans une grande maison. La vie était gaie, amicale. Les jours de paie, tante Lena achetait toujours plein de gâteaux et de fromages, elle rassemblait tous les enfants et les régalait. Elle est morte, de même que son mari et son fils. J'ai perdu tous mes oncles...

La guerre a pris fin... Je revois cette fois où nous étions dans la rue, avec maman. Elle portait des pommes de terre, on lui en avait donné un peu, à l'usine où elle travaillait. D'un chantier en ruine, un prisonnier allemand s'est avancé vers nous :

« *Mutter, bitte, Kartoffel*... »

Maman a répondu :

« Je ne t'en donnerai pas. C'est peut-être toi qui as tué mon fils. »

Sidéré, l'Allemand n'a rien ajouté. Maman s'est éloignée... puis elle est revenue sur ses pas, elle a pris quelques pommes de terre et les lui a tendues :

« Tiens, mange... »

1. Vovka, Volodia sont deux diminutifs du prénom Vladimir.

Cette fois, c'est moi qui ai été sidéré… Comment ça ? Au cours de l'hiver on avait, à plusieurs reprises, fait de la luge sur des cadavres d'Allemands, on en a retrouvé longtemps aux environs de la ville. On s'en servait exactement comme de luges. On pouvait leur donner des coups de pied… On sautait à pieds joints dessus… On continuait de les haïr.

Et voilà que maman m'enseignait l'amour. Ç'a été ma première leçon d'amour de l'après-guerre…

« On a enterré grand-père sous la fenêtre… »

Varia Vyrko, six ans.
Tisseuse.

Je me rappelle un hiver, un hiver froid… L'hiver où on a tué mon grand-père…

On l'a tué dans la cour de notre maison. Près du portail.

Et nous, on l'a enterré sous la fenêtre…

On ne nous a pas permis de le mettre au cimetière, parce qu'il avait frappé un Allemand. Les Polizei montaient la garde près de notre portillon et ne laissaient personne entrer chez nous. Ni parents ni voisins. Maman et grand-mère ont elles-mêmes fabriqué un cercueil avec des caisses. Elles ont fait la toilette de grand-père, alors que, normalement, les proches ne doivent pas s'en charger. Ça doit toujours être des étrangers. C'est la coutume, chez nous. Je me rappelle qu'on en parlait à la maison… Elles ont porté le cercueil… jusqu'au portail… On leur a crié : « Demi-tour ! Sinon, on canarde toute la famille. Enterrez-le comme un chien, dans son potager ! »

Ça a duré trois jours… Dès qu'elles arrivaient au portail, on les rembarrait…

Le troisième jour, grand-mère a entrepris de creuser une fosse sous la fenêtre… Il faisait moins quarante, ça, grand-mère l'a répété toute sa vie : « Moins quarante, qu'il faisait ! » Enterrer quelqu'un par un froid pareil, c'est pas facile. Je devais avoir sept ans, à l'époque. Je voulais aider. Maman m'arrachait à cette fosse en pleurant. En hurlant…

Là… à l'endroit où grand-père est enterré, il y a maintenant un pommier. En guise de croix. Un pommier déjà vieux…

« Ils tapotaient par-dessus, avec leurs pelles, pour que ce soit plus joli. »

Leonid Chakino, douze ans.
Artiste peintre.

Comment on nous a mitraillés…

On nous a rassemblés à la ferme du chef d'équipe… Tout le village… Il faisait bon, ce jour-là, l'herbe était chaude. Les uns sont restés debout, les autres se sont assis. Les femmes avaient des fichus blancs, les enfants étaient pieds nus. C'était l'endroit où on se réunissait pour les fêtes. On y chantait des chansons. Pour les moissons… Là encore, il y en avait qui restaient debout, d'autres qui préféraient s'asseoir. On y organisait aussi des meetings.

Mais, cette fois… Personne ne pleurait… ne parlait. Je me souviens que, même à l'époque, ça m'avait frappé. J'ai lu qu'en général les gens pleurent, crient quand ils pressentent la mort. Là, je ne me rappelle pas qu'on ait versé une larme. Un soupçon de larme… Aujourd'hui, quand j'y repense, je me dis : peut-être qu'à ce moment-là j'étais devenu sourd et que je n'ai rien entendu ? Pourquoi il n'y avait pas de larmes ?

Les enfants faisaient bande à part ; pourtant, personne ne nous avait séparés des adultes. Bizarrement, les mères ne nous avaient pas gardés auprès d'elles. Pourquoi ? Je ne le sais toujours pas. D'habitude, nous, les garçons, on ne se liait pas trop avec les filles. C'était comme ça : une fille, on l'embêtait forcément, on lui tirait les nattes. Là, on s'est tous serrés les uns contre les autres. Vous comprenez, même les chiens se taisaient dans les cours.

Ils ont installé une mitrailleuse à quelques pas de nous. Deux SS se sont postés derrière. Ils bavardaient tranquillement, blaguaient. À un moment, ils ont même éclaté de rire.

C'est des détails de ce genre qui me sont restés…

Un jeune officier s'est approché. Et l'interprète a traduit :

« Monsieur l'officier vous ordonne de donner les noms de ceux qui sont en contact avec les partisans. Si vous refusez, vous serez tous mitraillés. »

Les gens n'ont pas bougé : ils sont demeurés assis ou debout.

« Dans trois minutes, on mitraille », a dit l'interprète, en dressant trois doigts.

À partir de ce moment-là, je n'ai pas arrêté de regarder sa main.

« Deux minutes… »

On s'est serrés plus fort les uns contre les autres, certains se sont dit des choses, mais pas avec des mots, non, avec des gestes, avec les yeux… Moi, je me rendais parfaitement compte qu'ils allaient tirer et qu'on n'existerait plus.

« Une minute… et vous êtes *kaput*… »

J'ai vu le soldat ôter la culasse, enfiler un ruban et s'apprêter à mitrailler. Il était à deux mètres des uns, à une dizaine des autres.

Ils ont pris quatorze personnes des premiers rangs. Ils leur ont donné des pelles et ordonné de creuser une fosse. Nous, ils nous ont fait avancer pour qu'on regarde… Ils travaillaient vite, vite… De la poussière volait… Je me souviens que le trou était grand, profond, un homme aurait pu s'y tenir debout. Le genre de trou qu'on creuse sous une maison, pour les fondations.

Ils les ont liquidés trois par trois. Ils les plaçaient au bord de la fosse et tiraient à bout portant. Les autres regardaient… Je n'ai pas souvenir que les parents aient dit adieu à leurs enfants, ni les enfants à leurs parents. Une mère a relevé le pan de sa robe pour en voiler les yeux de sa fille. Mais, même les petits ne pleuraient pas…

Ils ont donc mitraillé les quatorze premiers et entrepris de refermer la fosse. Nous revoilà à les regarder remettre de la terre et la tasser à coups de bottes. Ils tapotaient par-dessus, avec leurs pelles, pour que ce soit plus joli. Du boulot soigné. Vous imaginez : ils aplatissaient tout ce qui dépassait, ils faisaient tout bien proprement. Un Allemand, déjà plus très jeune, s'épongeait le front, exactement comme s'il était aux champs. Un petit chien s'est précipité vers lui… Personne n'a compris d'où il sortait. Il l'a caressé…

Trois semaines plus tard, ils nous ont autorisés à déterrer les morts. Pour que les familles les reprennent et les inhument comme il faut. Là, les pleureuses, on les a entendues ! Tout le village s'y est mis. On en a eu, des lamentations !

Plein de fois, j'ai préparé des toiles… Je voulais peindre ça… Et le résultat était tout autre : des arbres, de l'herbe…

« Je m'achèterais une robe avec un nœud… »

Polia Pachkevitch, quatre ans.
Couturière.

À quatre ans… je n'avais jamais vraiment pensé à la guerre…

Mais je me la représentais comme ça : une grande forêt sombre et, dedans, un truc qui s'appelle la guerre. Pourquoi la forêt ? Parce que dans les contes, les choses les plus terribles se passent toujours dans la forêt.

Des troupes n'arrêtaient pas de défiler dans notre village des Belynitchi. Je ne comprenais pas alors que c'était la retraite. Qu'on nous laissait tomber… Je me rappelle qu'à la maison il y avait plein de militaires. Ils me prenaient dans leurs bras. Me plaignaient. Voulaient me gâter, mais ils n'avaient rien. Au matin, quand ils repartaient, sur l'appui des fenêtres, partout, traînait quantité de cartouches. Des insignes rouges arrachés. Des décorations. Nous, on s'amusait avec… On ne comprenait pas ce que c'était… Des joujoux…

Ça, c'est ma tante qui me l'a raconté : quand les Allemands sont entrés dans notre ville, ils avaient une liste de communistes. Et, sur cette liste, il y avait notre père et notre maître d'école, qui vivait en face de chez nous. Il avait un fils avec lequel j'étais amie et qu'on appelait « Joujou ». En réalité, il devait s'appeler Igor[1], c'est ce que je me dis aujourd'hui. En tout cas, je me le rappelle, que ça ait été son vrai nom ou un surnom pour le faire enrager… Nos pères ont été emmenés ensemble.

Sous mes yeux… on a fusillé maman dans la rue. Quand elle est tombée, son manteau s'est ouvert tout grand et est devenu rouge. La neige aussi, autour d'elle, était rouge…

Ensuite, on nous a gardés longtemps dans une grange. Ça faisait vraiment peur, on pleurait, on criait. J'avais une sœur et un frère, de deux ans et demi et un an. Moi, j'en avais quatre, j'étais l'aînée. On avait beau être petits, on savait, quand il y avait des tirs d'obus, que ce n'était pas un avion qui pilonnait mais l'artillerie. On reconnaissait, au son, si c'était un de nos avions, si la bombe allait tomber loin. Ça faisait peur, très peur. Pourtant, de se cacher la tête suffisait et on était moins effrayés. L'essentiel, c'était de ne pas voir.

Et puis on nous a emmenés, tous les trois, en traîneau. Dans un village, des femmes nous ont répartis dans les fermes, au petit bonheur. Pendant un bon moment, personne n'a voulu de mon frère. Lui, il pleurait : « Et moi ? » Avec ma sœur, ça nous terrorisait d'être séparées, de ne plus être ensemble. Ça ne nous était jamais arrivé.

Un jour, j'ai failli être dévorée par un berger allemand. J'étais assise à la fenêtre. Des Allemands circulaient dans la rue, avec deux gros chiens. L'un

1. Les sonorités des deux mots sont assez proches, en russe : « Igor » et « Igrouchka » (« le jouet »).

d'eux a foncé dans la fenêtre, en cassant le carreau. On a tout juste eu le temps de m'écarter. Seulement, j'ai eu tellement peur que, depuis ce temps-là, je bégaie. Aujourd'hui encore, j'ai peur des gros chiens.

Après la guerre, on nous a confiés à une maison d'enfants qui ne se trouvait pas très loin de la grand-route. Il y avait beaucoup de prisonniers allemands. Il en passait tout le temps, sur cette route, jour et nuit. On leur jetait des pierres, de la terre. Les soldats d'escorte nous donnaient la chasse et nous criaient après. Ça nous laissait perplexes…

À la maison d'enfants, on attendait tous nos parents. On attendait qu'ils viennent nous chercher. Dès qu'arrivait un homme ou une femme qu'on ne connaissait pas, on accourait, en criant :

« Mon papa… Ma maman !…

— Non, c'est le mien !

— Ils sont venus me chercher !

— Non, moi ! »

On enviait beaucoup ceux qui retrouvaient leurs parents. Ils ne nous laissaient pas approcher leurs mamans et leurs papas : « La touche pas, c'est ma maman ! » « Le touche pas, c'est mon papa ! » Ils ne les lâchaient pas d'une semelle, ils avaient peur qu'on les leur prenne. Ou bien qu'ils s'en aillent à nouveau.

On était à la même école, ceux de la maison d'enfants et les autres. À l'époque, la vie était dure pour tout le monde, mais ceux qui vivaient avec leurs parents avaient toujours, dans un sac de toile, tantôt un bout de pain, tantôt une pomme de terre, tandis que nous, on n'avait rien. On était tous habillés pareil. Tant qu'on était petits, on s'en moquait. Après, ça nous embêtait. À douze, treize ans, on avait envie d'une jolie robe, de souliers. Filles et garçons, on avait tous des godillots. On rêvait d'un beau ruban pour les tresses, de crayons de couleur… D'un cartable. De bonbons. Des bonbons, on n'en avait qu'au Nouvel An, des berlingots. Du pain noir, on en avait tant qu'on voulait. On le suçait comme des bonbons, tellement on le trouvait bon.

Parmi les maîtresses d'école, il n'y en avait qu'une jeune, alors on l'aimait tous beaucoup. On l'adorait. Pas question de commencer quoi que ce soit, tant qu'elle n'était pas arrivée. On l'attendait à la fenêtre : « La voilà !!! » Elle entrait dans la classe et on voulait tous la toucher. Chacun pensait : « Ma maman, elle est comme ça… »

Je rêvais que, quand je serais grande, je travaillerais et m'achèterais plein de robes : une rouge, une verte, une à pois, une avec un nœud. Avec un nœud, sans faute ! Quand j'ai été en septième année, on m'a demandé ce que je voulais faire. Il y a longtemps que j'avais décidé : couturière.

Et aujourd'hui, je couds des robes…

« Comment ça, mort ?
Y a pas eu de coups de feu, aujourd'hui… »

Édouard Vorochilov, onze ans.
Travaille à la télévision.

La guerre, j'en ai parlé qu'à maman… À ma maman… Ça ne peut être qu'à quelqu'un de proche…

Au village où se trouvait notre détachement de partisans, un vieux était mort. Justement celui chez qui je logeais. On s'occupait de l'enterrement, quand un gamin de six, sept ans s'est pointé et a demandé :

« Pourquoi il est couché sur la table, grand-père ? »

On lui a répondu :

« Ton grand-père est mort… »

Le garçon était sidéré :

« Comment ça, mort ? Y a pas eu de coups de feu, aujourd'hui ! »

Il était tout jeune, mais ça faisait déjà deux ans qu'il entendait dire qu'on mourait quand il y avait des coups de feu.

Ça m'est resté…

J'ai commencé mon récit par le détachement de partisans. En fait, je ne m'y suis pas retrouvé tout de suite. Seulement à la fin de la deuxième année. J'ai sauté notre arrivée à Minsk, à maman et à moi, une semaine avant la guerre, et comment elle m'a accompagné dans un camp de pionniers des environs…

Au camp de pionniers, on chantait des chansons du genre : *Si, demain, la guerre...*, *Les Trois Tankistes*, *Par monts et par vaux*… La troisième, c'était la préférée de mon père… Il la fredonnait souvent… Le film *Les Enfants du capitaine Grant* venait de sortir et j'aimais beaucoup une des chansons : *Joyeux vent, chante-nous un air...* Je la chantais en faisant ma gymnastique.

Ce jour-là, on n'a pas eu gymnastique. Des avions hurlaient au-dessus de nos têtes. J'ai levé les yeux et j'ai vu des petits points noirs qui se détachaient de l'un d'eux. Les bombes, on ne connaissait pas encore. Près du camp de pionniers, il y avait une voie ferrée que j'ai suivie, à pied, pour gagner Minsk. Mon plan était simple : non loin de l'institut de médecine où travaillait à présent maman, il y avait la gare. Donc, si je suivais les rails, j'arriverais forcément jusqu'à elle. J'avais entraîné avec moi un garçon qui habitait près de la gare. Il était beaucoup plus petit et n'arrêtait pas de pleurer. Il avançait lentement, alors que j'étais bon marcheur : avec mon père, on avait sillonné les environs de Leningrad, ma ville natale. N'empêche qu'on a fini par arriver à la gare de Minsk, puis jusqu'au pont de l'Ouest. Ensuite, il y a eu un nouveau bombardement, et je l'ai perdu.

Maman n'était pas à l'institut de médecine. Le professeur Goloub, avec lequel elle travaillait, habitait à proximité. J'ai trouvé son appartement… Il était vide… Des années après, j'ai su ce qui s'était passé : dès que les bombardements avaient commencé, maman était montée dans la première voiture qu'elle avait trouvée et était allée me chercher à Ratomka, par la grand-route. Elle y était arrivée et avait trouvé le camp en ruine…

Tous fuyaient la ville. J'ai décidé que Leningrad était plus loin que Moscou. À Leningrad, j'avais mon père mais il était au front, et à Moscou, j'avais mes tantes. Elles, au moins, n'auraient pas bougé pour la bonne raison qu'elles vivaient à Moscou… Dans la capitale… En cours de route, je me suis lié avec une femme et sa petite fille. La femme, je ne la connaissais pas, mais elle a compris que j'étais seul, que je n'avais rien, que j'étais affamé. Elle m'a fait signe : « Viens un peu ici, on va manger ensemble. »

Je me souviens que c'était la première fois que je mangeais du lard et de l'oignon. Au début, j'ai fait la grimace, et j'ai fini par l'avaler. Dès qu'un bombardement commençait, je regardais où étaient la femme et sa fille. Le soir, on a trouvé un fossé et on s'y est installés pour se reposer. On nous bombardait sans arrêt. À un moment, la femme a jeté un coup d'œil alentour et poussé un cri… Je me suis vaguement relevé, moi aussi, et j'ai regardé dans la même direction. J'ai vu un avion qui volait en rase-mottes, avec des petits feux qui scintillaient près du moteur. Et, dans la direction de ces feux, des jets de poussière s'élevaient le long de la route. Ç'a été pur réflexe : je me suis aplati au fond du fossé. Une rafale de mitraillette a résonné au-dessus de ma tête, et l'avion est parti. Je me suis redressé : la femme était étendue sur le remblai, une flaque de sang à la place du visage. Là, j'ai vraiment eu peur : j'ai bondi hors du fossé et pris mes jambes à mon cou. Depuis, je n'arrête pas de me poser la question : qu'est-ce qu'elle est devenue, la petite ? Je ne l'ai jamais revue…

Je suis arrivé à un village… Dans la rue, sous des arbres, il y avait des blessés allemands. C'étaient les premiers Allemands que je voyais…

On faisait sortir les gens des maisons, on les obligeait à apporter de l'eau que les infirmiers allemands chauffaient dans de grands seaux, sur des feux. Au matin, ils ont chargé les blessés dans des camions et, dans chacun, ils ont mis un ou deux gamins. Ils nous ont donné des gourdes d'eau et indiqué ce qu'on devait faire pour les soulager : leur mouiller un mouchoir et le leur mettre sur le front, leur humecter les lèvres. Si un blessé demandait : « *Wasser… Wasser…* », on approchait la gourde de sa bouche et… on était pris de tremblements. Aujourd'hui encore, je ne peux pas dire ce que j'éprouvais, à l'époque. Du mépris ? Non. De la haine ? Non plus. Les deux, sans doute. De la pitié, aussi… La haine, après tout, ça s'apprend. On ne l'a pas naturellement. Et, à l'école, c'est le bien qu'on nous enseignait, l'amour. En brûlant les étapes, je dirai que, la première fois qu'un Allemand m'a frappé, ce n'est pas de la douleur que j'ai ressenti, c'est autre chose… Comment ça, il m'avait cogné ? De quel droit ? J'étais en état de choc.

Je suis revenu à Minsk…

Et je me suis lié d'amitié avec Kim. On s'est rencontrés dans la rue. À ma question :

« Tu vis avec qui ? »,

il a répondu :

« Personne. »

J'ai appris que, lui aussi, s'était perdu, et je lui ai proposé :

« On n'a qu'à rester ensemble.

— D'accord. »

Il était drôlement content parce qu'il ne savait pas où aller.

Moi, j'occupais l'appartement désert du professeur Goloub.

Un jour, on a remarqué dans la rue, avec Kim, un gars plus âgé que nous, qui trimballait une boîte de cireur de chaussures. Il nous a tout expliqué : quel genre de boîte il fallait, comment fabriquer du cirage. C'était pas compliqué : y avait juste à trouver de la suie. Dans la ville, c'était pas ce qui manquait, on n'avait que l'embarras du choix. Ensuite, on la mélangeait à de l'huile. Bref, on faisait une sorte de bouillie puante. N'empêche qu'elle était noire. Et, si on l'étalait soigneusement, on arrivait à faire briller.

Une fois, un Allemand s'approche de moi, il pose un pied sur ma caisse. Il avait des bottes toutes crottées. Et depuis un moment ! La boue était toute collée. Des chaussures dans cet état, on en avait déjà eu. J'avais même un grattoir spécial. On enlevait d'abord la boue, ensuite on mettait la crème. J'ai donc sorti mon grattoir, je l'ai passé deux fois, et ça ne lui a pas plu. Il a tapé du pied sur ma boîte et je me suis pris un coup de botte dans la figure...

Jamais on ne m'avait frappé, à part dans des bagarres de gosses. Dans les écoles de Leningrad, j'en avais eu mon content mais ça ne comptait pas, ça avait un autre sens. Jamais, en tout cas, un adulte n'avait levé la main sur moi.

Kim a vu ma tête et hurlé :

« Le regarde pas comme ça ! T'es fou !... Il va te tuer... »

À la même époque, on a remarqué que des gens, dans les rues, portaient des trucs jaunes, cousus sur leurs manteaux, leurs vestons. On a entendu parler du ghetto... Ce mot-là, on ne le prononçait qu'en chuchotant... Kim était juif mais il s'était rasé le crâne et on a décidé de le faire passer pour un tatar.

Seulement, quand ses cheveux ont repoussé, noirs et bouclés, c'était impossible à croire. Je me faisais du souci pour lui. Je me réveillais la nuit, je voyais sa tête frisée et je n'arrivais plus à me rendormir. Il fallait inventer quelque chose pour qu'il ne se retrouve pas au ghetto.

On a dégotté une tondeuse et je l'ai rasé à nouveau. Les gelées commençaient, ça n'avait plus de sens de cirer les chaussures. On a imaginé un nouveau plan. Le commandement allemand avait prévu un hôtel pour les officiers de passage. Ils débarquaient, avec leurs gros sacs à dos, leurs valises, et l'hôtel n'était pas tout près. Par je ne sais quel miracle, on a déniché un grand traîneau et on s'est mis à attendre les trains à la gare. Dès qu'il en arrivait un, on chargeait les affaires de deux ou trois personnes et on tirait le traîneau à travers toute la ville. On nous donnait des cigarettes ou du pain. Les cigarettes, on pouvait les troquer contre n'importe quoi, au marché, n'importe quelle nourriture.

Le jour où Kim s'est fait prendre, le train était arrivé dans la nuit, avec beaucoup de retard. On était frigorifiés, mais on ne pouvait pas quitter la gare, c'était le couvre-feu. On a fini par être chassés du bâtiment et on a attendu dans la rue. Enfin, le train est arrivé, on a chargé le traîneau, et nous voilà partis ! On tire, on tire, les courroies nous scient les épaules, et eux, ils n'arrêtent pas de nous presser : « *Schnell ! Schnell !* » Comme on n'allait pas assez vite à leur goût, ils ont commencé à nous frapper.

On a déposé leurs affaires à l'hôtel et attendu qu'ils nous donnent quelque chose. Un d'eux a lancé : « Fichez-moi le camp ! » Il a poussé Kim et fait tomber sa chapka. Alors, ils se sont mis à brailler : « *Jude !* » Et ils l'ont embarqué…

Quelques jours plus tard, j'ai appris que Kim était au ghetto. J'y suis allé… Des journées entières, j'ai traîné autour… Je l'ai aperçu plusieurs fois derrière les barbelés. J'ai apporté du pain, des pommes de terre, des carottes. Dès que la sentinelle tournait le dos et passait le coin, je balançais une patate. Kim se pointait, la ramassait…

Je vivais à quelques kilomètres de là mais, chaque nuit, les gens du ghetto criaient tellement qu'on les entendait à travers toute la ville. Au réveil, je me demandais si Kim était toujours vivant. Et comment je pourrais le tirer de là. Après un énième pogrome, je suis venu à l'endroit habituel et on m'a fait comprendre, par gestes, que Kim n'était pas là…

J'étais malheureux… Mais j'espérais encore…

Un matin, on frappe chez moi. Je bondis sur mes pieds… La première idée qui me vient : Kim ! Non. C'est un gamin de l'étage au-dessous. Il me dit : « Descends dans la rue avec moi, il y a des tués. On va chercher mon père. » On est sortis. Le couvre-feu était levé, pourtant les passants étaient rares. La rue était couverte d'une neige fine qui saupoudrait les corps de prisonniers de guerre soviétiques. Il y en avait tous les quinze, vingt pas. On leur avait donné la chasse toute la nuit, à travers la ville, et ceux qui n'arrivaient plus à courir avaient été tués d'une balle dans la nuque. Ils gisaient tous, face contre terre.

Le gamin ne pouvait pas les toucher, il avait peur que l'un d'eux ne soit son père. Là, je me suis surpris à penser que, bizarrement, la mort ne m'effrayait pas. Je m'y étais fait. J'ai donc entrepris de les retourner, en dévisageant chacun d'eux. On a parcouru toute la rue…

Depuis… je n'ai plus de larmes… Jamais. Même pas quand il faudrait, sans doute. Je ne peux pas pleurer. De toute la guerre, je n'ai pleuré qu'une fois. À la mort de Natacha, l'infirmière de notre détachement de partisans. Elle aimait la poésie. Moi aussi. Elle aimait les roses. Moi aussi. L'été, je lui apportais des bouquets d'églantines.

Une fois, elle m'a demandé :

« T'avais combien d'années d'école, au début de la guerre ?

— Quatre…

— Quand ce sera terminé, tu iras au collège Souvorov ? »

Avant la guerre, j'aimais bien l'uniforme de mon père. Je rêvais de porter les armes. Pourtant, je lui ai répondu que non, je ne serais pas militaire.

Morte, elle reposait sur des branches de sapin près d'une tente. Moi, je la veillais et je pleurais. C'était la première fois que je pleurais un mort.

… J'ai retrouvé maman… Quand on s'est revus, elle s'est contentée de me regarder, sans même un geste tendre, et de répéter :

« C'est toi ? C'est vraiment toi ? »

Et il s'est passé beaucoup de temps avant qu'on se raconte notre guerre…

« Parce qu'on est des filles, et lui un garçon… »

Rimma Pozniakova (Kaminskaïa), six ans.
Ouvrière.

Je suis au jardin d'enfants. Je joue à la poupée… On m'appelle : « Ton papa est venu te chercher. C'est la guerre ! » Moi, je ne veux pas partir. Je veux jouer. Je pleure.

C'est quoi, d'abord, la guerre ? Comment ça, on va me tuer ? Comment ça, on va tuer papa ? Et puis il y a cet autre mot inconnu : « réfugiés ». Maman nous accroche au cou de petites bourses, avec notre acte de naissance et notre adresse. Pour que, si elle venait à être tuée, les gens sachent qui on est.

On marche, on marche. On perd papa. C'est l'affolement. Maman explique qu'il a été emmené au camp de concentration mais qu'on ira le voir. C'est quoi, un camp de concentration ? On prend des provisions. Vous voulez savoir quoi ? Des pommes cuites ! Notre maison a brûlé, le jardin aussi, sur les pommiers il y a des pommes cuites… On les cueille et on les mange.

Le camp de concentration se trouve aux Drozdy, près du lac des Jeunesses communistes. Aujourd'hui, tout ça c'est Minsk mais, à l'époque, c'était la campagne. Je revois les barbelés noirs ; les gens aussi sont noirs et ils ont tous la même tête. On ne reconnaît pas papa, c'est lui qui nous aperçoit. Il veut me faire une caresse ; moi, j'ai peur de m'approcher des barbelés, je tire maman pour qu'on rentre chez nous.

Je ne sais plus quand papa est revenu à la maison. Je sais qu'il travaillait dans un moulin et que maman nous envoyait, avec ma petite sœur Toma, lui porter son déjeuner. Toma était un bout de chou, j'étais un peu plus grande, j'avais même un petit soutien-gorge, on en trouvait pour les petites filles, avant la guerre. Maman nous donnait de la nourriture enveloppée dans un torchon et elle mettait des tracts dans mon soutien-gorge. Ils étaient courts, ces tracts, une page de cahier d'écolier, écrits à la main. Maman nous conduisait jusqu'aux portes, en pleurant et en nous rappelant les consignes : « Ne parlez qu'à votre père ! » Ensuite, elle attendait qu'on revienne, jusqu'à ce qu'elle soit sûre qu'on était vivantes.

Je ne me souviens pas d'avoir eu peur… Puisque maman le demandait, on y allait. Ma crainte, c'était de lui désobéir, de ne pas faire ce qu'elle voulait. On l'aimait tellement ! On n'imaginait pas de ne pas l'écouter…

… Les jours de grand froid, on grimpe tous sur le poêle. On a une grosse pelisse, on se met tous dessous. Pour chauffer le poêle, on file à la gare voler du charbon. À quatre pattes, afin que la sentinelle ne s'aperçoive de rien, on rampe, en s'aidant des coudes. On rapporte un plein seau de charbon, on ressemble à des ramoneurs : les genoux, les coudes, le nez, le front, tout est noir.

La nuit, on dort ensemble, personne ne veut rester seul. On est quatre enfants : moi, mes deux petites sœurs et Boris. Il a quatre ans et maman l'a adopté. Plus tard, on a appris que c'était le fils d'une résistante, Lelia Revinskaïa, une amie de maman. À l'époque, maman s'était contentée de nous dire qu'il y avait un petit garçon qui était souvent seul chez lui et qui avait peur. Et puis il n'avait rien à manger. Elle voulait qu'on l'accepte, qu'on s'attache à lui. Elle comprenait bien que ce n'était pas si simple. Que ça pouvait ne pas marcher entre nous. C'était malin de sa part de ne pas nous l'amener, de nous envoyer à sa place : « Allez le chercher. Ensuite, vous deviendrez amis. » Alors, on l'a ramené.

Boris avait plein de livres avec de jolies images. Il a voulu les prendre tous et on l'a aidé à les porter. Après, on s'installait sur le poêle et il nous racontait des histoires. Nous, il nous a tellement plu qu'il est devenu pour nous presque plus qu'un frère. Faut dire qu'il en connaissait des histoires ! Dans la cour, on répétait à tout le monde : « L'embêtez pas, ou vous aurez à faire à nous ! »

On était toutes blondes, Boris était brun. Sa maman avait une grosse tresse brune. Un jour qu'elle est venue nous voir, elle m'a offert un petit miroir. Je l'ai caché et j'ai décidé de me regarder dedans tous les matins : peut-être qu'ensuite j'aurais une tresse comme la sienne…

On s'amuse dans la cour. Les autres enfants crient très fort :

« Il est à qui, Boris ?

— À nous.

— Pourquoi vous êtes toutes blondes, et lui tout brun ?

— Parce qu'on est des filles, et lui un garçon. »

C'est maman qui nous a dit de répondre ça.

D'ailleurs, Boris était vraiment à nous, parce que son père et sa mère ont été tués et qu'il a failli se retrouver au ghetto. Bizarrement, ce mot-là, on le connaissait. Maman avait très peur que ça s'apprenne et qu'on nous enlève Boris. Partout où on allait, nous, on appelait notre mère « maman », mais lui disait : « tata ». Elle le suppliait :

« Dis-moi maman », en lui tendant un morceau de pain.

Il le prenait, s'éloignait un peu :

« Merci, tata. »

Il s'installait à l'écart. Et les larmes coulaient, coulaient sur son visage…

« T'es plus mon frère,
puisque tu joues avec
les petits Allemands... »

Vassia Sigalev-Kniazev, six ans.
Entraîneur sportif.

C'était au point du jour...

Des tirs ont éclaté, mon père a bondi de son lit, il a couru à la porte, a ouvert et poussé un cri. On a pensé qu'il avait eu peur de quelque chose. En fait, il était tombé, fauché par une balle explosive.

Maman a trouvé des bouts de tissu. Elle n'a pas allumé la lumière parce que ça tirait encore. Mon père gémissait, avait des soubresauts. Une faible lueur pénétrait par la fenêtre, éclairant son visage...

« Couchez-vous par terre », a dit maman.

Tout d'un coup, elle s'est mise à hurler, à pleurer. On s'est précipités en criant, j'ai glissé dans le sang de mon père et je suis tombé. J'ai senti l'odeur du sang, et autre chose encore, une odeur lourde : l'intestin de mon père avait lâché...

Je revois un grand et long cercueil. Pourtant, mon père n'était pas grand. J'ai cherché une explication. Et je me suis dit que c'était pour qu'il soit plus à l'aise dedans. Mon père avait été grièvement blessé. Comme ça, il aurait moins mal. C'est ce que j'ai raconté au fils des voisins.

Quelque temps après, de bonne heure là aussi, des Allemands nous ont embarqués, avec maman. Ils nous ont postés sur la place devant l'usine, celle où mon père travaillait avant la guerre (c'était au bourg de Smolovka, dans la région de Vitebsk). Y avait nous et deux autres familles de partisans, avec plus d'enfants que d'adultes. Tout le monde savait que maman avait une grande parentèle : cinq frères et cinq sœurs, tous dans les partisans.

Ils ont commencé à cogner maman. Tout le bourg regardait, comme nous. Une femme n'arrêtait pas de vouloir me faire courber la tête : « Baisse les yeux ! Baisse les yeux ! » Moi, je me débattais. Et je regardais…

À la sortie du bourg, il y avait une colline boisée. Ils y ont emmené les adultes, en laissant les enfants sur la place. Je m'agrippais à maman. Elle me repoussait en criant : « Adieu, les enfants ! » Je revois le vent soulever sa robe, quand elle a volé dans la tranchée…

… Les nôtres sont arrivés, j'ai vu des officiers à épaulettes. Ça m'a drôlement plu. Je m'en suis fabriqué des pareilles avec de l'écorce de bouleau, en dessinant les insignes au charbon. Je les ai accrochées à l'*armiak*[1] que m'avait cousu ma tante et, mes *lapti* aux pieds, je suis allé informer le capitaine Ivankine (je savais son nom par ma tante) que le dénommé Vassia Sigalev voulait combattre les Allemands avec eux autres. Les militaires ont d'abord rigolé, puis ils ont demandé à ma tante où étaient mes parents. Quand

1. Manteau de bure des paysans.

ils ont su que j'étais orphelin, ils m'ont fait une paire de bottes en une nuit, avec de la toile de tente, ils ont raccourci une capote, retaillé une chapka et des épaulettes. Quelqu'un m'a même bricolé un baudrier. C'est comme ça que je suis devenu la mascotte du 230e détachement de déminage. On m'a nommé agent de liaison. Je faisais de mon mieux, seulement je ne savais ni lire ni écrire. À l'époque où j'avais encore ma mère, mon oncle m'avait demandé : « Va au pont de chemin de fer et compte combien y a d'Allemands ! » Comment je pouvais faire pour compter ? Mon oncle m'a fourré dans la poche des épis de seigle et j'ai commencé à les faire passer, grain par grain, de ma poche droite dans ma poche gauche. Ensuite, mon oncle a compté les grains.

« Guerre ou pas, tu dois apprendre à lire et à écrire ! » a décrété le secrétaire du Parti Chapochnikov.

Les soldats lui ont dégotté du papier et il m'a fabriqué un petit cahier où il m'a noté l'alphabet et la table de multiplication. J'apprenais et il m'interrogeait. Il apportait une caisse d'obus vide, y traçait des lignes et me disait : « Écris. »

Après, en Allemagne, on était trois gamins dans le détachement : Volodia Potchivadlov, Vitia Barinov et moi. Volodia avait quatorze ans, Vitia sept et moi neuf, à ce moment-là. On s'entendait drôlement bien, on était comme des frères, vu qu'on n'avait personne d'autre.

Seulement, quand j'ai vu Vitia Barinov jouer « à la guerre » avec des petits Allemands, quand je l'ai vu donner à l'un d'eux son calot avec une étoile rouge, j'ai braillé qu'il n'était plus mon frère. Qu'il ne le serait plus jamais ! J'ai pris mon pistolet – un trophée de guerre – et je lui ai ordonné de me suivre.

Je l'ai moi-même mis aux arrêts dans une sorte de réduit. Il n'était que simple soldat, j'étais sergent, j'étais donc son supérieur.

Quelqu'un l'a raconté au capitaine Ivankine qui m'a convoqué :

« Où est le soldat Vitia Barinov ?

— Le soldat Vitia Barinov est aux arrêts », ai-je rapporté.

Le capitaine m'a longuement expliqué que les enfants étaient partout les mêmes, qu'ils n'étaient coupables de rien, que la guerre s'achevait et que, maintenant, les enfants russes et allemands seraient amis.

À la fin de la guerre, j'ai eu trois médailles : celles de « La prise de Königsberg », de « La prise de Berlin », de « La victoire sur l'Allemagne ». Notre unité est rentrée aux Jitkovitchi où on a déminé les champs. J'ai appris par hasard que mon frère aîné vivait à Vileïka.

Quand j'ai été envoyé au collège Souvorov, j'ai fait un détour par Vileïka. J'y ai effectivement trouvé mon frère, et ma sœur n'a pas tardé à nous rejoindre. C'était déjà une famille. Comme logement, on a déniché un grenier. Pour la nourriture, c'était dur. Jusqu'au jour où j'ai mis mon uniforme, mes trois médailles et suis allé au comité exécutif municipal.

J'arrive. Je tombe sur une porte, marquée : « Président ». Je frappe. J'entre et je débite, en y mettant toutes les formes :

« Sergent Sigalev. Je suis venu demander une aide publique. »

Le président a souri et s'est levé pour m'accueillir.

« Où habites-tu ? a-t-il demandé.

— Dans un grenier. »

Je lui ai indiqué l'adresse.

Le soir même, on nous livrait un sac de choux et, le lendemain, un sac de pommes de terre.

Une fois, je rencontre le président dans la rue. Il me donne une adresse :

« Va y faire un tour dès ce soir. Tu seras bien reçu. »

J'ai été accueilli par une femme, la sienne. Elle s'appelait Nina Maximovna. Lui, c'était Alexis Mikhaïlovitch. Ils m'ont nourri et j'ai pu me laver. Comme mes habits de soldat commençaient à être trop petits, ils m'ont offert deux chemises.

Je me suis mis à les fréquenter. Pas souvent, au début, plus par la suite et, pour finir, pratiquement tous les jours. Quand je tombais sur une patrouille, on me demandait :

« Dis donc, gamin, tes médailles, tu les as prises à qui ? Où est ton père ?

— J'en ai pas… »

Il a fallu que j'aie toujours sur moi une attestation.

Quand Alexeï Mikhaïlovitch m'a demandé :

« Veux-tu devenir notre fils ? »,

j'ai répondu :

« Oui… Je le veux vraiment. »

Alors, ils m'ont adopté. Ils m'ont donné leur nom : Kniazev.

Longtemps, j'ai été incapable de les appeler « papa » et « maman ». Nina Maximovna s'est tout de suite prise d'affection pour moi, elle me plaignait. Chaque fois qu'elle trouvait des sucreries, c'était pour moi. Elle voulait tellement me dorloter, me cajoler ! Moi, j'aimais pas le sucré parce que j'en avais jamais mangé. Avant la guerre, on n'était pas riche et, à l'armée, j'étais habitué à l'ordinaire du soldat. En plus, comme gosse, j'étais pas tendre. Faut dire que de la tendresse, y a beau temps que j'en avais pas eu, je vivais dans un milieu d'hommes. Je ne connaissais même pas de mots gentils.

Une nuit, je me réveille et j'entends Nina Maximovna pleurer dans la pièce à côté. Sans doute que ce n'était pas la première fois, mais elle s'était arrangée pour que je ne m'en aperçoive pas. Elle pleurait et se lamentait, comme quoi je ne serais jamais à eux parce que je n'oublierais jamais mes parents… mes origines… Je n'oublierais jamais ce que j'avais vu à la guerre… Elle disait que je n'avais pas grand-chose d'un enfant et que je n'étais pas très gentil. Je suis entré tout doucement, je l'ai prise par le cou : « Ne pleurez pas, maman. » Ça l'a tout de suite arrêtée et j'ai vu ses yeux briller. C'était la première fois que je l'appelais « maman ». Au bout de quelque temps encore, j'ai pu dire « papa ». La seule chose qui m'est restée : je les ai toujours vouvoyés.

Ils n'ont pas fait de moi un enfant gâté, ce dont je leur suis reconnaissant. J'avais des tâches précises : balayer la maison, secouer les tapis, rapporter du bois du hangar, allumer la cuisinière en rentrant de l'école. Sans eux, jamais je n'aurais fait d'études supérieures ! C'est eux qui m'ont mis dans la tête que je devais m'instruire et, après la guerre, être bon élève. Bien travailler !

Dans l'armée, déjà, quand notre unité était aux Jitkovitchi, le commandant nous avait ordonné, Volodia Potchivadlov, Vitia Barinov et moi, de nous instruire. On s'était retrouvés tous les trois sur les mêmes bancs d'école, en deuxième année. On avait nos armes avec nous et on ne reconnaissait aucune autorité. On refusait d'obéir aux professeurs civils : de quel droit ils nous auraient donné des ordres, ils n'avaient même pas d'uniforme ? La seule autorité, pour nous, c'étaient les commandants. Le prof entrait, toute la classe se levait, nous, on restait assis.

« Pourquoi ne vous levez-vous pas ?

— On n'a pas à vous répondre. On n'obéit qu'au commandant. »

À la récré, on mettait les élèves en ligne et on les faisait marcher au pas, on leur apprenait des chants militaires.

Le directeur de l'école est venu dans notre unité et s'est plaint de notre conduite à l'instructeur politique. On nous a mis aux arrêts et rétrogradés : Volodia Potchivadlov, qui était sergent-chef, s'est retrouvé sergent, et moi qui étais sergent, je n'ai plus été que caporal-chef. De caporal-chef, Vitka Barinov est devenu caporal. Le commandant s'est longuement entretenu avec chacun de nous, essayant de nous persuader qu'il était plus important, à présent, d'avoir des quatre ou des cinq[1] en arithmétique que des médailles. Que notre mission, notre combat était désormais d'apprendre. Nous, on voulait faire le coup de feu, et eux, ils nous racontaient qu'on devait s'instruire…

N'empêche qu'on a continué d'aller à l'école avec nos médailles ! J'ai encore une photo : je suis à mon pupitre et je dessine pour le journal des pionniers.

Le jour où j'ai rapporté un « cinq » de l'école, j'ai crié depuis le seuil :

« Maman, j'ai un cinq ! »

Là, il m'a été si facile de dire « maman »…

1. Dans les écoles russes ou biélorusses, la note maximale est « cinq ».

« On avait oublié jusqu'au mot… »

Ania Gourevitch, deux ans.
Monteuse de postes de radio.

Je ne sais pas si je m'en souviens ou si maman me l'a raconté plus tard…

On marche sur une route. C'est pénible : maman est malade, ma sœur et moi, on est petites : ma sœur à trois ans, moi deux. Comment on va s'en sortir ?

Maman a écrit un petit mot, avec mon nom, mon prénom, ma date de naissance, elle l'a mis dans ma poche et m'a dit : « Va ! », en m'indiquant une maison… où des enfants gambadaient. Elle désirait que je sois évacuée, que je parte avec la maison d'enfants : elle craignait pour notre vie à tous, voulait que quelqu'un, au moins, s'en sorte. Je devais y aller seule : si maman m'avait accompagnée, on nous aurait renvoyées toutes les deux. Ils ne prenaient que les enfants sans parents ; moi, j'avais maman. Toute ma vie s'est jouée sur le fait que je ne me suis pas retournée. Sans ça, je ne l'aurais jamais quittée ; comme n'importe quelle gosse, je me serais pendue à son cou, en larmes, et personne au monde ne m'aurait obligée à demeurer dans une maison étrangère. Toute ma vie…

Maman m'a dit : « Tu y vas et tu ouvres la porte, là-bas... » C'est ce que j'ai fait. Mais on n'a pas eu le temps d'évacuer la maison d'enfants...

Je revois une grande salle... Et mon petit lit près du mur. Et plein, plein d'autres lits, pareils. Nos lits, on les faisait nous-mêmes, le matin, bien proprement, bien soigneusement. L'oreiller devait toujours être à la même place, sinon les monitrices nous grondaient, surtout quand on avait la visite de tontons en costumes noirs. Est-ce que c'étaient des policiers ? Des Allemands ? Je ne sais pas. Tout ce que j'ai retenu, c'est leurs costumes noirs. Je ne me rappelle pas qu'on nous ait battus mais notre peur des coups était bien réelle. Et je ne revois aucun de nos jeux... Ni qu'on ait fait les fous... On s'activait beaucoup : il y avait le ménage, le nettoyage, mais c'était du travail. Je n'ai pas souvenir de quoi que ce soit d'enfantin : des rires... des caprices...

Personne n'était tendre avec nous et, pourtant, je ne pleurais pas d'avoir perdu ma maman. Autour de moi, aucun n'avait de maman. On avait oublié jusqu'au mot. Oublié !...

On était nourris de la façon suivante : pour la journée, un bol de bouillie et un bout de pain. Je n'aimais pas la bouillie. Je la donnais à une fille qui, en échange, me donnait son bout de pain. Pour ça, on était amies. Personne n'y prêtait attention, tout était parfait, jusqu'au jour où une monitrice a remarqué nos petits trafics. On m'a mise au coin, à genoux... J'y suis restée longtemps, seule... dans une grande salle vide. Depuis, chaque fois que j'entends le mot « bouillie », j'ai tout de suite envie de pleurer. Ça me déclenche des vomissements. Une fois adulte, je me suis demandée d'où ça me venait, pourquoi ce mot déclenchait une telle répulsion. J'avais oublié la maison d'enfants...

J'avais seize ans... non, dix-sept, sans doute... quand j'ai rencontré par hasard une des monitrices. Il y avait une femme dans le bus... Je la regarde et je me sens attirée vers elle comme par un aimant, tellement même que je rate mon arrêt. Cette femme, je ne la connais pas, je ne me rappelle pas l'avoir jamais vue, mais elle m'attire. Finalement, je craque, j'éclate en sanglots et je m'en veux : qu'est-ce qui me prend ? Je la regarde comme une image que j'aurais vue autrefois, puis oubliée, et que j'ai envie de revoir. Et je sens quelque chose de très proche, un peu comme une maman, plus même !... Mais qui est-elle ? Je l'ignore. Et, par-dessus le marché, cette colère et ces larmes qui me suffoquent !... Je me détourne, je vais vers l'avant, vers la sortie, et j'attends debout, en pleurant.

La femme a tout vu. Elle me rejoint et dit :

« Ne pleure pas, Anietchka. »

Moi, d'entendre ça, ça me fait pleurer encore plus.

« Mais je ne vous connais pas !

— Regarde-moi mieux !

— Je vous jure que je ne vous connais pas ! »

Et je pleure toutes les larmes de mon corps.

Elle m'a aidée à descendre de l'autobus :

« Regarde-moi bien, ça te reviendra. Je suis Stepanida Ivanovna... »

Moi, je n'en démords pas :

« Je ne vous connais pas. Je ne vous ai jamais vue.

— Tu te rappelles la maison d'enfants ?

— Quelle maison d'enfants ? Vous devez confondre...

— Non, la maison d'enfants... Je suis ta monitrice.

— Je n'ai plus de père mais j'ai une mère. Quelle maison d'enfants ? »

Cette maison, je l'avais oubliée parce que j'étais de nouveau avec ma mère. Chez nous. La femme m'a caressé doucement la tête, ce qui ne m'a pas empêché de continuer à sangloter. Et elle m'a dit :

« Voilà mon téléphone… Appelle-moi, si tu as envie de savoir des choses sur toi. Moi, je me souviens bien de toi… Tu étais la plus petite. »

Elle est partie. J'étais comme paralysée. J'aurais dû, bien sûr, lui courir après, lui poser plein de questions. Je ne l'ai pas fait.

Pourquoi ? J'étais une sauvageonne, une vraie sauvageonne. Les gens, pour moi, étaient des étrangers, dangereux, j'étais incapable d'un contact avec qui que ce soit. Je passais des heures toute seule, je parlais toute seule. J'avais peur de tout.

Maman ne m'avait retrouvée qu'en 46… J'avais huit ans. Elle avait été envoyée en Allemagne, avec ma sœur. Elles avaient survécu et, dès leur retour, maman avait fait le tour des maisons d'enfants de Biélorussie. Elle désespérait de me revoir jamais. Pourtant, j'étais tout à côté… À Minsk. Visiblement, le papier qu'elle m'avait donné s'était perdu et on m'avait inscrite sous un autre nom. Maman a passé en revue toutes les fillettes prénommées Ania dans les maisons d'enfants de Minsk. Elle a deviné que j'étais sa fille, à mes yeux et à ma grande taille. Une semaine durant, elle est venue, m'a observée : savoir si j'étais ou non son Anietchka ? Mon vrai prénom m'était resté. Quand je la voyais, j'éprouvais des sentiments incompréhensibles et me mettais à pleurer sans raison. Ce n'était pas le souvenir de quelque chose de familier, non… c'était différent. Autour de moi, tout le monde disait : « Ta maman ! C'est ta maman ! » Et je voyais se dessiner tout un univers devant moi : une maman ! Une porte mystérieuse s'ouvrait en grand... Parce que je ne savais rien de ces gens qu'on appelait « maman », « papa ». J'avais peur, mais les autres étaient tout contents. Tout le monde me souriait...

Maman a fait venir notre voisine d'avant-guerre :

« Trouve-moi mon Anietchka ! »

La voisine m'a aussitôt désignée :

« La voilà, ton Anietchka ! Prends-la, t'as pas à hésiter. C'est ta figure, tes yeux... »

Le soir, une monitrice est venue me voir :

« On t'emmène demain. Tu pars. »

J'avais la frousse...

Le lendemain matin, on m'a lavée, habillée. Tout le monde me choyait. Jusqu'à notre vieille nounou râleuse qui me souriait. J'ai compris que c'était mon dernier jour ici, que les gens me disaient adieu. Brusquement, je n'ai plus eu envie de partir. On m'a habillée avec tout ce que maman avait apporté : les petits souliers de maman, la robe de maman... Rien que ça, ça me distinguait de mes copines de la maison d'enfants... J'étais au milieu d'elles, comme étrangère. Et elles me regardaient comme si elles me voyaient pour la première fois.

Chez nous, j'ai surtout été impressionnée par la radio. Les postes n'existaient pas encore. Dans un coin, il y avait une espèce d'assiette noire et des sons en sortaient. Je n'arrêtais pas de la regarder... en mangeant, avant de me coucher... C'est ça qui me tracassait le plus : d'où venaient les gens qui se trouvaient là-dedans ? Comment ils arrivaient à y tenir ? Y avait personne pour me répondre, j'étais si peu sociable ! À la maison d'enfants, j'étais amie avec Tomotchka, je l'aimais bien, elle était gaie, souriait souvent ; moi, personne ne m'aimait parce que je ne souriais jamais. Je n'ai commencé qu'à quinze ou seize ans. À l'école, je me cachais pour sourire, je ne voulais pas qu'on me voie, j'avais honte. J'étais même incapable de m'entendre avec des filles de mon âge. Aux récréations, elles parlaient de tout et de rien, moi, il ne me sortait pas un mot. Je restais là, muette.

Maman m'a donc retirée de la maison d'enfants et, deux ou trois jours plus tard, elle m'a emmenée au marché. Là, j'ai aperçu un milicien et j'ai fait une crise d'hystérie. Je me suis mise à hurler :

« Maman, les Allemands ! »

J'ai pris mes jambes à mon cou. Maman m'a rattrapée, des gens m'ont entourée mais, moi, je ne me contrôlais plus :

« Les Allemands ! »

Après ça, je n'ai pas mis le nez dehors pendant deux jours. Maman m'a expliqué que c'était un milicien, qu'il nous protégeait, qu'il maintenait l'ordre dans les rues, tu parles ! Je n'en croyais pas un mot… À la maison d'enfants, on voyait des Allemands en manteaux noirs… Quand ils nous prenaient du sang, ils nous emmenaient, c'est vrai, dans une pièce à part et ils étaient en blouses blanches. Mais ça, je ne me le rappelais pas, je ne revoyais que l'uniforme…

Chez nous, je n'arrivais pas à m'habituer à ma sœur. Une sœur, ça devait être quelque chose de proche. Elle, je la voyais pour la première fois de ma vie et, soi-disant, c'était ma sœur ! Maman disparaissait des journées entières au travail. Le matin, quand on se réveillait, elle était déjà partie. Dans le four, il y avait deux pots de semoule. On se servait nous-mêmes. Je passais ma vie à l'attendre, comme quelque chose d'extraordinaire, un bonheur particulier. Seulement, elle rentrait tard. On dormait déjà.

J'ai trouvé une poupée ou, plutôt, une tête de poupée. Et je m'y suis attachée. Elle faisait toute ma joie, je la trimballais du matin au soir. Mon unique jouet. Je rêvais d'une balle. Dans la cour, tous les gosses en avaient, ils les transportaient dans des filets spéciaux, on les vendait comme ça. Des fois, je leur demandais de me les laisser tenir…

Je me suis acheté une balle à dix-huit ans, avec ma première paie à l'usine d'horlogerie. J'avais réalisé mon rêve. Je l'ai rapportée chez moi et l'ai accrochée à une étagère, dans son petit filet. J'aurais eu honte d'aller jouer dans la cour, j'étais trop grande ; alors, je restais à la maison et je la regardais.

Des années plus tard, j'ai voulu revoir Stepanida Ivanovna. Toute seule, je ne m'y serais jamais résolue, mais mon mari a insisté :

« On n'a qu'à y aller ensemble. T'as pas envie d'apprendre des choses sur toi ?

— Bien sûr que si !… Seulement, j'ai peur… »

J'ai composé son numéro de téléphone et entendu en réponse :

« Stepanida Ivanovna Dedioulia est décédée… »

Je ne peux pas me le pardonner…

« Votre place est au front, et vous tombez amoureux de ma maman… »

Iania Tchernina, douze ans.
Institutrice.

Un jour ordinaire… Une journée qui commence comme toutes les autres…

Mais, dans le tramway, les gens disent déjà : « Quelle horreur ! Quelle horreur ! » Moi, je ne comprends pas ce qui se passe. Je me précipite à la maison, je vois maman en train de pétrir de la pâte, des larmes jaillissent de ses yeux. Je demande : « Qu'est-ce qu'il y a ? » La première chose qu'elle me répond : « La guerre ! Ils ont bombardé Minsk… » Nous, on en revient justement, on était chez ma tante, on n'est de retour à Rostov que depuis quelques jours.

Le 1er septembre, on fait malgré tout la rentrée des classes ; le 10, l'école est fermée. On commence à évacuer Rostov. Maman dit qu'on doit se préparer à partir. Je ne suis pas d'accord : « Quelle évacuation ? » Je vais au comité de district des Jeunesses communistes et demande à être admise avant l'âge. J'essuie un refus : il faut avoir quatorze ans, je n'en ai que douze. Moi qui pensais qu'en entrant dans les Jeunesses communistes je pourrais aussitôt participer à tout, que je deviendrais tout de suite grande… Que je pourrais aller au front…

On est montées dans un train, avec maman. On avait juste une valise. À l'intérieur : deux poupées, une grande et une petite. Maman ne s'était même pas opposée à ce que je les prenne. Je vous raconterai plus tard comment elles nous ont sauvées…

On est arrivé jusqu'à la gare de Kavkazskaïa, et le train a été bombardé. On a grimpé sur une espèce de plate-forme à ciel ouvert. On n'avait pas la moindre idée d'où on allait. On ne savait qu'une chose : on s'éloignait de la ligne du front, des combats. Il pleuvait à verse, maman m'abritait de son corps. À la gare de Baladjary, près de Bakou, on est descendues, trempées et noires, à cause de la fumée de la locomotive. Affamées, aussi. Avant la guerre, on vivait modestement, très même, on n'avait pas de belles choses qu'on aurait pu porter au marché, vendre ou troquer. Maman n'avait sur elle que son passeport. On est donc à la gare et on ne sait pas quoi faire. Ni où aller. Un soldat vient à passer, enfin, pas vraiment un soldat, un pioupiou, tout petit, noiraud, une musette à l'épaule, avec une gamelle. Visiblement, on vient de le mobiliser et il s'en va au front. Il s'arrête à côté de nous, je me colle contre maman. Il demande :

« Où tu vas, femme ? »

Maman répond :

« Je ne sais pas. On a été évacuées. »

Il parle russe mais avec un fort accent :

« T'as pas à avoir peur. Va à l'*aoul*[1], voir ma mère. On nous a tous mobilisés : mon père, moi, mes

1. « Village », dans le Caucase.

deux frères. Elle est seule, à présent. Tu l'aideras, vous vivrez ensemble. Et moi, quand je reviendrai, je marierai ta fille. »

Il nous a donné l'adresse, on n'avait rien pour la noter, on l'a apprise par cœur : gare d'Evlakh, district de Kakh, bourg de Koum, Moussa Moussaïev. Cette adresse, je l'ai retenue pour la vie, bien qu'on n'y soit, finalement, jamais allées. On a été hébergées par une femme seule. Elle logeait dans une cabane en contreplaqué, il y avait juste la place d'un lit et d'une petite table de nuit. On dormait comme ça : la tête dans le passage, les pieds sous le lit.

On a eu de la chance, on est tombées sur des gens bien…

Je n'oublierai jamais ce militaire qui s'est approché de maman. Ils se sont mis à bavarder et il a raconté qu'il avait perdu tous les siens, à Krasnodar, et qu'il allait au front. Ses camarades l'appelaient, lui criaient de monter dans le train, mais il ne bougeait pas, il n'arrivait pas à partir.

Brusquement, il a dit :

« Je vois bien que vous êtes malheureuses. Acceptez que je vous offre mon attestation de solde, je n'ai plus personne. »

Maman a pleuré. Moi, j'ai tout compris de travers, et voilà que je hurle :

« C'est la guerre… Toute votre famille a disparu, vous devez aller au front et vous venger des nazis, or vous tombez amoureux de ma maman ! Comment n'avez-vous pas honte ? »

Ils sont là, figés tous les deux, des larmes dans les yeux. Moi, je ne comprends pas que ma gentille maman discute avec un aussi mauvais homme : il ne veut pas aller au front, c'est clair ! Il lui parle d'amour, mais l'amour, ça n'est possible qu'en temps de paix ! Pourquoi ai-je décrété qu'il lui parlait d'amour ? Après tout, il n'était question que de son attestation de solde…

Je veux aussi dire un mot de Tachkent… Tachkent, c'est ma guerre. On logeait au foyer de l'usine où travaillait maman. Elle était au centre de la ville, on avait transformé l'ancien club en foyer. Dans le hall et la salle de spectacles étaient installées les familles, sur la scène les « célibataires ». On les appelait comme ça, en fait c'étaient des ouvriers dont les familles étaient en évacuation. Notre place, à maman et à moi, était dans un coin de la salle de spectacles.

On nous a donné des tickets de rationnement pour un poud[1] de pommes de terre. Comme maman travaillait du matin au soir à l'usine, j'ai été chargée de les récupérer. J'ai fait la queue une demi-journée, puis j'ai dû traîner ce sac sur quatre ou cinq pâtés de maisons, je ne pouvais pas le soulever. On n'autorisait pas les enfants à emprunter les transports en commun : il y avait un début d'épidémie de grippe, c'était la quarantaine. Juste à ce moment-là !… J'ai eu beau supplier, on a refusé de me prendre dans le bus. Quand je n'ai plus eu qu'à traverser la route devant notre foyer, mes forces m'ont lâchée, je me suis laissée tomber sur mon sac et j'ai éclaté en sanglots. Des gens que je ne connaissais pas m'ont aidée : ils m'ont portée, moi et mon sac, jusqu'au foyer. Aujourd'hui encore, je sens ce poids… Tous ces pâtés de maisons… Je ne pouvais pas abandonner ces pommes de terre, c'était notre salut ! Plutôt mourir ! Maman rentrait du travail, affamée, toute bleue…

J'étais hantée par l'idée que je devais me rendre utile : on crevait de faim, maman, à présent, était aussi

1. Ancienne mesure de poids, équivalant à 16,38 kg.

maigre que moi. Quand on n'a vraiment plus rien eu à manger, j'ai décidé de vendre notre unique couverture en bayette et d'acheter du pain. Les enfants n'avaient pas le droit de faire du commerce. C'est comme ça que je me suis retrouvée à la section infantile de la milice. J'ai rongé mon frein jusqu'à ce qu'on prévienne maman à l'usine. Elle est venue après le travail, elle m'a récupérée. Moi, je pleurais de honte, et aussi parce que maman avait faim, alors qu'à la maison on n'avait pas un bout de pain. Maman souffrait d'asthme bronchique, la nuit, c'était affreux ce qu'elle toussait ! Elle suffoquait. Il lui suffisait alors d'avaler une miette de quelque chose, et ça allait mieux. Moi, je cachais toujours un petit morceau de pain pour elle sous mon oreiller. J'avais beau dormir, je savais que le pain était là et j'avais une envie folle de le dévorer.

En douce de maman, j'ai essayé de me faire embaucher à l'usine. J'étais tellement malingre – la gosse dystrophique type – qu'on ne m'a pas prise. Me voilà plantée, en train de pleurer ! Quelqu'un a eu pitié de moi et on m'a acceptée à la comptabilité pour remplir les tableaux de service des ouvriers, regarder les tarifs et multiplier par le nombre de pièces fabriquées, calculer les paies. Je travaillais sur une machine, une sorte de prototype des actuelles calculatrices. Aujourd'hui, elles sont silencieuses, mais celle-là était un tracteur. Par-dessus le marché, elle ne marchait que couplée avec une lampe. Douze heures de rang, j'avais l'impression d'avoir la tête en plein soleil et, à la fin de la journée, je n'entendais plus rien.

Et puis il m'est arrivé un truc horrible : j'ai compté à un ouvrier quatre-vingts roubles au lieu de deux cent quatre-vingts. Il avait six enfants. Personne ne s'est aperçu de mon erreur jusqu'au jour de la paie.

Soudain, j'entends quelqu'un qui déboule dans le couloir, en hurlant : « Je vais la tuer ! Je vais la tuer ! Avec quoi je vais nourrir mes gosses ? » On me dit : « Cache-toi, c'est sûrement pour toi. »

La porte s'est ouverte, je me suis tassée contre ma machine, je n'avais pas où me cacher. Un homme massif a fait irruption, il tenait quelque chose de lourd :

« Où elle est ? »

On m'a désignée :

« C'est elle… »

Il a dû s'adosser au mur :

« Pouah ! Y a même rien à tuer ! Des comme ça, j'en ai suffisamment chez moi ! »

Il a tourné les talons et il est reparti.

Moi, je me suis effondrée sur ma machine. Et que je te pleure, que je te pleure !…

Maman travaillait au contrôle technique de la même usine. On fabriquait des obus pour des « katiouchas », il y en avait de deux calibres : seize et huit. On vérifiait la solidité par pression. Il fallait soulever chaque obus, le fixer et envoyer une certaine quantité d'atmosphère. Si l'obus était de bonne qualité, l'échelle l'indiquait, on retirait la pièce et on la mettait en caisse. Dans le cas contraire, si le filetage ne tenait pas, l'obus partait dans un hurlement, il volait jusque sous le dôme et retombait n'importe où. Ce hurlement, et la peur que ça faisait, quand les obus volaient !… Tout le monde se planquait sous les machines.

Maman sursautait et criait, la nuit. Je la serrais dans mes bras et elle se calmait.

L'année 43 tirait à sa fin… Il y avait un moment que notre armée était passée à l'offensive… Moi, je me disais qu'il fallait que je m'instruise. Je suis allée trouver le directeur de l'usine. Il avait un bureau très haut dans son cabinet, je disparaissais pratiquement derrière. J'ai sorti le discours que j'avais préparé :

« Je veux donner ma démission. Faut que je m'instruise. »

Le directeur s'est mis en pétard :

« On n'accepte aucune démission. On est en temps de guerre.

— Je me trompe dans les feuilles de paie parce que je suis ignare. Il y a peu, j'ai volé quelqu'un…

— Bah, tu t'y feras ! Je manque de personnel.

— Après la guerre, on aura besoin de gens instruits, pas d'ignorants. »

Le directeur s'est levé :

« Voyez-moi cette espèce de sauterelle qui sait tout ! »

Je suis entrée en sixième année. Aux cours de littérature et d'histoire, les profs racontaient, et nous, on tricotait des chaussettes, des moufles, des blagues à tabac pour les soldats. On tricotait en apprenant des poèmes. On récitait Pouchkine en chœur.

On attendait la fin de la guerre. Ça paraissait un tel rêve qu'avec maman on n'osait même pas en parler. Un jour que maman était à l'usine, des délégués sont venus et ont demandé à tout le monde : « Qu'est-ce que vous pouvez donner pour le Fonds de la défense ? » Ils m'ont demandé à moi aussi. Qu'est-ce qu'on avait ? Rien, à part quelques obligations que maman gardait soigneusement. Tout le monde versait quelque chose. Et nous, alors ? J'ai donné toutes les obligations.

Je me souviens qu'en rentrant maman ne m'a pas grondée, elle a simplement dit : « C'est tout ce qu'on avait, excepté tes poupées. »

Mes poupées, j'ai d'ailleurs dû m'en séparer… Une fois, maman a perdu ses tickets de pain du mois. On était fichues ! C'est comme ça que j'ai eu une idée de génie. J'ai décidé de troquer mes deux poupées, la grande et la petite. On les a portées au marché. Un vieil Ouzbek s'est approché : « Combien ? » On a dit qu'il fallait qu'on tienne un mois, qu'on n'avait pas de tickets. Le vieil Ouzbek nous a donné un poud de riz. Et on n'est pas mortes de faim. Maman me l'a promis-juré : « Dès qu'on rentre à la maison, je t'achète deux belles poupées ! »

Seulement, quand on est revenues à Rostov, elle n'a pas pu me les payer : on était à nouveau dans le besoin. Elle l'a fait quand j'ai passé mon diplôme d'études supérieures. Deux poupées : une grande et une petite…

« À l'instant ultime, ils ont crié leur nom… »

Arthur Kouzeïev, dix ans.
Administrateur hôtelier.

Quelqu'un sonnait la cloche… À toute volée…

L'église était fermée depuis longtemps, je ne me rappelle même plus depuis quand, elle avait toujours servi de silo pour le kolkhoze. On y engrangeait le grain. D'entendre cette cloche qu'on croyait définitivement morte, le village s'est figé : « Un malheur est arrivé ! » Maman… tout le monde s'est précipité dans la rue…

C'est comme ça que la guerre a commencé…

Il suffit que je ferme les yeux… et je vois…

On mène dans la rue trois soldats de l'Armée rouge. Ils ont les mains liées dans le dos avec du fil de fer barbelé. Ils sont en sous-vêtements. Deux jeunes, un plus âgé. Ils marchent, tête basse.

On les fusille près de l'école. Sur la route. Les derniers moments…

À l'instant ultime, ils se sont mis à crier leur prénom et leur nom, dans l'espoir que quelqu'un les entendrait et les retiendrait. Qu'on préviendrait leurs proches…

Moi, je regardais par un trou de la palissade… Et j'ai retenu…

L'un était Vanietchka Ballaï, l'autre Roman Nikonov. Le plus vieux a crié aussi : « Vive le camarade Staline ! »

Aussitôt, des camions se sont ébranlés sur cette même route. Eux, ils étaient étendus, raides… Les camions, transportant des soldats et une cuisine de campagne fumante, leur ont roulé dessus. Ensuite, il y a eu les cyclistes. La cavalerie. Les Allemands n'arrêtaient pas de défiler. Jour et nuit. Pendant des jours…

Moi, je me répétais… je me répétais pour ne pas oublier : Vanietchka Ballaï, Roman Nikonov… Le troisième, je ne le sais plus…

Des fois, ça me réveille la nuit : je voudrais tant m'en souvenir…

« On s'est attelées, toutes les quatre, à cette luge... »

Zina Prikhodko, quatre ans.
Ouvrière.

Ça bombarde... La terre tremble, notre maison aussi...

Notre maison n'est pas très grande, elle a un jardin. On est cachées à l'intérieur, volets fermés. Toutes les quatre : mes deux sœurs, moi et maman. Maman dit qu'avec les volets fermés on n'a pas de raison d'avoir peur. Nous, on répond que non, bien sûr ! En fait, on a la frousse mais on ne veut pas lui faire de peine.

... On marche derrière une charrette, puis nous, les petites, on nous fait asseoir sur des ballots. Je ne sais pas pourquoi j'ai l'impression que, si je m'endors, on va me tuer. Alors, je m'efforce, autant que je peux, de garder les yeux ouverts, mais ils se ferment tout seuls. Et on s'entend avec l'aînée de mes sœurs : je vais d'abord fermer les yeux, dormir un peu, et elle va veiller pour qu'on ne nous tue pas. Ensuite, c'est elle qui dormira et moi qui veillerai. Seulement, on s'est endormies toutes les deux. C'est maman qui nous a réveillées, en criant : « N'ayez pas peur ! N'ayez pas peur ! » Devant, ça tirait... Des gens hurlaient...

Maman nous a obligées à baisser la tête… Nous, on voulait regarder…

Les tirs se sont arrêtés et on a continué. J'ai vu des gens couchés dans le fossé le long de la route et j'ai demandé à maman :

« Ils font quoi, les gens ?

— Ils dorment.

— Pourquoi ils dorment dans le fossé ?

— Parce que c'est la guerre. »

J'ai commencé à faire un caprice :

« Alors, nous aussi, on va dormir dans le fossé ? Je ne veux pas ! »

Je me suis calmée en voyant que maman avait les larmes aux yeux.

Où on allait, où on nous emmenait, je ne savais pas. Je ne comprenais pas. Je n'ai retenu qu'un mot : « Azaritchi ». Je revois aussi les barbelés dont maman nous interdisait de nous approcher. C'est après la guerre que j'ai su qu'on s'était retrouvées au camp de concentration d'Azaritchi. J'y suis même retournée depuis. Mais qu'est-ce qu'on voit, à présent ? De l'herbe, de la terre… Tout est normal. S'il est resté quelque chose, c'est uniquement dans nos mémoires…

Quand je raconte ça, je me mords les mains jusqu'au sang pour ne pas pleurer…

Voilà qu'on rapporte maman et qu'on la pose par terre. Nous, on se précipite vers elle, à quatre pattes : je me souviens que c'était à quatre pattes. On l'appelle : « Maman ! maman ! » Je la supplie : « Ne dors pas, maman ! » Déjà, on est couvertes de sang, parce que maman est en sang. Je me dis aujourd'hui qu'on ne savait pas que c'était du sang. Le sang, on ne connaissait pas, mais on avait dans l'idée que c'était terrible.

Tous les jours, des camions arrivaient. Des gens y montaient et s'en allaient. Nous, on suppliait maman : « Pourquoi on monte pas le camion ? Peut-être qu'il va du côté de chez grand-mère ? » Pourquoi on pensait à grand-mère ? Parce que maman répétait que notre grand-mère vivait tout près et qu'elle ne savait même pas où on était. Elle nous croyait à Gomel. Mais maman ne voulait jamais monter, elle nous écartait chaque fois du camion. Nous, on pleurait, on la suppliait, on essayait de la convaincre. Un matin, elle a fini par accepter… L'hiver était là, on gelait…

Je me mords les mains pour ne pas pleurer. Je ne peux pas m'en empêcher…

On a roulé longtemps et quelqu'un a dit à maman – ou c'est elle qui l'a deviné – qu'on allait nous fusiller. Quand le camion s'est arrêté, on nous a ordonné de descendre. Il y avait une ferme. Maman a demandé à l'escorte : « Est-ce qu'on peut avoir un peu d'eau ? Les enfants ont soif. » Le soldat nous a permis d'entrer dans la maison. Là, la fermière a rempli une grande chope d'eau. Maman est là, qui boit à petites gorgées, lentement, et moi, je me dis : « J'ai tellement faim… C'est drôle que maman ait soif… »

Maman a vidé la chope et en a réclamé une autre. La fermière la lui a remplie et tendue, en disant que, tous les matins, on emmenait plein de gens dans la forêt et qu'on ne les revoyait jamais.

« Vous avez une autre sortie ? » a demandé maman.

Du geste, la femme lui a montré que oui. Une porte donnait sur la rue, l'autre sur la cour. On est sorties d'un bond, ensuite on s'est mises à ramper. J'ai l'impression aujourd'hui qu'on a rampé jusque chez grand-mère. Comment on a fait ? Combien de temps ça a duré ? Je ne sais plus.

Grand-mère nous a couchées sur le poêle, et maman dans un lit. Au matin, maman était mourante. Nous, on était épouvantées, on ne comprenait pas : comment maman pouvait-elle mourir, nous laisser, alors qu'on n'avait pas de papa ? Je me souviens que maman nous a appelées, elle a souri :

« Ne vous disputez jamais, les enfants. »

Pourquoi on se serait disputées ? À cause de quoi ? On n'avait pas de jouets ! Une pierre nous servait de poupée. On n'avait pas de bonbons. Pas de maman, non plus, à qui se plaindre…

Le lendemain matin, grand-mère a enveloppé maman dans un grand drap blanc et l'a mise sur une luge. Et on s'est attelées, toutes les quatre, à cette luge…

Ne m'en veuillez pas… Je n'en peux plus… Je pleure…

« Ces deux gamins ne pesaient pas plus lourd que des moineaux… »

Raïa Ilinkovskaïa, quatorze ans.
Professeur de logique.

Je n'oublierai jamais le parfum des tilleuls à Elsk, ma ville natale…

Pendant la guerre, tout ce qu'on avait connu avant nous paraissait la plus belle chose du monde. Et ça m'est resté, aujourd'hui…

On a été évacués d'Elsk, maman, mon petit frère et moi. On s'est arrêtés au bourg de Gribanovka, du côté de Voronej, on pensait y rester jusqu'à la fin de la guerre. Seulement, quelques jours plus tard, les Allemands étaient aux portes de Voronej. Ils nous talonnaient.

On est montés dans un train de marchandises. On nous a dit qu'on allait nous emmener très loin, à l'Est. Maman nous consolait comme elle pouvait : « Il y aura plein de fruits ! » Le voyage a été long, parce qu'on était souvent en rade sur des voies de garage. On ne savait jamais combien de temps on serait bloqués ni où. C'est pour ça qu'au risque de notre vie, on descendait dans les gares prendre de l'eau. On avait un poêle de fortune où on faisait cuire de la semoule de blé pour tout le wagon. Tout le trajet, on en a mangé.

Le train s'est arrêté à la gare de Kourgan-Tioubé… Du côté d'Andijan… J'ai été frappée par le paysage, complètement nouveau pour moi. Tellement frappée, même, qu'un moment j'ai oublié la guerre. Tout était en fleur, tout flamboyait, il y avait tellement de soleil ! J'ai recouvré ma joie de vivre. Je suis redevenue comme avant.

On nous a conduits au kolkhoze « Kyzyl Ioul ». C'est vieux, tout ça, mais je me rappelle tous les noms. Ça m'étonne de ne pas avoir oublié. Je me souviens que j'apprenais, que je répétais les mots que je ne connaissais pas. On nous a installés dans le gymnase de l'école, à huit familles. Les gens du coin nous ont apporté des couvertures et des coussins. Les couvertures ouzbekes sont faites de bouts de tissus de toutes les couleurs et les coussins sont bourrés de coton. J'ai très vite su cueillir de grosses brassées de tiges de coton sèches : on s'en servait pour se chauffer.

On ne s'est pas aperçus tout de suite que la guerre était là aussi. On nous a donné un peu de farine, mais pas assez, ça ne nous a pas fait longtemps. On a commencé à souffrir de la faim. Les Ouzbeks n'étaient pas mieux lotis. Avec les gamins ouzbeks, on courait derrière les télègues. Quel bonheur, quand quelque chose en tombait ! Notre plus grande joie, c'étaient les cossons de lin ; ceux de coton étaient jaunes, très durs, on aurait dit des cosses de pois.

Mon frère Vadik avait six ans. On le laissait à la maison et on allait travailler au kolkhoze, avec maman. On buttait le riz, on récoltait le coton. Mes mains me faisaient mal, par manque d'habitude. La nuit, ça m'empêchait de dormir.

Un soir, on rentre chez nous et Vadik vient à notre rencontre : à son épaule, sur une ficelle, sont accrochés trois moineaux. Il tient un lance-pierre. Il a déjà nettoyé ses trophées de chasse à la rivière et attend maman pour faire une soupe. Fier, faut voir comme ! On mange la soupe avec maman, et on le complimente tout plein. Pourtant, ses moineaux sont si maigrichons qu'il n'y a pas trace de graisse dans la casserole. Il y a juste, au-dessus de la gamelle, les yeux de mon frère qui brillent de contentement.

Il s'était lié d'amitié avec un petit Ouzbek. Un jour, son copain est venu nous voir, accompagné de sa grand-mère. Elle regarde les deux garçons, hoche la tête et dit quelque chose à maman qui ne comprend pas. À ce moment-là, arrive le chef d'équipe qui connaît le russe. Il nous traduit : « Elle discute avec son Dieu, avec Allah. Elle se plaint à lui : la guerre, c'est une affaire d'hommes, de combattants. Pourquoi que les enfants doivent souffrir ? Comment il peut permettre que ces deux gamins ne pèsent pas plus lourd que les moineaux qu'ils tuent au lance-pierre ? » La grand-mère jette sur la table une poignée d'abricots secs, tout dorés. Ils sont durs, sucrés ! On dirait presque du sucre. On peut les sucer longtemps, en grignoter des petits morceaux, puis casser le noyau et manger la graine craquante à l'intérieur.

Son petit-fils regarde ces abricots, avec des yeux affamés. Des yeux brûlants ! Maman est désemparée. La grand-mère lui caresse la main, la tranquillise, puis elle serre contre elle son petit-fils. « Il a toujours un bol de *katek*, parce qu'il vit dans sa vraie maison, avec sa grand-mère », traduit le chef d'équipe. Le *katek*, c'est du lait de chèvre aigre. Tout le temps qu'on a été en évacuation, mon frère et moi, pour nous y avait rien de meilleur au monde !

Ils s'en repartent, la grand-mère et le gosse. Nous, on est attablés, tous les trois. Personne n'ose, le premier, tendre la main vers les abricots dorés…

« Ce qui m'embêtait le plus,
c'est que j'avais des chaussures
de fille… »

Marlen Robeïtchikov, onze ans.
Responsable de secteur au comité
exécutif municipal.

La guerre, je l'ai vue d'un arbre.

Les adultes nous interdisaient d'y grimper, mais ça ne nous empêchait pas de suivre les combats aériens du haut de grands sapins. On pleurait quand nos avions brûlaient, mais on n'avait pas peur : c'était comme au cinéma. Le deuxième ou le troisième jour, on nous a mis en ligne et le directeur nous a annoncé que notre camp de pionniers allait être évacué. On savait déjà que Minsk, bombardée, était en flammes et qu'on ne nous ramènerait pas chez nous, qu'on nous conduirait ailleurs, loin de la guerre.

Je veux raconter… comment nous avons préparé notre départ. On nous a ordonné de prendre nos valises et de n'y mettre que les choses les plus indispensables : maillots, chemises, chaussettes, mouchoirs. On a tout bien rangé et, par-dessus, on a placé nos foulards de pionniers. Nos imaginations d'enfants nous dessinaient la scène : on tombe sur des Allemands qui ouvrent nos valises et, là, ils trouvent nos foulards rouges… Ça nous vengerait de tout !

Notre convoi allait plus vite que la guerre. Il a réussi à la devancer. Dans les gares où on s'arrêtait, les gens n'en savaient rien encore, ils ne l'avaient pas vue. Nous, les gosses, on la racontait aux adultes : l'incendie de Minsk, le bombardement de notre camp de pionniers, nos avions qui brûlaient. Mais, plus on s'éloignait de la maison, plus on était impatients que les parents viennent nous chercher. Que nombre d'entre nous n'aient déjà plus de parents, ça ne nous effleurait pas ! C'était inconcevable. On avait beau parler de la guerre, on était des gosses du temps de paix.

Du train, on nous a fait passer sur le vapeur *Commune de Paris* et on a navigué sur la Volga. On en était à quinze jours de voyage et on ne s'était pas encore changés. Pour la première fois, sur le vapeur, j'ai retiré mes sandales, on nous y a autorisés. Elles étaient cacutchoutées, avec des lacets. Quand je les ai enlevées, fallait voir l'odeur ! Je les ai lavées à grande eau, et j'ai fini par les jeter. Je suis arrivé, pieds nus, à Khvalynsk.

On était tellement nombreux qu'il a fallu ouvrir tout de suite deux maisons d'enfants biélorusses. Dans la première les scolaires, dans la seconde les préscolaires. Comment je le sais ? Parce que ceux qui devaient se séparer de leur frère ou de leur sœur pleuraient comme des veaux. Les petits, surtout, ça leur faisait peur de perdre les grands. Quand on s'était retrouvés au camp de pionniers sans les parents, c'était drôlement intéressant, un genre de jeu. Mais là, tous, on avait la frousse.

On était habitués à avoir une maison, des parents, à être choyés. C'était ma mère qui me réveillait le matin, elle qui m'embrassait, le soir, avant que je m'endorme. À côté, il y avait une maison d'enfants, avec de « vrais » orphelins. On était vraiment différents. Ils étaient habitués à vivre sans parents, nous, on ne s'y faisait pas.

Je me rappelle la nourriture de l'année 43 : pour la journée, une petite cuillerée de lait cuit au four, un petit bout de pain, une betterave ; l'été, de la soupe d'écorces de pastèques. On nous montrait le film *Mars – avril* où on racontait comment nos éclaireurs faisaient de la bouillie à base d'écorces de bouleaux. Les filles de notre maison avaient aussi appris à en faire.

À l'automne, on s'occupait nous-mêmes des réserves de bois, la norme individuelle était d'un mètre cube. La forêt se trouvait dans les montagnes. Il fallait d'abord abattre les arbres, les dégrossir, puis les scier en bûches d'un mètre, qu'on empilait. C'étaient des normes d'adultes. Or, on avait des filles dans notre équipe, avec la même norme. Du coup, nous les garçons, on trimait plus que tout le monde. Chez nous, on n'avait pas appris à scier, on était tous de la ville. Et fallait voir les rondins qu'on avait !…

Jour et nuit, on avait faim, au boulot et quand on dormait, tout le temps. Surtout l'hiver. On faisait le mur de la maison d'enfants pour rejoindre les soldats qui nous refilaient parfois un quart de soupe. Seulement, on était nombreux et les militaires ne pouvaient pas nourrir tout le monde. Les premiers arrivés touchaient éventuellement quelque chose ; les retardataires s'en retournaient, Gros-Jean comme devant. J'avais un copain, Michka Tcherkassov. Un jour, il se pointe chez les soldats pour demander à manger. On lui répond qu'il reste un peu de soupe, fonce, gars, va chercher ta gamelle ! Il repart et s'aperçoit que les gosses de la maison d'enfants voisine déboulent. Le temps qu'il aille prendre sa gamelle, il n'y aura plus rien.

Il rebrousse aussitôt chemin et dit aux soldats : « Versez ! » En place de gamelle, il leur tend son bonnet de fourrure. Il a l'air tellement assuré qu'un soldat y verse tout un quart de soupe. Alors, Michka passe en héros devant les orphelins qui font ceinture, et fonce à la maison. Il s'est gelé les oreilles mais, cette soupe, il nous l'a rapportée. Enfin, c'était plus de la soupe, c'était une pleine chapka de glace. On l'a renversée dans une assiette, on n'a même pas attendu qu'elle se réchauffe, on l'a mangée telle quelle. Les filles ont frictionné les oreilles de Michka. Il était sacrément content d'en avoir rapporté pour tout le monde. Du coup, il n'a même pas voulu être le premier à manger !

Ce qu'on préférait, c'étaient les cossons. On les classait en plusieurs sortes, selon le goût. Y en avait qui faisaient penser à du halva. On montait des opérations « Chasse au cosson ». Plusieurs d'entre nous grimpaient en marche dans un camion, ils en balançaient plein par-dessus bord, que d'autres récupéraient. On rentrait à la maison d'enfants, couverts de bleus mais rassasiés. Et puis y avait les marchés d'été et d'automne ! Ça, c'était quelque chose ! On goûtait de tout : une fermière nous refilait un quartier de pomme, une autre un bout de tomate. En plus, c'était pas honteux de piquer des trucs au marché ; au contraire, on le voyait comme de l'héroïsme ! On se fichait de ce qu'on ramenait. L'essentiel, c'était d'avoir à manger. Quoi ? Ça n'était pas important…

On avait dans notre classe le fils du directeur de la fabrique d'huile. Les gosses restent des gosses. On est là, au cours, on joue à la bataille navale. Et, dans notre dos, l'autre bouffe du pain à l'huile de tournesol. On le sent dans toute la classe.

On chuchote entre nous, on lui montre le poing : attends un peu que le cours finisse !…

Tout d'un coup, on regarde : la prof a disparu. On regarde mieux : elle est raide par terre. Elle aussi était affamée ; elle aussi a senti l'odeur… Et elle est tombée dans les pommes. Les filles la raccompagnent chez elle. Elle vit avec sa mère. Ce soir-là, on décide que, tous les jours, chacun mettra de côté un petit bout de pain et qu'on le donnera à la prof. Elle, bien sûr, elle refusera. Alors, on le portera en douce à sa mère, en lui demandant de ne pas dire que ça vient de nous.

On avait notre jardin et notre potager. Dans le jardin, il y avait des pommes, et dans le potager des choux, des carottes, des betteraves. On les surveillait drôlement, on faisait des tours de garde à plusieurs. Au moment de la relève, on recomptait tout : la moindre tête de chou, la moindre carotte. Pendant la nuit, on se disait : si seulement il pouvait pousser une carotte de plus ! Elle ne serait pas dans le compte et on pourrait la manger ! » Parce que, celles qu'étaient comptées, pas question qu'elles disparaissent, c'était la honte !

On est donc dans le potager, avec plein de nourriture autour, mais on tient bon. Seulement, qu'est-ce qu'on a faim ! Une fois, j'étais de garde avec un gars plus âgé. Et il a eu une idée :

« Tu vois la vache en train de paître, là-bas ?…

— Et alors ?

— Idiot ! Tu ne sais pas, peut-être, que quand une vache individuelle broute dans les prés d'État, on la confisque ou on flanque une amende au propriétaire ?

— Elle est dans son pré…

— Et puis ? Elle est pas attachée… »

Et il m'explique son plan : on prend la vache, on la tire dans le jardin où on l'attache. Ensuite, on cherche la fermière. C'est ce qu'on a fait. Mon comparse a couru au village, il a déniché la fermière : « Voilà, y a vot' vache qui est dans un jardin d'État. Vous connaissez la loi… »

Je ne pense pas… ou, du moins, aujourd'hui j'ai des doutes, que la fermière nous ait cru et qu'elle ait pris peur. Elle a eu pitié de nous, elle a vu qu'on crevait de faim. On s'est mis d'accord : on mènerait paître sa vache et, en échange, elle nous refilerait quelques pommes de terre.

Il y a une fille qu'est tombée malade. Il fallait lui faire une transfusion. Eh bien, figurez-vous qu'il n'y avait personne, dans toute la maison d'enfants, en état de donner son sang.

Notre rêve, c'était d'aller au front. On s'est réunis avec quelques copains, les plus têtes brûlées, et on a décidé de se tailler. Heureusement pour nous, le capitaine Gordeïev, qui dirigeait la musique militaire, est venu chez nous. Il a pris quatre gamins musiciens, dont moi. C'est comme ça que je me suis retrouvé à la guerre.

Toute la maison d'enfants a assisté à notre départ. Je n'avais rien à me mettre et une fille m'a refilé son costume de marin ; une autre avait deux paires de souliers et elle m'en a offert une.

C'est comme ça que je suis allé au front. Ce qui m'embêtait le plus, c'est que j'avais des chaussures de fille…

« Je crie, crie…
Je ne peux plus m'arrêter… »

Liouda Andreïeva, cinq ans.
Contrôleuse.

Pour moi, la guerre, c'est comme un grand feu… Ça brûlait tout le temps. Sans fin…

On se retrouvait, nous les gosses, et vous savez ce qu'on se racontait ? Qu'avant la guerre on aimait les petits pains et le thé sucré, mais qu'il n'y en aurait plus jamais.

On savait déjà quand on devait pleurer, parce qu'on l'avait vu faire par nos mères et nos grands-mères. Elles pleuraient souvent… Tous les jours.

Je savais aussi que j'avais une maman jeune et jolie. Celles des autres étaient plus âgées. N'empêche qu'à cinq ans je comprenais que ce n'était pas bien pour nous que maman soit jeune et jolie. C'était dangereux. À cinq ans, je m'en rendais compte… Je sentais même que c'était plutôt une chance que je sois petite. Pourtant, qu'est-ce qu'une gosse de mon âge pouvait saisir ? Surtout que personne ne m'expliquait rien…

Des années ont passé… J'ai peur… peur de toucher à ce recoin de ma mémoire…

Un camion allemand est arrêté devant notre maison. Il ne l'a pas fait exprès, il est tombé en panne. Les soldats entrent chez nous, nous expédient, grand-mère et moi, dans la chambre et obligent maman à les aider. Ils font chauffer de l'eau, préparent leur dîner. Ils parlent tellement fort que je n'ai pas l'impression qu'ils discutent entre eux et rient, je me dis qu'ils crient après maman.

Le soir tombe. Puis c'est la nuit. Tout à coup, maman arrive en courant dans la chambre, elle me prend dans ses bras et fonce dans la rue. On n'a pas de jardin, notre cour est vide, on court, on ne sait pas où se cacher. On finit par se glisser sous une voiture. Eux, ils sortent de la maison et nous cherchent, en s'éclairant avec des torches. Maman est couchée sur moi. J'entends qu'elle claque des dents, elle est toute froide. Glacée.

Au matin, les Allemands s'en vont et on rentre chez nous… Grand-mère est couchée sur le lit… attachée avec des cordes… nue ! grand-mère… Ma grand-mère ! D'horreur… de terreur, je me mets à crier. Maman me pousse dehors… Je crie, crie… Je ne peux plus m'arrêter…

Longtemps, j'ai eu peur de tous les véhicules à moteur. Rien que le bruit me faisait trembler. Comme si j'avais la fièvre…

La guerre s'est terminée, on est retournés à l'école… Un jour, je vois arriver un tramway et, impossible de me calmer : je claque des dents. Je tremble… Dans ma classe, on était trois à avoir connu l'occupation. Un garçon ne supportait pas le bruit des avions. Au printemps, la maîtresse ouvrait les fenêtres… Un bruit d'avion… Un véhicule qui approche… Nos yeux à tous deux s'écarquillent, nos pupilles deviennent immenses, c'est l'affolement. Et nos camarades de classe qui ont été évacués se moquent de nous.

Le premier feu d'artifice… Les gens se précipitent dans la rue. Maman et moi, on se cache dans une fosse. On y reste jusqu'à ce que les voisins viennent nous dire : « Sortez de là, c'est pas la guerre, c'est la fête de la Victoire ! »

Ce que je pouvais avoir envie de vrais jouets ! Envie d'enfance !… On prenait un morceau de brique et on se racontait que c'était une poupée. Ou bien le plus petit d'entre nous faisait la poupée. Aujourd'hui encore, quand je vois dans le sable des éclats de verre colorés, j'ai envie de les ramasser. Je les trouve toujours beaux.

J'ai grandi… et quelqu'un m'a dit : « Tu es aussi jolie que ta maman. » Ça ne m'a pas fait plaisir, ça m'a effrayée. Je n'ai jamais aimé qu'on me dise ces mots-là…

« Tous les enfants se sont pris par la main… »

Andreï Tolstik, sept ans.
Docteur en sciences économiques.

J'étais petit garçon…

Je me rappelle ma maman… Elle cuisait le meilleur pain du village, elle avait le plus beau potager. On avait, au jardin et dans la cour, les plus gros dahlias. Elle nous avait brodé, à tous, de jolies chemises : à mon père, à mes deux grands frères et à moi. C'est le col qui était brodé… rouge, bleu, vert, au point de croix…

Je ne sais pas qui m'a annoncé que maman avait été fusillée. Une voisine, je crois. J'ai couru à la maison. On m'a dit : « C'est pas ici que ça s'est passé, mais en dehors du village. » Mon père n'était pas là, il avait rejoint les partisans, pareil pour mes grands frères, et mon cousin. Je suis allé trouver le voisin, pépé Karp :

« Ils ont tué maman. Faut la ramener. »

On a attelé la vache (on n'avait pas de cheval), et nous voilà partis. À proximité de la forêt, pépé Karp m'a laissé en plan :

« Attends-moi ici. Je suis vieux, peuvent bien me tuer, ça me fait pas peur. Mais toi, t'es qu'un gamin. »

J'attends. J'ai plein de trucs qui me tournent dans la tête : qu'est-ce que je vais dire à papa ? Comment je lui annoncerai que maman a été tuée ? Et puis des trucs de môme : que, si je la vois morte, ça veut dire qu'elle ne sera plus jamais vivante. Alors que, si je ne la vois pas, quand je rentrerai, elle sera à la maison.

Maman avait reçu une rafale de mitraillette dans la poitrine. Ça faisait une rayure sur son corsage... Et elle avait un petit trou noir à la tempe... J'avais envie qu'on lui mette tout de suite un foulard blanc, pour ne plus voir ce trou noir. J'avais l'impression qu'elle avait encore mal.

Je ne suis pas monté dans la charrette. J'ai marché à côté...

Au village, tous les jours on enterrait quelqu'un... Je me rappelle l'enterrement de quatre partisans. Trois hommes et une jeune fille. Des partisans, on en mettait souvent en terre, mais c'était la première fois que je voyais une femme. On lui avait creusé une petite tombe à part... Elle gisait dans l'herbe, sous un vieux poirier... Des vieilles femmes étaient assises à côté. Elles lui ont longuement caressé les mains...

J'ai demandé :

« Pourquoi on la met à part ?

— Elle est jeune », ont répondu les grands-mères.

Resté seul, sans proches ni parents, j'ai eu peur. Qu'est-ce que j'allais devenir ? On m'a emmené au village de Zalessié, chez tata Marfa. Elle n'avait pas d'enfant et son mari était au front. On se cachait à la cave. Elle serrait ma tête contre la sienne : « Mon petit gars... »

Tata Marfa a eu le typhus. Et moi après elle. Alors, mémé Zenka m'a récupéré. Elle avait deux fils au front. Quand je me réveillais, la nuit, elle somnolait sur le lit, près de moi : « Mon petit gars… » Tout le monde fuyait les Allemands dans la forêt, mémé Zenka, elle, restait avec moi. Jamais elle ne m'a laissé : « On mourra ensemble, mon petit gars. »

Après le typhus, j'ai été longtemps sans marcher. Sur une route plate, ça passait encore, mais la moindre pente me fauchait les jambes. On attendait les nôtres. Des femmes étaient allées dans la forêt cueillir des fraises des bois. C'étaient toutes nos friandises.

Nos soldats étaient fatigués. Mémé Zenka leur distribuait des fraises des bois dans leurs casques. Ils m'en donnaient tous. Moi, j'étais assis par terre, je ne pouvais pas me lever.

Mon père est rentré de chez les partisans. Il savait que j'étais malade et il me rapportait un morceau de pain et un bout de lard, d'un doigt d'épaisseur. Le lard et le pain sentaient le gros gris. Tout sentait mon père.

La victoire ! Quand on a entendu le mot, on ramassait de l'oseille dans le pré. Alors tous les enfants se sont pris par la main et ont couru, comme ça, vers le village…

« On ne savait même pas à quoi
ressemblait un enterrement…
Mais là, on a trouvé… »

Mikhaïl Chinkarev, treize ans.
Cheminot.

La petite fille de nos voisins était sourde…

Tout le monde criait : « La guerre ! La guerre ! », et elle, elle arrivait en courant voir ma sœur, avec sa poupée, en chantonnant. À ce moment-là, même les gosses ne riaient plus. « C'est plutôt bien, je me suis dit, qu'elle soit pas au courant, pour la guerre. »

Avec mes copains, on a enveloppé nos insignes rouges d'octobristes[1] et nos foulards dans de la toile de bâche, et on a enterré le tout dans des buissons, près de la rivière. Dans le sable. On faisait de beaux conspirateurs : on y venait tous les jours…

Les Allemands, tout le monde en avait peur, même les enfants et les chiens. Maman posait des œufs sur le banc près de la maison. Dehors. Comme ça, ils n'entraient pas chez nous, ils ne demandaient pas :

1. Organisation communiste pour les très jeunes enfants, encore trop petits pour devenirs pionniers.

« *Jude ?* » Ma sœur et moi, on avait des cheveux noirs, frisés.

Un jour qu'on se baignait dans la rivière… on a vu remonter du fond un truc noir. Ce moment-là, je le revois !… On a pensé que c'était un bout de bois. Seulement, le courant a poussé le truc vers la berge, et on a repéré des bras, une tête… On a compris que c'était quelqu'un… Je crois bien que personne n'a eu peur. Ni crié. On s'est souvenus de ce que racontaient les grands : qu'un de nos mitrailleurs était mort par là et qu'il était tombé dans l'eau, avec son engin.

À peine quelques mois de guerre et, déjà, la vue de la mort ne nous effrayait plus. On a tiré le mitrailleur sur la berge et on l'a enterré. Quelqu'un a couru chercher une pelle et on a creusé un trou. On a recouvert. On est resté un petit moment sans rien dire. Une fille a même fait le signe de croix. Sa grand-mère, dans le temps, s'occupait de l'église et elle connaissait des prières.

On s'est occupés de tout nous-mêmes. Sans les parents. Avant la guerre, on ne savait même pas à quoi ressemblait un enterrement… Mais là, on a trouvé.

Pendant deux jours, on a plongé pour essayer de récupérer la mitrailleuse…

« Il les avait mis dans un panier… »

Leonid Sivakov, six ans.
Ajusteur-outilleur.

Le soleil était levé…

Les bergers gardaient les vaches. Les hommes du détachement punitif ont attendu que le troupeau soit passé de l'autre côté de la rivière Grioza et ils ont commencé la tournée des fermes. Ils avaient une liste et ils fusillaient en la respectant à la lettre. Ils lisaient : la mère, le grand-père, les enfants untel et untel, tel âge… Ils vérifiaient d'après leur liste. Si quelqu'un manquait à l'appel, ils le cherchaient. Ils trouvaient un gosse sous le lit, sous le poêle…

Quand ils les tenaient tous, ils mitraillaient…

Six personnes étaient réunies dans notre ferme : grand-mère, maman, ma grande sœur, mes deux petits frères et moi. Six personnes… On les a vus, par la fenêtre, aller chez les voisins, on a couru dans l'entrée, avec mon plus jeune frère, on a mis le crochet. On s'est assis sur le coffre, à côté de maman.

Le crochet n'était pas solide, l'Allemand l'a tout de suite fait sauter. Il a franchi le seuil et lâché une rafale. Je n'ai pas eu le temps de voir s'il était vieux ou jeune. On a tous été touchés. Moi, je me suis effondré derrière le coffre…

La première fois, j'ai repris mes esprits en entendant quelque chose goutter sur moi… Ça gouttait sans arrêt, comme de l'eau. J'ai levé la tête : c'était le sang de maman ; elle était étendue, morte. J'ai rampé sous le lit, tout baignait dans le sang… J'y pataugeais comme dans de l'eau… Trempé…

Et puis j'en entends deux qui arrivent. Ils recomptent le nombre de tués. L'un dit : « Il en manque un. Il faut le trouver. » Ils se mettent à chercher, regardent sous le lit où maman avait caché un sac de seigle. Moi, je suis planqué derrière… Ils ont sorti le sac et s'en sont repartis, contents. Oubliant qu'il en manquait un de la liste. Ils sont partis, et j'ai reperdu conscience…

La deuxième fois, j'ai repris mes esprits quand notre maison brûlait…

J'ai senti une chaleur insupportable et des nausées effroyables. Je vois que je baigne dans le sang, mais je ne comprends pas que je suis blessé, je n'ai pas mal. La maison est pleine de fumée… J'ai réussi, je ne sais comment, à ramper jusqu'au potager, puis dans le jardin du voisin. C'est là, seulement, que j'ai compris que j'étais touché à la jambe et que j'avais un bras cassé. Là, j'ai eu mal ! Ensuite, y a de nouveau tout un moment où je ne me rappelle plus rien…

La troisième fois, je suis revenu à moi en entendant une voix de femme. Quelque chose d'effrayant…

Des veaux meuglaient, des cochons criaient, des poules blessées brûlaient… Pas de voix humaines, sauf ce hurlement… J'ai rampé dans sa direction…

Le cri semblait suspendu dans les airs. Quelqu'un hurlait et j'avais l'impression que ça ne s'arrêtait jamais. J'ai rampé vers ce cri, comme guidé par un fil, et je suis arrivé au garage du kolkhoze. Je n'ai rien vu… Le cri paraissait venir de sous la terre… Alors, j'ai deviné qu'il y avait quelqu'un dans la fosse de visite… Tout au fond…

Je ne pouvais pas me lever. J'ai rampé jusqu'à la fosse, je me suis penché… Elle était pleine de gens… Des réfugiés de Smolensk, qu'on logeait dans notre école. Une vingtaine de familles. Ils étaient tous là et, tout en haut, une fillette blessée ne cessait de se relever et de retomber. En hurlant. J'ai jeté un coup d'œil derrière moi : où est-ce que je pouvais ramper ? Le village était en flammes… Il n'y avait pas âme qui vive… Juste cette gamine… Je me suis laissé dégringoler près d'elle… Combien de temps je suis resté là ? Je ne sais pas…

Et puis j'ai entendu : la petite était morte. Je l'ai poussée, appelée : pas de réaction. J'étais le seul survivant, tous les autres étaient morts. Le soleil chauffait un peu et de la vapeur montait du sang encore chaud. J'ai eu un vertige…

Je suis resté là longtemps, tantôt perdant conscience, tantôt reprenant mes esprits. Ils avaient mitraillé un vendredi. Le samedi, mon grand-père et une sœur de maman sont venus d'un autre village. Ils m'ont trouvé dans la fosse, m'ont chargé sur une brouette. Il y avait des cahots, j'avais mal, je voulais crier, mais je n'avais plus de voix. Je ne pouvais que pleurer… Longtemps, je n'ai pas pu dire un mot. Longtemps… Sept ans… Je chuchotais vaguement des trucs : personne ne comprenait rien. Au bout de sept ans, j'ai pu prononcer, à peu près correctement, un mot, un autre… Ça m'étonnait de m'entendre…

À l'emplacement de notre maison, grand-père avait trouvé des os qu'il avait mis dans un panier. Il n'avait même pas réussi à le remplir…

Voilà, je vous ai raconté… Et, c'est tout ? Tout ce qui reste de cette horreur ? Quelques dizaines de mots… Des sons… Ça me perturbe toujours… J'ai lu, je ne sais où, que le philosophe grec Cratippe avait été tellement déçu par les mots que, vers le milieu de sa vie, il ne s'était plus exprimé que par gestes. Il parlait par gestes. Sans prononcer une parole…

Je le comprends…

« Ils ont sorti les petits chats… »

Tonia Roudakova, cinq ans.
Directrice d'un jardin d'enfants.

La première année de la guerre… Je ne me rappelle pas grand-chose…

Les Allemands sont arrivés un matin, il faisait à peine jour. Ils ont aligné tout le monde dans un pré et ont fait sortir du rang ceux qui avaient le crâne rasé. C'étaient des prisonniers de guerre que les gens abritaient chez eux. Ils les ont menés dans la forêt et les ont fusillés.

Avant, on sortait souvent du village. On jouait du côté de la forêt. À présent, on avait la frousse.

Je revois ma mère cuire du pain. Plein de pain : il y en a sur la table, sur les bancs, par terre sur des serviettes, dans le cellier. Je m'étonne :

« Pourquoi tant de pain ? Les tontons ont été tués. À qui tu vas le donner ? »

Elle m'expédie dans la rue :

« Va jouer avec tes petits amis… »

J'avais peur qu'on tue ma maman, je ne la lâchais pas d'une semelle.

Dans la nuit, des partisans sont venus chercher les pains. Je n'en ai jamais revu une telle quantité.

Les Allemands avaient tout pris dans les fermes, on était affamés et je ne comprenais pas. Je disais à maman :

« Chauffe le four et cuis du pain. Plein, plein… »

C'est tout ce qui m'est resté de la première année de guerre…

Ensuite, je devais être plus grande parce que j'ai plus de souvenirs. Je me rappelle quand ils ont brûlé le village. D'abord, ils nous ont mitraillés, et puis ils ont mis le feu… Moi, je reviens de loin…

Ils ne massacraient pas les gens dans la rue. Ils faisaient le tour des fermes. On était tous aux fenêtres :

« Ils s'en vont mitrailler l'Anisska…

— Ça y est ! Ils ont fini, chez elle. C'est le tour de l'Anfissa… »

On est là à attendre qu'ils viennent nous massacrer. Personne ne pleure ni ne crie. On ne bouge pas. On a chez nous une voisine, avec ses garçons. Elle dit :

« Sortons. Dehors, ils ne mitraillent pas. »

À ce moment-là, ils arrivent dans notre cour : d'abord un soldat, puis un officier. L'officier est grand, il a de grandes bottes, une grande casquette. Je le revois comme si c'était hier…

Ils veulent nous faire rentrer dans la maison. La voisine se laisse tomber dans l'herbe, elle baise les bottes de l'officier :

« On n'ira pas. Vous allez mitrailler, on le sait. »

Eux : « *Zurück ! Zurück !* » Ça veut dire : « Demi-tour ! » À l'intérieur, maman est assise sur le banc devant la table. Je me souviens : elle a pris un petit quart de lait et commencé à le donner au petit. Le silence est tel qu'on l'entend téter.

Je me suis accroupie dans un coin en plaçant un balai devant moi. La table était recouverte d'une longue nappe et un des garçons de la voisine s'est caché dessous. Mon frère s'est glissé sous le lit. La voisine est à genoux près de la porte, elle les implore pour tout le monde :

« Mon petit monsieur, on a des enfants. Mon petit monsieur, c'est que des bouts de chou… »

Je la revois le supplier. Longtemps…

L'officier s'est avancé vers la table, il a soulevé la nappe et tiré. Un cri a retenti. Il a encore fait feu. Le garçon de la voisine criait toujours… Cinq fois, l'autre a tiré…

Il me regarde… J'ai beau essayer de me cacher derrière mon balai, ça ne marche pas. Il a des yeux magnifiques, bruns… C'est incroyable de se rappeler ça… J'ai tellement peur que je demande : « Tonton, vous allez me tuer ? » Lui, bien sûr, ne répond pas… À ce moment-là, le soldat sort de l'autre pièce. Enfin, il sort… il arrache le grand rideau qui sépare les pièces et appelle son officier. Dans l'autre pièce, sur le lit, il y a des petits chats. La chatte n'est pas là, juste les chatons. Ils les prennent dans leurs bras, sourient, jouent avec eux. Quand ils se sont bien amusés, l'officier les tend au soldat pour qu'il les porte dehors. Ils ont sorti les petits chats…

Je revois maman morte et ses cheveux qui brûlent… Le tout petit est près d'elle, dans ses langes… Avec mon frère aîné, on est passés par-dessus, à quatre pattes. Je m'accrochais à son pantalon. On a rampé dans la cour, puis dans le potager. On est restés, jusqu'au soir, au milieu des pieds de pommes de terre. Après, on s'est cachés dans les buissons. Là, j'ai fondu en larmes…

Comment on a survécu ? Je ne sais plus… Mais on a survécu, mon frère, moi et les quatre petits chats. Notre grand-mère est arrivée, elle vivait de l'autre côté de la rivière. Et elle a emmené tout le monde…

« Retiens bien : Marioupol, 6, rue du Parc… »

Sacha Solianine, quatorze ans.
Invalide de guerre, première catégorie.

C'est qu'on n'avait vraiment pas envie de mourir… On n'a jamais aussi peu envie de mourir qu'au lever du jour…

Or, voilà qu'on nous emmène pour nous fusiller. Et on nous mène bon train ! Les Allemands sont pressés, ça, je l'ai compris dans ce qu'ils se disaient entre eux. Avant la guerre, j'aimais bien les cours d'allemand. J'avais même, de mon propre chef, appris par cœur quelques poésies de Heine. On est trois : deux prisonniers de guerre, des lieutenants, et moi, un gamin. Je me suis fait prendre dans la forêt, en récupérant des armes. J'avais réussi à m'en sortir plusieurs fois, mais là, ils m'avaient eu.

Ça fait peur de mourir…

On me chuchote :

« Sauve-toi !! On va se jeter sur l'escorte, toi, saute dans les buissons !

— Non…

— Pourquoi ça ?

— Je reste avec vous. »

Je veux mourir avec eux. En soldat.

« C'est un ordre : cours ! Tu dois vivre ! »

L'un d'eux, Danila Grigorievitch Iordanov, était de Marioupol, l'autre, Alexandre Ivanovitch Ilinski, de Briansk.

« Retiens bien : Marioupol, 6, rue du Parc… Tu te rappelleras ?

— Briansk, rue… Tu te souviendras ? »

Ça a commencé à tirer…

J'ai bondi… Couru… Et dans mon crâne, ça martelait : machin-machin, il faut que je me rappelle… machin-machin, il faut que je me souvienne… Et la peur m'a fait oublier.

J'ai oublié le numéro et le nom de la rue, à Briansk…

« J'ai senti son cœur s'arrêter… »

Lena Aronova, douze ans.
Juriste.

Notre ville s'est brusquement militarisée… Notre paisible et verte Gomel…

Mes parents ont décidé de m'envoyer à Moscou : mon frère y était étudiant, à l'académie militaire. Tous étaient persuadés que Moscou ne tomberait jamais, que c'était une forteresse imprenable. Je ne voulais pas partir, mais mes parents ont insisté parce que, quand on nous bombardait, je ne mangeais rien pendant des jours, on était obligé de me nourrir de force. J'avais beaucoup maigri. Maman a décrété qu'à Moscou c'était bien, tranquille. Que je m'y retaperais. Et quand la guerre serait finie, ils viendraient me chercher, avec papa. Très vite…

Le train n'est pas arrivé à Moscou, on nous a fait descendre à Maloïaroslavets. La gare avait l'interurbain, je me suis démenée pour appeler mon frère et savoir ce que je devais faire. J'ai réussi à le joindre. Il m'a dit : « Ne bouge pas, attends que je vienne te chercher. » J'ai passé la nuit dans l'angoisse. Il y avait un monde fou. On a brusquement annoncé qu'une demi-heure plus tard un train partirait pour

Moscou et qu'il fallait prendre ses places. J'ai rassemblé mes affaires et foncé dans un wagon. J'ai grimpé sur une couchette supérieure et me suis endormie. Au réveil, le train était arrêté près d'une petite rivière, des femmes faisaient la lessive. J'étais étonnée : « Où est Moscou ? » On m'a répondu qu'on se dirigeait vers l'Est…

Je suis descendue du wagon et j'ai éclaté en sanglots, de dépit, de désespoir. C'est là que… Dina m'a vue ! C'était une de mes amies, on avait quitté Gomel ensemble, nos mères nous avaient accompagnées, mais on s'était perdues à Maloïaroslavets. À présent qu'on était à nouveau toutes les deux, j'avais moins peur. Dans les gares, on nous apportait à manger dans le train : des sandwichs, du lait dans des bidons sur des charrettes, une fois on nous a même donné de la soupe.

Dans la région de Koustanaï, à la gare de Djarkoul, on nous a fait descendre. Pour la première fois de notre vie, Dina et moi, on a voyagé en charrette. On se rassurait mutuellement : on se disait qu'on arriverait bien quelque part et qu'on écrirait aussitôt à nos parents. Je répliquais : « Si la maison n'est pas bombardée, ils recevront nos lettres mais, dans le cas contraire, où est-ce qu'on va les envoyer ? » Ma mère était médecin-chef dans un hôpital pour enfants, mon père directeur d'un collège professionnel. C'était un homme paisible, il avait tout du professeur. La première fois qu'il était rentré du travail avec un pistolet (on leur en avait distribué), il l'avait mis, dans son étui, sur son veston civil, et moi, j'avais eu peur. Je crois que, lui aussi, en avait peur : il l'enlevait précautionneusement le soir, le posait sur la table. On habitait une grande maison où il n'y avait pas de militaires et, jusqu'alors, je n'avais jamais vu d'armes. J'avais toujours l'impression que le pistolet allait se déclencher tout seul et que la guerre était entrée chez nous ; que si papa s'en débarrassait, la guerre s'arrêterait !...

On était, Dina et moi, des filles de la ville. On ne savait rien faire. On est arrivées et, dès le lendemain, on nous a envoyées travailler dans les champs, toute la journée debout, courbées. J'ai été prise de vertiges, je suis tombée. Dina pleurait, mais ne savait comment m'aider. On avait honte : les filles du coin, elles, remplissaient la norme. Quand nous, on arrivait à la moitié du champ, elles étaient déjà loin devant. Le plus horrible, c'est quand on m'a envoyée traire la vache. On m'a donné un seau, mais je n'avais jamais fait ça, j'avais peur d'approcher de la vache.

Une fois, quelqu'un est venu de la gare en apportant les journaux. On a appris que Gomel était tombée. On a beaucoup pleuré, avec Dina : nos parents devaient être morts et on allait nous envoyer dans une maison d'enfants. Je ne voulais pas en entendre parler, je me disais que j'essaierais de voir mon frère. Mais les parents de Dina sont venus, ils nous ont retrouvées par je ne sais quel miracle. Son père était médecin-chef à Saraktach, région de Tchkalov. Dans l'enceinte de l'hôpital, il y avait une petite maison et c'est là qu'on logeait. On dormait sur des châlits, recouverts de paillasses. J'avais plein de problèmes avec mes tresses, elles étaient longues, elles me descendaient au-dessous des genoux. Et je ne pouvais pas les couper sans la permission de maman. Elle les aimait tant ! Elle me gronderait, si j'y touchais...

Un jour... À l'aube... Ces choses-là, ça n'arrive que dans les contes ! Vous imaginez, en pleine guerre ? On frappe à la fenêtre... Je me lève : c'est maman ! Je tombe sans connaissance... La première chose que ma mère a faite, ç'a été de couper mes tresses et de me frotter la tête avec un produit contre les poux.

Maman savait déjà que le collège de papa avait été évacué à Novossibirsk. On est allées le rejoindre. Là, j'ai repris l'école. On avait classe le matin et, l'après-midi, on aidait à l'hôpital militaire. La ville accueillait de nombreux blessés, on les envoyait du front vers l'arrière. On nous prenait comme infirmières. Moi, je me suis retrouvée en chirurgie, le plus pénible. On nous donnait de vieux draps dont on faisait des bandes qu'on enroulait, avant de les mettre à stériliser. On lavait les vieilles bandes mais, parfois, il nous en arrivait du front dans un état tel qu'on les enterrait, par corbeilles entières, dans la cour. Elles étaient pleines de sang, de pus…

J'avais grandi auprès d'une mère médecin et, avant la guerre, je rêvais de le devenir à mon tour. Alors, quand on m'a mise en chirurgie, je n'ai pas bronché. Les autres filles avaient peur, moi, ça m'était égal, du moment que je pouvais aider, me sentir utile… À peine la classe terminée, on fonçait à l'hôpital, on ne voulait pas être en retard. Je me souviens d'être plusieurs fois tombée dans les pommes. On découvrait de ces plaies… toutes collées… Les blessés hurlaient. On les transportait dans la salle d'opération sur des brancards et on les ramenait de même. Des fois, j'avais des nausées à force de sentir les bandes : une odeur forte, pas de médicament, non… quelque chose de… d'inconnu, de suffocant… La mort… Je connaissais l'odeur de la mort… On entrait dans une chambre, le blessé vivait encore que, déjà, on reniflait l'odeur. Beaucoup de filles partaient, elles ne le supportaient pas. Elles cousaient des gants pour le front et, celles qui savaient, tricotaient. Moi, je ne pouvais pas quitter l'hôpital. Comment ç'aurait été possible, alors que tout le monde savait que ma mère était médecin ?

N'empêche que je pleurais beaucoup quand les blessés mouraient. À l'agonie, ils appelaient : « Docteur ! Docteur ! Vite ! » Le docteur accourait, mais il ne pouvait plus rien, en chirurgie on avait des blessés graves. Je me souviens d'un lieutenant… Il m'avait demandé une bouillotte. Je la lui ai mise, il a saisi ma main… Je ne pouvais pas la retirer… Il la serrait contre lui. Il s'accrochait à moi, de toutes ses forces. J'ai senti sous ma main son cœur s'arrêter. Il battait, battait, et puis plus rien…

J'en ai appris, des choses, à la guerre… Plus que dans toute ma vie…

« J'ai filé au front,
rejoindre ma sœur,
le sergent-chef Vera Redkina… »

Nikolaï Redkine, onze ans.
Mécanicien.

La maison était plus calme… La famille réduite…

Mes grands frères avaient tout de suite été mobilisés. Ma sœur Vera avait harcelé le bureau de recrutement et, en mars 42, elle avait également rejoint le front. Ne restaient à la maison que ma petite sœur et moi.

Évacués, on avait trouvé refuge chez des parents, dans la région d'Orel. Je travaillais dans un kolkhoze, on manquait d'hommes, tous les travaux qui leur étaient réservés reposaient sur des gens comme moi. Des adolescents. À leur place, il y avait nous, qui avions entre neuf et quatorze ans…

Pour la première fois de ma vie, je fais les labours. Les femmes se postent près de leurs chevaux, et en avant ! Moi, je reste planté, j'attends qu'on vienne m'expliquer. Elles, elles ont déjà tracé un sillon et entamé le suivant. Je suis là, tout seul. Débrouille-toi, mon vieux ! Bien ou mal, j'ai fini par m'y mettre… Dès le matin, je suis aux champs et, la nuit, avec les copains, on va aux pâtures. Garder les chevaux. Une journée passe comme ça, une autre… Le troisième jour, je laboure à tout va, et je m'effondre…

En 44, ma sœur Vera est passée nous voir une journée. Elle sortait de l'hôpital militaire, elle avait été blessée. Le lendemain matin, on l'a conduite en télègue à la gare. Moi, j'ai foncé derrière, à pied. À la gare, un soldat a refusé de me laisser entrer dans le wagon : « T'es avec qui, petit ? » Je ne me suis pas démonté : « Avec le sergent-chef Vera Redkina. »

C'est comme ça que j'ai pu aller à la guerre…

« Du côté où le soleil se lève… »

Valia Kojanovskaïa, dix ans.
Ouvrière.

Une mémoire d'enfant… ça ne retient que la peur et les bonnes choses.

Nous habitions près de l'hôpital militaire. Quand il a été bombardé, j'ai vu, par nos fenêtres, tomber des blessés avec des béquilles. Le feu s'est propagé à notre maison. Maman a sauté dans les flammes : « Je veux prendre des vêtements pour les petites. »

Notre maison brûlait… Notre maman aussi… On s'est précipitées derrière elle, des gens nous ont rattrapées et empêchées de la suivre : « Petites, vous ne pouvez plus rien pour elle. » Ensuite, on est parties avec tout le monde… Il y avait des morts… Des blessés gémissaient, appelaient. Qui aurait pu les secourir ? J'avais onze ans, ma sœur neuf. Et on s'est perdues, toutes les deux.

On s'est retrouvées à la maison d'enfants d'Ostrochitski Gorodok, aux environs de Minsk que les Allemands avaient prise. Un an avant la guerre, notre père nous y avait déjà amenées, au camp de pionniers. Un bel endroit. Mais les Allemands avaient transformé le camp en maison d'enfants. Tout nous y était familier… et étranger. Pendant plusieurs jours, on a pleuré toutes les larmes de notre corps, parce qu'on n'avait plus de parents, que notre maison avait brûlé. Les monitrices étaient vieilles et tout fonctionnait à l'allemande. Au bout d'un an… je crois que c'est à peu près ça… ils ont commencé à choisir ceux qui seraient déportés en Allemagne. Le critère de sélection n'était pas l'âge, mais la taille. Malheureusement pour moi, j'étais grande comme mon père, à la différence de ma sœur qui ressemblait à ma mère. Des camions sont arrivés, avec un tas d'Allemands armés de mitraillettes, on m'a poussée dans l'un d'eux. Ma sœur criait, ils l'ont chassée, en lui tirant presque dans les jambes. Ils ne voulaient pas qu'elle vienne avec moi. C'est comme ça qu'on a été séparées pour de bon…

Le wagon est plein à craquer… d'enfants. Aucun n'a plus de treize ans. On fait une première halte à Varsovie. On ne nous donne rien à manger ni à boire, y a juste un petit vieux qui monte, les poches emplies de minuscules rouleaux de papier, avec, écrit en russe, une prière : le *Notre Père*. Il nous en a distribué à tous.

Après Varsovie, on a encore roulé deux jours. On est arrivés dans un genre de centre médical. Ils nous ont obligés à nous déshabiller entièrement, filles et garçons ensemble, j'en pleurais de honte. Les filles voulaient se mettre à part, mais ils nous ont regroupés et nous ont arrosés au jet. Une eau froide… avec une odeur bizarre, que je n'ai jamais retrouvée. Je ne sais pas ce qu'ils employaient comme désinfectant. Que ça nous tombe dans les yeux, la bouche ou les oreilles, ça ne les gênait pas, ce qui comptait pour eux, c'était le traitement sanitaire ! Ensuite, ils nous ont distribué des vestes et des pantalons rayés, genre pyjamas, et, comme chaussures, des sandales en bois. Sur la poitrine, ils nous ont mis des plaques de fer, avec : « *Ost* ».

On nous a fait sortir et rangés en ligne. Je pensais qu'ils allaient nous emmener dans une sorte de camp mais, derrière moi, on murmurait : « Ils vont nous vendre. » Un vieil Allemand est arrivé, il m'a choisie, avec trois autres filles, il a donné de l'argent et nous a indiqué une charrette pleine de paille : « Montez ! »

On s'est retrouvées dans une propriété… Y avait une grande maison, haute, et autour, un vieux parc. On nous a installées dans une grange : une moitié était occupée par douze chiens, l'autre par nous. On nous a tout de suite envoyées au travail, ramasser des pierres dans les champs, pour empêcher que les charrues et les semoirs ne se cassent. Les pierres, on devait les déposer bien soigneusement à un endroit. Avec nos sandales de bois, on a eu vite les pieds pleins d'ampoules. On nous donnait à manger du mauvais pain et du lait écrémé.

Une des filles n'a pas tenu, elle est morte. Ils l'ont transportée en charrette dans la forêt et l'ont enterrée comme ça, sans rien. Ils ont rapporté au domaine son pyjama rayé et ses sandales de bois. Je me souviens qu'elle s'appelait Olia.

Il y avait un très, très vieil Allemand, chargé de nourrir les chiens. Il parlait mal le russe, mais il le parlait et s'efforçait de nous remonter le moral : « *Kinder, Hitler kaput. Russki kom.* » Des fois, il allait au poulailler, prenait des œufs dans son bonnet et les cachait dans sa boîte à outils (il était aussi le menuisier du domaine). Il saisissait sa hache et faisait semblant de travailler. En réalité, il posait sa boîte près de nous, regardait de tous côtés et, du geste, nous pressait de manger. Nous, on gobait les œufs et on enterrait les coquilles.

Un jour, deux garçons serbes qui travaillaient aussi au domaine, nous ont fait signe. Des esclaves, comme nous. Et ils nous ont dit leur secret… nous ont confié leur plan : « Faut qu'on s'évade, sinon on va tous y passer, après Olia. Ils nous enterreront dans la forêt et rapporteront nos affaires. » On avait peur, mais ils ont réussi à nous convaincre. Et voilà ce qu'on a fait : derrière la propriété, il y avait un marécage. On s'y est faufilés un matin, ensuite on s'est mis à courir… du côté où le soleil se lève. À l'est.

Le soir, on s'est effondrés dans les buissons et on s'est endormis. On n'en pouvait plus. Au matin, tout était calme, on n'entendait que les crapauds. On s'est levés, lavés avec la rosée et on a continué. On n'a pas marché bien longtemps : devant nous, on a vu une grande route qu'on devait traverser. De l'autre côté, y avait une forêt profonde, belle. Là, on serait sauvés ! Un des garçons a rampé jusqu'à la route, il a regardé partout et nous a appelés : « Vite ! » On a foncé sur la route, et c'est alors qu'un camion allemand, avec des mitrailleuses, est sorti de la forêt, juste en face. On a vite été cernés, ils se sont mis à cogner les garçons, à les piétiner.

Ils les ont jetés, morts, dans le camion, et nous ont fait monter à côté. En disant que nos copains étaient tranquilles, à présent, et que nous, cochonnes de Russes, on allait rigoler ! Ils savaient, à nos plaques, qu'on venait de l'Est. On avait tellement peur qu'on ne pleurait même pas.

Ils nous ont emmenées dans un camp de concentration. La première chose qu'on a vue, c'étaient des enfants sur de la paille, couverts de poux. La paille, elle venait des champs qui commençaient aussitôt après les barbelés électrifiés.

Chaque matin, on entendait s'ouvrir les verrous métalliques. Un officier et une jolie femme entraient, en riant. Elle nous disait, en russe :

« Ceux qui veulent de la semoule, mettez-vous vite en rangs par deux. On va vous emmener manger… »

Les enfants trébuchaient, se bousculaient : tous voulaient de la semoule.

La femme se mettait à compter :

« On n'en prend pas plus de vingt-cinq. Inutile de vous disputer, les autres attendront demain. »

Au début, j'y croyais, je me lançais dans la bousculade mais, ensuite, la peur m'a prise : pourquoi on ne revoyait jamais ceux qu'on emmenait manger ? Après, je restais assise tout près de la porte métallique et, même quand on n'a plus été très nombreux, la femme ne m'a pas remarquée. Elle me tournait toujours le dos, quand elle comptait. Combien de temps ça a duré ? Je ne saurais le dire. Je crois que là… j'ai perdu la mémoire…

Au camp, je n'ai pas vu un oiseau ni même un scarabée. Je rêvais de trouver ne serait-ce qu'un ver de terre. Mais ils n'y survivaient pas…

Un jour, on entend du bruit, des cris, des tirs. Le verrou métallique s'ouvre et des soldats à nous font irruption dans le baraquement, en hurlant : « Pauvres petits ! » Ils nous prennent sur leurs épaules, dans leurs bras, plusieurs à la fois. C'est vrai qu'on ne pèse pas grand-chose, légers comme l'air, qu'on est ! Ils nous serrent, nous embrassent en pleurant. Ils nous portent dehors…

Et nous découvrons la cheminée noire du crématoire…

Pendant plusieurs semaines, on nous a soignés, nourris. On me demandait :

« T'as quel âge ? »

Moi :

« Treize ans…

— Ah ? Je t'en donnais huit. » Quand on a été un peu retapés, on nous a emmenés du côté où le soleil se lève.

Chez nous…

« Une chemise blanche
dans le noir,
ça se voit de loin… »

Efim Friedland, neuf ans.
Directeur adjoint d'un combinat
de transformation de silicates.

Mon enfance a pris fin… avec les premiers tirs. Un gosse a continué à vivre en moi mais, pour ainsi dire, à part…

Avant la guerre, j'avais peur de rester seul à la maison. Ça m'est vite passé. Après, je ne croyais plus aux esprits cachés derrière le poêle, dont me parlait maman. D'ailleurs, elle-même n'en parlait plus. On a quitté Khotimsk en charrette. Maman a acheté un panier de pommes qu'elle a posé à côté de ma sœur et moi. On les mangeait. Puis il y a eu un bombardement…

Ma sœur a une grosse pomme dans chaque main et on se dispute parce qu'elle ne veut pas m'en donner. Maman nous gronde : « Cachez-vous ! » Mais nous, on s'occupe de nos pommes. On se bagarre jusqu'à ce que je dise à ma sœur : « Donne-m'en une, sinon on va se faire tuer et je ne pourrai pas y goûter. » Elle m'en tend une, la plus belle. Et, juste à ce moment-là, le bombardement cesse. Cette pomme qui m'a porté bonheur, je ne l'ai pas mangée…

On voyageait en charrette et, devant nous, il y avait le troupeau. Je savais par mon père (avant la guerre, il dirigeait la vente de bétail à Khotimsk) que ce n'étaient pas des vaches ordinaires mais un troupeau pour la reproduction qu'on avait acheté bien cher, à l'étranger. Je me rappelle que mon père n'avait pas réussi à m'expliquer ce que c'était exactement, « bien cher », jusqu'à ce qu'il me dise, à titre d'exemple, que chaque bête coûtait autant qu'un tracteur… qu'un tank. Si c'était le prix d'un tank, ça faisait beaucoup d'argent. Alors, on en prenait soin, de ces vaches !

Ayant un père dans la partie, j'aimais les animaux. Et lorsque, après un énième bombardement, on s'est retrouvés sans télègue, j'ai pris la tête du troupeau, en m'attachant au taureau, Vasska. Il avait un anneau dans le nez, auquel était fixée une corde, et je m'attachais à l'autre bout. Les vaches ont eu du mal à s'habituer aux bombardements. Elles étaient lourdes, pas faites pour de longs trajets, leurs sabots se fendillaient, elles fatiguaient atrocement. Après les mitraillages, on avait de la peine à les rassembler. Seulement, dès que le taureau arrivait sur la route, elles le suivaient. Et le taureau n'obéissait qu'à moi.

La nuit, ma mère trouvait toujours le moyen de laver ma chemise blanche… À l'aube, le lieutenant Tourtchine, qui dirigeait le convoi, sonnait le réveil des troupes. J'enfilais ma chemise, récupérais mon taureau et on reprenait la route. J'étais tout le temps en chemise blanche, ça, je m'en rappelle. Dans le noir, c'était lumineux, ça se voyait de loin. Je dormais à côté du taureau, entre ses pattes de devant, j'avais plus chaud. Vasska ne se levait jamais le premier, il attendait que je bouge. Il sentait que je n'étais qu'un gosse et qu'il pouvait me faire du mal. Je me couchais près de lui et je ne m'inquiétais jamais.

On a marché comme ça jusqu'à Toula. Plus de mille kilomètres. Trois mois, ça a duré. À la fin, on était pieds nus, en lambeaux. Il nous restait peu de bergers. Les vaches avaient le pis gonflé, on n'avait pas le temps de les traire. Ça les faisait souffrir. Elles se postaient devant nous et nous regardaient. Moi, je ne sentais plus mes mains, à force d'en traire, des quinze, des vingt par jour ! Je le revois, comme si c'était hier : une vache est couchée sur la route, une patte arrière fracassée. Du lait goutte de son pis bleui. Elle regarde les hommes… Elle attend… Des soldats s'arrêtent et saisissent leurs fusils : pour l'achever, histoire qu'elle ne souffre pas. Je leur demande d'attendre un peu…

Je m'approche d'elle et la trais. Le lait coule par terre. La vache, reconnaissante, me lèche l'épaule. « Bon », dis-je en me relevant. « Allez-y… » Et je m'enfuis pour ne pas voir…

À Toula, on a appris que tout notre beau troupeau reproducteur irait à l'abattoir, on ne savait pas quoi en faire. Les Allemands arrivaient. J'ai mis ma chemise blanche et suis allé dire adieu à Vasska. Le taureau me soufflait lourdement au visage…

… En mai 45, on est rentrés à la maison. Je me revois à Orcha, debout à la fenêtre. Je sens maman dans mon dos. J'ouvre la fenêtre. Maman dit : « Tu reconnais l'odeur de nos marais ? » Je ne pleurais pas souvent mais, là, j'ai fondu en larmes. Tout le temps de l'évacuation, j'avais rêvé, la nuit, que je faisais les foins dans les marais : on fauchait, on mettait en meules et, dès que ça séchait un peu, ça sentait ! Le parfum inimitable des foins de nos marais ! Il me semble qu'il n'y a que chez nous, en Biélorussie, que le foin des marais sente aussi fort. Cette odeur me suivait partout. Je la percevais même en rêve.

Le jour de la victoire, notre voisin, tonton Kolia, est sorti dans la rue et s'est mis à tirer en l'air. Des gamins ont fait cercle autour de lui :

« Tonton Kolia, je veux essayer !

— Non, moi ! »

Il nous y a tous autorisés, à tour de rôle. C'est comme ça que j'ai tiré pour la première fois de ma vie…

« Sur le plancher tout propre, que je venais de laver… »

Macha Ivanova, huit ans.
Institutrice.

On était une famille unie. On s'aimait tous…

Mon père avait fait la guerre civile. Depuis, il marchait avec des béquilles. Ça ne l'empêchait pas de diriger le kolkhoze, une exploitation modèle. Quand j'avais appris à lire, il m'avait montré des coupures de la *Pravda* où on parlait de notre kolkhoze. En tant que meilleur président, mon père avait été envoyé, juste avant la guerre, au congrès des travailleurs de choc et à l'exposition agricole de Moscou. Il m'avait rapporté de jolis livres pour enfants et une boîte en fer, avec des chocolats.

Maman et moi, on aimait papa. Moi, je l'adorais, et lui, nous adorait toutes les deux. Peut-être que j'enjolive mon enfance ? En tout cas, tous mes souvenirs d'avant-guerre sont heureux, radieux. Parce que… c'était l'enfance… Une véritable enfance…

Je me souviens de chansons. Les femmes les chantaient en rentrant des champs. Le soleil disparaissait à l'horizon et, derrière la colline, on entendait, sur un rythme lent :

Viens-t'en, il faut rentrer, c'est l'heure
Où s'avance le crépuscule...

Moi, je me laissais guider par la chanson. J'allais au-devant de maman, je repérais sa voix. Elle me prenait dans ses bras, je me pendais à son cou, puis je redescendais d'un bond et courais en avant. La chanson me suivait, emplissant le monde alentour. C'était tellement joyeux, tellement bien !

Et, après une si belle enfance, soudain… d'un coup… la guerre !

Mon père est parti dès les premiers jours… Il a continué à travailler, mais en clandestin. Il ne vivait pas chez nous, parce que tout le monde le connaissait. Il ne venait que la nuit.

Une fois, je l'entends qui parle avec maman :

« On a fait sauter un camion allemand sur la grand-route, près de… »

J'étais couchée sur le poêle, j'ai toussé. Mes parents ont pris peur :

« Tu ne dois le dire à personne, petite », m'ont-ils prévenue.

J'ai commencé à redouter la nuit. Si mon père venait, que les nazis soient au courant et qu'ils le prennent ? Mon papa que j'aimais tant !

Je passais mon temps à l'attendre. Je me serrais dans un petit coin de notre énorme poêle, j'entourais grand-mère de mes bras, mais j'avais peur de m'endormir et je me réveillais souvent. La tempête de neige hurlait dans la cheminée, la clé du poêle tremblotait et tintait. Je n'avais qu'une idée en tête : ne pas manquer la venue de papa !…

Brusquement, j'ai l'impression que ce n'est pas la tempête qui hurle… C'est maman qui pleure. J'ai la fièvre. Le typhus…

Mon père est arrivé tard dans la nuit. Je l'ai entendu la première et j'ai appelé grand-mère. Il était tout froid, alors que je brûlais de fièvre. Il était assis à côté de moi et ne pouvait se résoudre à partir. Las, vieilli, mais si proche, si cher ! Au bout de quelques heures, on a frappé à la porte. Très fort. Mon père n'a pas eu le temps de mettre sa veste de cuir : des Polizei ont fait irruption dans la maison. Ils l'ont poussé dehors. J'ai foncé derrière lui. Il m'a tendu les bras, mais ils les lui ont cognés avec leur mitraillette. Ils l'ont frappé à la tête. Pieds nus dans la neige, j'ai couru derrière lui jusqu'à la rivière, en criant : « papa ! Mon petit papa !… » Chez nous, grand-mère se lamentait : « Il est où, le bon Dieu ? Où qu'il se cache donc ? »

Ils ont tué mon père…

Ce chagrin-là, grand-mère ne l'a pas supporté. Elle a pleuré de plus en plus doucement et, quinze jours plus tard, elle est morte, une nuit, sur le poêle. Moi, je dormais à côté et l'entourais de mes bras, morte. Il n'y avait plus personne à la maison : maman et mon frère se cachaient chez des voisins.

Après la mort de papa, maman a complètement changé. Elle ne sortait plus, ne parlait que de mon père, se fatiguait vite, alors qu'avant la guerre, c'était une stakhanoviste, toujours première ! Elle ne me voyait pas. Je passais mon temps à faire en sorte qu'elle me remarque, je voulais la rendre heureuse. Mais elle ne s'animait que lorsqu'on parlait de papa.

… Je me rappelle que des femmes sont accourues, toutes contentes :

« Un gamin vient d'arriver à cheval du village d'à côté : la guerre est finie. Nos hommes ne vont pas tarder à rentrer. »

Maman est tombée sur le plancher tout propre, que je venais de laver…

« Est-ce que Dieu voyait tout ça ?
Et qu'est-ce qu'il en pensait ?… »

Ioura Karpovitch, huit ans.
Chauffeur.

J'ai vu ce qu'on ne doit pas voir… Ce qu'un homme ne doit pas voir. Et moi, j'étais petit…

J'ai vu un soldat courir et… comme trébucher. Tomber. Gratter longtemps la terre, la serrer dans ses bras…

J'ai vu nos soldats prisonniers, emmenés à travers le village. En longues colonnes. Leurs capotes déchirées, brûlées. Là où ils faisaient halte pour la nuit, l'écorce des arbres était rongée. Pour toute nourriture, on leur jetait du cheval crevé… Ils se l'arrachaient…

J'ai vu, une nuit que j'étais allé sur le remblai, un convoi allemand brûler. Au matin, on a couché sur les rails tous ceux qui travaillaient aux chemins de fer et une locomotive leur a roulé dessus…

J'ai vu atteler des hommes à des voitures à cheval. Ils portaient des étoiles jaunes sur le dos… On les faisait avancer à coups de fouet. Ceux qui étaient dans les voitures s'amusaient bien…

J'ai vu arracher des enfants à leurs mères à coups de baïonnette. Pour les jeter dans le feu. Dans le puits… Par chance, on y a échappé, maman et moi…

J'ai vu pleurer le chien du voisin. Il était sur le tas de cendres qui avait été leur maison. Seul… Il avait les yeux d'un vieil homme…

Et moi, j'étais petit…

J'ai grandi avec ça… J'ai grandi, sombre et méfiant, j'avais mauvais caractère. Quand quelqu'un pleure, je n'ai pas pitié, au contraire je me sens mieux parce que, moi, je ne sais pas pleurer. Je me suis marié deux fois, et deux fois ma femme m'a quitté, personne ne me supporte longtemps. C'est difficile de m'aimer. Je sais…

C'était il y a longtemps… Et maintenant, je voudrais savoir : est-ce que Dieu voyait tout ça ? Et qu'est-ce qu'il en pensait ?…

« Ce monde si beau qu'on ne s'en lasse pas… »

Ludmila Nikanorova, douze ans.
Ingénieur.

J'essaie de me rappeler : est-ce qu'avant-guerre, on parlait de la guerre ?

À la radio, on entendait des chansons : *Si, demain, la guerre...* et *Nos blindés sont solides et nos tanks rapides…* Les enfants pouvaient s'endormir tranquilles.

Notre famille vivait à Voronej. C'est la ville de mon enfance… On trouvait, dans les écoles, de nombreux professeurs de la vieille intelligentsia. Une culture musicale de haut niveau. La chorale de notre école, dont je faisais partie, était très populaire dans la ville. Il me semble, aussi, que tous aimaient le théâtre.

Notre immeuble abritait des familles de militaires. Il y avait trois étages, un dédale de couloirs, et la cour, l'été, sentait bon l'acacia. On jouait beaucoup dans le petit square en face de la maison, il y avait plein de cachettes. J'avais de bons parents. Mon père était militaire de carrière. Toute mon enfance, j'ai vu des uniformes. Maman était douce. Elle avait des doigts de fée. J'étais fille unique et, comme il se doit, entêtée, capricieuse et timide à la fois. Je faisais de la musique et de la danse à la maison de l'Armée rouge. Le dimanche, papa aimait se promener avec nous dans la ville ; c'était son seul jour de liberté. Maman et moi, on marchait toujours du côté gauche, parce qu'il devait saluer les militaires qu'il croisait.

Il aimait aussi réciter des vers avec moi. Surtout Pouchkine :

« Apprends, mon fils ! Car la science, souvent, remplace
L'expérience de notre éphémère existence... »

En ce jour de juin... Vêtue d'une jolie petite robe, je vais, avec une amie, au jardin de la maison de l'Armée rouge, à un spectacle qui doit commencer à midi. En arrivant, on s'aperçoit que tout le monde écoute un haut-parleur, fixé à une colonne. Les gens ont l'air désemparés.

« Tu entends, c'est la guerre ! » dit mon amie.

Je fonce chez moi. J'ouvre brutalement la porte. À la maison, tout est calme. Maman n'est pas là, papa se rase consciencieusement devant la glace, il a une joue pleine de savon.

« Papa, c'est la guerre ! »

Il se tourne vers moi et continue à se raser. J'entrevois dans ses yeux une expression que je ne connais pas. Je me souviens que le haut-parleur, au mur, est débranché. C'est tout ce qu'il a pu faire pour retarder l'instant où nous apprendrions, maman et moi, la terrible nouvelle...

En un clin d'œil, tout a changé... Durant tous ces jours-là, je ne me rappelle pas papa à la maison. Le quotidien était chamboulé. On avait des assemblées d'immeuble où on expliquait comment éteindre un incendie, comment camoufler les fenêtres pour la nuit : la ville devait être plongée dans une obscurité totale. Les produits d'alimentation avaient disparu des rayons, remplacés par des tickets de rationnement.

Et puis le dernier soir est venu. Il ne ressemblait vraiment pas à ce que je vois maintenant, au cinéma : des larmes, des embrassades, on saute du train en marche… Rien de cela chez nous. On a fait comme si papa partait en manœuvres. Maman a préparé ses affaires, cousu son col, ses insignes de campagne, vérifié ses boutons, ses chaussettes, ses mouchoirs. Papa a roulé sa capote, je crois que je l'ai aidé.

On est sortis, tous les trois, dans le couloir. Il était tard, toutes les portes de l'immeuble étaient fermées, sauf la grande et, pour atteindre la cour, on a dû monter du rez-de-chaussée au premier, emprunter un long couloir et redescendre. La rue était plongée dans l'obscurité et papa, toujours attentionné, a dit :

« Ce n'est pas la peine que vous alliez plus loin. »

Il nous a serrées dans ses bras :

« Tout ira bien. Ne vous tracassez pas. »

Et il est parti.

Il nous a envoyé plusieurs lettres du front : « La victoire est proche. Après, la vie sera différente. Comment se conduit notre petite Ludmila ? » Je ne me rappelle pas à quoi j'ai occupé mon temps jusqu'au 1er septembre. Bien sûr, je faisais de la peine à maman parce que j'allais chez des amies sans demander la permission et que j'y restais trop longtemps. C'est triste à dire, mais les alertes aériennes étaient devenues monnaie courante. Tout le monde s'y était très vite habitué : on descendait aux abris ou on attendait tranquillement chez soi. Le nombre de fois où j'ai été surprise dans une rue du centre ! J'entrais en vitesse dans un magasin ou un passage, et voilà tout !

Il y avait beaucoup de rumeurs, mais ma mémoire d'enfant ne les a pas retenues… Maman était de garde à l'hôpital. Chaque jour, on voyait arriver des trains de blessés.

Plus étonnant, les magasins étaient de nouveau bien approvisionnés et les gens achetaient. Pendant quelques jours, on s'est demandé, avec maman, si on n'allait pas se doter d'un nouveau piano. On a fini par décider d'attendre papa. C'était quand même une grosse dépense…

Aussi inconcevable que cela paraisse, la rentrée des classes a eu lieu, comme toujours, le 1er septembre. De tout le mois d'août, on n'avait pas eu la moindre nouvelle de papa. On attendait, confiantes, et pourtant des mots tels que « encerclement » ou « partisans » nous étaient déjà familiers. À la fin du mois de septembre, on nous a prévenues qu'on devait être prêtes à évacuer n'importe quand. Je crois qu'on a su la date vingt-quatre heures à l'avance. Les mères de familles en voyaient de toutes les couleurs. En même temps, on pensait vraiment ne partir que pour une couple de mois. On se disait qu'on resterait un peu à Saratov, par exemple, et qu'on reviendrait. Un ballot avec ce qu'il fallait pour dormir, un autre avec de la vaisselle et une valise de vêtements. Voilà, on était parées !

Du voyage, je me rappelle la scène suivante : notre convoi s'ébranle sans un coup de sifflet, on attrape en vitesse nos casseroles sur le feu, qu'on n'a pas le temps d'éteindre. Du train, on voit, le long du remblai, toute une série de feux de bois. On est arrivées à Alma-Ata, puis revenues à Tchimkent. Et comme ça, plusieurs fois, aller et retour. Enfin, au ralenti, dans une charrette attelée à des bœufs, on s'est retrouvées dans un *aoul*. C'est là que, pour la première fois, j'ai vu une *kibitka*[1]… Tout était comme dans un conte des *Mille et Une Nuits*. Il y avait plein de couleurs, c'était inhabituel. Ça m'intéressait drôlement !

Seulement, quand j'ai remarqué le premier cheveu blanc de maman, j'ai été sidérée et je me suis mise à grandir à toute vitesse. Les mains de maman ! Elles savaient tout faire, je crois. Comment ma mère avait-elle eu assez de jugeote pour, au dernier moment, prendre sa machine à coudre (sans sa mallette, dans un coussin) et la mettre dans la voiture qui nous conduisait au train ? Cette machine qui nous a nourries ! Maman se débrouillait pour coudre, la nuit. Je me demande si elle dormait…

À l'horizon, les contreforts enneigés du Tian-Chan. Au printemps, la steppe, rouge de tulipes ; à l'automne, des grappes de raisin et des melons (mais avec quoi les acheter ?). Et… la guerre ! On cherchait toujours papa. En trois ans, on a écrit une trentaine de demandes : à l'état-major des Armées, à la poste militaire n° 160, au ministère de la Défense, à la Direction des cadres de l'Armée rouge à Bougourslan… Partout, on nous faisait la même réponse : « Ne figure pas au nombre des tués ou des blessés… » Puisqu'il n'y figurait pas, il y avait de l'espoir et on continuait à attendre.

La radio a commencé à diffuser des nouvelles réjouissantes. Nos troupes libéraient ville sur ville. Orcha l'était déjà, patrie de maman, où se trouvaient toujours grand-mère et mes tantes. Voronej… Mais, sans papa, Voronej nous était étrangère. On a rempli

1. Sorte de cabriolet.

les formalités et on est parties chez grand-mère. Partout, il n'y avait de place que dans les tambours : se faufiler dans les wagons était tout un art ! Cinq jours et cinq nuits, on a passés dans le tambour…

Ma place préférée, chez grand-mère, c'est derrière le chaud poêle russe. À l'école, on reste en manteau, plein de filles en portent, taillés dans des capotes de soldats, et les garçons ont tout bêtement des manteaux militaires. Tôt, un matin, j'entends le haut-parleur : c'est la victoire ! J'ai quinze ans… Je mets le dernier cadeau d'avant-guerre de papa, un pull de laine filée, je chausse des escarpins tout neufs, à talons, et je vais à l'école. Ces choses-là, on avait réussi à les garder, elles étaient prévues pour quand je serais grande. Eh bien voilà, j'avais grandi !

Le soir, on est à table, avec, devant nous, la photo de papa et un volume de Pouchkine, dont les pages, jaunies sur les bords, se défont. Son cadeau à sa fiancée, maman. Je me souviens que nous récitions des vers, papa et moi, et que, quand quelque chose lui plaisait particulièrement, il aimait dire : « Ce monde si beau qu'on ne s'en lasse pas… » Il le répétait toujours, dans les bons moments.

Mon cher papa que je ne peux m'imaginer sans vie…

« Elle m'apportait des bonbons
tout en longueur…
On aurait dit des crayons… »

Leonida Bielaïa, trois ans.
Repasseuse.

Est-ce qu'une enfant de trois ans se souvient de quelque chose ? Je vais vous dire…

J'ai trois ou quatre images que je revois très nettement.

… Dans le pré derrière notre ferme, des tontons font de la gymnastique, ils se baignent dans la rivière. Ils s'éclaboussent, crient, rient, se poursuivent, comme les gamins du village. La différence, c'est que maman me laisse aller avec les garçons de chez nous, tandis que là, elle hurle de peur et m'interdit de sortir. Quand je demande : « C'est qui, les tontons ? », elle répond, terrifiée : « Des Allemands. » Les autres enfants courent à la rivière et reviennent avec des bonbons tout en longueur… Ils m'en donnent…

Dans la journée, les mêmes tontons marchaient au pas dans notre rue. Ils avaient mitraillé tous les chiens, parce qu'ils les aboyaient.

Après ça, maman m'avait interdit de mettre le nez dehors, même dans la journée. Je restais tout le temps à la maison, avec le chat.

… On court. Je ne sais pas où on va… La rosée est froide. La jupe de grand-mère est mouillée jusqu'à la ceinture. Ma robe aussi, ma tête… On se cache dans la forêt. Je sèche, enveloppée dans la veste de grand-mère, le temps que ma robe sèche aussi.

Un voisin grimpe à un arbre. J'entends : « Le feu… le feu… le feu… » Rien que ce mot…

… On rentre au village. À la place de nos fermes, des tas de cendres noires. Là où vivaient nos voisins, on trouve un peigne. Je le reconnais : c'est celui de leur petite fille, elle s'appelait Ania, elle me coiffait avec. Maman ne peut pas me dire où elle est, ni où est sa maman. Pourquoi est-ce qu'elles ne rentrent pas ? Maman se tient le cœur. Moi, je me souviens que la petite Ania m'apportait, de la part des tontons qui se baignaient gaiement dans la rivière, ces bonbons tout en longueur… On aurait dit des crayons… Ils étaient très bons, des comme ça, nous, on n'en avait pas… Ania était mignonne et ils lui en donnaient toujours plein. C'est elle qui en avait le plus.

La nuit, on fourre nos pieds dans la cendre pour nous réchauffer et dormir. La cendre est chaude, douce…

« La mallette était juste à sa taille… »

Dounia Goloubieva, onze ans.
Trayeuse.

La guerre… N'empêche qu'il faut faire les labours…

Maman, ma sœur et mon frère sont aux champs. Pour semer le lin. Ils sont partis depuis une heure, pas plus, et voilà que des femmes accourent :

« Les tiens ont été mitraillés, Dounia. Ils sont étendus dans le champ… »

Maman est couchée sur un sac d'où s'échappent des graines, tellement les balles ont fait de trous…

Je me retrouve seule, avec mon petit neveu. Ma sœur l'a eu, peu auparavant. Son mari a rejoint les partisans. Me voilà donc avec ce bébé…

Je ne sais pas traire la vache. Elle est là qui braille dans l'étable, elle sent bien que sa maîtresse n'est pas là. Le chien hurle toute la nuit. Comme la vache…

Le petit s'accroche à moi… Il veut téter… Du lait… Je revois ma sœur lui donner le sein… Je lui fourre un de mes tétons dans la bouche, il tète, tète et s'endort. Je n'ai pas de lait, bien sûr, mais il finit par se calmer, se fatiguer, et s'endort. Où est-ce qu'il a pris froid ? Comment il est tombé malade ? Je n'avais pas ma tête à moi, je ne comprenais rien à rien. Il n'arrêtait pas de tousser. Il n'y avait rien à manger. La vache, les Polizei l'avaient prise.

Et le petit est mort. Il a gémi, gémi et il est mort. Tout d'un coup, j'ai entendu : le silence. J'ai soulevé ses petits draps, il était là, tout noir. Il n'y avait que son visage qui était blanc, pur. Un petit visage blanc, tout le reste était noir.

Il fait nuit. Dehors, c'est noir. Où je peux aller ? Je vais attendre le matin, je demanderai de l'aide. Je suis là, je pleure parce qu'il n'y a personne avec moi dans la maison, pas même ce bébé.

Le jour est venu. J'ai mis le petit dans une mallette… On l'avait héritée de grand-père. Il y rangeait ses outils. Une petite mallette, comme pour un cadeau. J'avais peur que des chats ou des rats ne s'attaquent à lui. Il était là, si petit, encore plus petit que quand il était vivant. Je l'ai enveloppé dans une serviette propre. En lin. Et je l'ai embrassé.

La mallette était juste à sa taille…

« Ce rêve, j'en avais peur… »

Lena Starovoïtova, cinq ans.
Peintre en bâtiment.

Il me reste un rêve… Un seul…

Maman met son manteau vert, ses bottes, elle enveloppe ma petite sœur de six mois dans une couverture chaude. Et elle s'en va. Moi, je reste et je l'attends à la fenêtre. Soudain, je vois : on emmène plusieurs personnes sur la route et, parmi elles, maman avec ma petite sœur. Près de notre maison, maman tourne la tête et regarde vers la fenêtre. Je ne sais pas si elle m'a aperçue. Un nazi lui donne un coup de crosse. Si fort qu'elle se plie en deux…

Le soir, ma tante arrive, la sœur de maman… Elle pleure beaucoup, elle s'arrache les cheveux et m'appelle sa « petite orpheline », sa « pauvre petite orpheline » C'est la première fois que j'entends ce mot-là.

Dans la nuit, je fais un rêve : maman chauffe le poêle, le feu est vif, ma petite sœur pleure. Maman m'appelle… Moi, je suis loin et je n'entends pas. Je me réveille, terrorisée : maman m'appelle et je ne réponds pas. Maman pleurait dans mon rêve…

Elle pleurait et je ne pouvais pas me le pardonner. Longtemps, je l'ai fait, ce rêve… Toujours le même. À la fois, j'avais envie… et peur de le refaire…

Je n'ai même pas une photographie de maman. Rien que ce rêve… Je ne peux plus voir maman nulle part…

« Je voulais être la seule pour maman,
et qu'elle me gâte... »

Maria Pouzan, sept ans.
Ouvrière.

Ne m'en veuillez pas mais, quand je resonge à tout ça... Je ne peux pas... Je peux pas regarder les gens dans les yeux...

Ils ont sorti de l'étable les vaches du kolkhoze et ils y ont poussé les gens. Notre maman aussi. Mon frère et moi, on s'était cachés dans les buissons. Il avait deux ans. Il n'a pas pleuré. Et il y avait notre chien avec nous.

Au matin, on est rentrés à la maison. La maison était toujours là, mais pas maman. Il n'y avait personne. On n'était plus que nous. Je suis allée chercher de l'eau. Ensuite, je devais allumer le poêle. Mon petit frère réclamait à manger. J'ai trouvé nos voisins, pendus à la grue du puits. Je suis allée à l'autre bout du village. Il y avait un puits en brique, c'était la meilleure eau du coin. Celle qui avait le meilleur goût. Mais, là aussi, des gens étaient pendus. Je suis rentrée avec mes seaux vides. Mon frère pleurait parce qu'il avait faim : « Donne-moi du pain.

Donne-moi une croûte ! » À un moment, je l'ai mordu pour qu'il arrête.

On a passé plusieurs jours comme ça. Seuls dans le village. Les gens étaient étendus ou pendus. Les morts ne nous faisaient pas peur, on les connaissait tous. Ensuite, on a rencontré une femme qu'on n'avait jamais vue. On s'est mis à pleurer : « On veut aller vivre avec vous. Tout seuls, on a trop peur ! » Elle nous a installés sur une luge et conduits dans son village. Elle avait deux garçons. Plus nous deux. On a vécu comme ça, jusqu'à l'arrivée de nos soldats.

… À la maison d'enfants, on m'a donné une robe orange, avec des petites poches. Je l'aimais tellement que je disais à tout le monde : « Si je meurs, enterrez-moi dedans. » Maman était morte, papa était mort, et moi, j'allais bientôt mourir. Longtemps, longtemps, je me suis attendue à mourir. Le mot « maman » me faisait toujours pleurer. Un jour, on m'a grondée et mise au coin. Alors, j'ai fugué. Plusieurs fois, je me suis sauvée pour chercher maman.

Je ne me rappelais pas la date de mon anniversaire… On m'a proposé d'en choisir une, celle que je voudrais. Celle que je préférais. Moi, j'aimais les fêtes de mai. Je me suis dit que personne ne me croirait si je prétendais que j'étais née le 1er mai. Ni le 2. Le 3, ça ferait plus vrai. On réunissait, chaque trimestre, ceux dont c'était l'anniversaire, on leur préparait une table de fête, avec des bonbons et du thé, ils avaient des cadeaux : les filles une fanfreluche, les garçons une chemise. Une fois, un grand-père qu'on ne connaissait pas est venu à la maison d'enfants apporter un tas d'œufs bouillis. Il en a distribué à tout le monde. Drôlement content, qu'il était, de nous faire plaisir ! Ça tombait justement le jour de mon anniversaire…

J'étais déjà grande mais je regrettais de ne pas avoir de jouets. Quand je me couchais et que tous étaient endormis, je tirais des petites plumes de mon oreiller et je les admirais. C'était mon jeu préféré. Quand j'étais malade, je restais au lit et rêvais d'une maman. Je voulais être la seule pour elle, et qu'elle me gâte.

J'ai mis longtemps à grandir… On se développait mal dans la maison d'enfants. Sans doute parce qu'on était triste. Sans doute parce qu'on ne nous disait pas de mots tendres. Sans mamans, on n'arrivait pas à grandir…

« Ils ne coulaient pas, on aurait dit des ballons… »

Valia Iourkevitch, sept ans.
Retraitée.

Maman attendait un garçon. C'était aussi le souhait de papa. Et ils ont eu une fille…

Ils désiraient tellement un fils ! Alors, ils m'ont élevée plutôt en garçon. Ils m'habillaient en garçon, me coiffaient en garçon. Les jeux qui me plaisaient étaient des jeux de garçon : je jouais aux cosaques et aux voleurs, à la guerre, au couteau. J'aimais surtout jouer à la guerre. Je me trouvais brave.

… Près de Smolensk, notre wagon d'évacués a été complètement détruit par les bombes. On s'en est sortis par miracle, on nous a dégagés des décombres. On est allés jusqu'à un village, mais les gens s'y battaient déjà. On s'est réfugiés dans une cave : la maison s'est effondrée, on a été ensevelis. Quand les combats se sont calmés, on a réussi à s'extraire du sous-sol et, la première chose que je revois, c'est des voitures. Elles transportaient des hommes souriants, en imperméables noirs, brillants. Je ne peux pas exprimer ce que j'ai ressenti, alors : un mélange de peur et de curiosité malsaine. Les voitures ont traversé le bourg et poursuivi leur route. Nous, les gosses, on est allés regarder ce qui se passait aux abords du village. Quand on s'est retrouvés dans les champs, c'était affreux. Tout un champ de seigle était semé de morts. Je ne devais pas avoir un caractère de fille : je n'avais pas peur de voir ça, même si c'était la première fois. Ils étaient étendus, couverts de suie noire, et si nombreux qu'on avait peine à croire que c'étaient des gens. C'est ma première impression de la guerre… Nos soldats, tout noirs…

On est rentrées, avec maman, chez nous à Vitebsk. Notre maison était détruite mais grand-mère nous attendait… On a été hébergées par des juifs, un couple âgé, malade et très gentil. On se faisait sans arrêt du souci pour eux : partout, dans la ville, des affiches étaient placardées, comme quoi les juifs devaient rejoindre le ghetto. On les suppliait de ne pas mettre le nez dehors. Et, un jour qu'on n'était pas là – je jouais, je ne sais où, avec ma sœur, maman était partie… grand-mère aussi… –, quand on est rentrées, on a trouvé un petit mot : nos logeurs s'étaient rendus au ghetto : ils avaient eu peur pour nous, on avait la vie devant nous, eux étaient vieux… Dans toute la ville, des affiches exigeaient que les Russes dénoncent les juifs, s'ils savaient où ils se terraient. Faute de quoi, on les fusillerait, eux aussi.

On a lu le billet de nos logeurs et, avec ma sœur, on a foncé à la Dvina : il n'y avait pas de pont à cet endroit, les gens étaient transportés au ghetto en barque. Les Allemands occupaient la berge. Sous nos yeux, ils ont chargé les barques de vieillards et d'enfants, les ont tirées avec une vedette jusqu'au milieu du fleuve et renversées. On a cherché : nos petits vieux n'y étaient pas. On a vu une famille monter dans une barque : le mari, la femme et deux enfants ;

quand la barque s'est retournée, les adultes sont tout de suite allés par le fond, mais les enfants n'arrêtaient pas de remonter. En riant, les nazis leur tapaient dessus à coups de rames. Ils les frappaient d'un côté, eux remontaient de l'autre, alors ils les rattrapaient et recommençaient. Les enfants ne coulaient pas, on aurait dit des ballons…

Il régnait un silence incroyable. Mais peut-être que j'avais les oreilles bouchées et que j'avais juste l'impression que tout se taisait. Alors, au milieu de ce silence, un rire a retenti… Un rire jeune… du fond du cœur… Tout près se tenaient de jeunes Allemands qui observaient la scène et riaient. Je ne me rappelle plus comment on est rentrées, avec ma sœur, comment j'ai réussi à la traîner jusque chez nous. Visiblement, à l'époque, les enfants mûrissaient vite : elle n'avait que trois ans, mais elle comprenait tout, elle ne soufflait mot et ne pleurait pas.

J'avais peur de marcher dans la rue. Bizarrement, je me sentais plus tranquille au milieu des ruines. Une nuit, des Allemands ont fait irruption dans la maison. Ils nous ont réveillées et obligées à nous lever. Je dormais avec ma sœur, et maman avec grand-mère. Ils ont mis tout le monde dehors, on n'a pas eu le droit d'emporter quoi que ce soit ; on était pourtant au début de l'hiver. Ils nous ont chargées dans des camions et conduites au train.

Alitus, c'était le nom de la ville lituanienne où on s'est retrouvées, quelques semaines plus tard. À la gare, ils nous ont mis en rangs et on a commencé à marcher. En chemin, on a croisé des Lituaniens. Ils savaient, sans doute, où les Allemands nous conduisaient. Une femme s'est approchée de ma mère et lui a dit : « On vous emmène au camp de la mort. Donnez-moi votre petite fille, je la sauverai. Et si vous en sortez vivante, vous la retrouverez. » Ma sœur était jolie comme un cœur, tout le monde la plaignait. Mais quelle mère donnerait son enfant ?

Au camp, ils ont tout de suite embarqué notre grand-mère, en prétendant que les vieux étaient transférés dans un autre baraquement. On a attendu que grand-mère nous fasse signe, mais elle avait disparu. Plus tard, on a appris je ne sais comment que, dès les premiers jours, les vieux avaient tous été envoyés à la chambre à gaz. Après grand-mère, un matin, ils sont venus chercher ma sœur. Auparavant, quelques Allemands avaient arpenté notre baraquement, repérant les enfants : ils choisissaient les plus jolis, obligatoirement blonds. Ma sœur avait des boucles blondes et des yeux bleus. Ils ne retenaient pas tout le monde, rien que ceux-là. Moi, ils ne m'ont pas prise, j'étais noiraude. Les Allemands caressaient les cheveux de ma sœur, elle leur plaisait beaucoup.

Ils l'emmenaient le matin et la ramenaient le soir. Elle fondait un peu plus, chaque jour. Maman la pressait de questions, mais elle ne racontait rien. Soit ils leur faisaient peur, soit ils leur donnaient des drogues. En tout cas, elle ne se rappelait rien. Plus tard, on a appris qu'on lui prenait du sang. En quantité, visiblement, parce qu'elle est morte en quelques mois. Elle s'est éteinte, un matin. Quand ils sont venus chercher les enfants, elle n'était déjà plus.

J'aimais beaucoup grand-mère parce que je restais toujours avec elle, quand papa et maman partaient travailler. Mais nous ne l'avions pas vue mourir et j'espérais encore qu'elle était en vie. La mort de ma sœur, elle, s'était passée devant nos yeux… Elle était là, étendue, comme vivante… Toujours aussi jolie…

Dans le baraquement voisin, il y avait des femmes d'Orel. Elles portaient de grosses pelisses assez informes et elles avaient un tas d'enfants. Ils les faisaient sortir de la baraque et les obligeaient à marcher avec les petits. Les gosses s'agrippaient à elles. Ils leur mettaient de la musique, et si l'une d'elles ne marchait pas en rythme, ils la fouettaient. Elle continuait à marcher sous les coups, elle le savait : si elle tombait, ils la fusilleraient, ses enfants aussi. J'avais une boule dans la poitrine quand je les voyais se mettre à marcher, encombrées de leurs lourdes pelisses…

Les adultes travaillaient : ils repêchaient des troncs d'arbres dans le Niémen et les tiraient sur la rive. Beaucoup mouraient dans l'eau. Une fois, le commandant m'est tombé dessus et m'a incluse dans le groupe qui devait aller au travail. Alors, un vieillard s'est précipité, il m'a poussée pour prendre ma place. Le soir, quand on a voulu le remercier, avec maman, on ne l'a pas trouvé. On nous a dit qu'il était mort dans le fleuve.

Ma mère était institutrice. Elle ne cessait de répéter qu'il fallait « garder figure humaine » Jusque dans cet enfer, elle essayait de conserver certains usages de chez nous. J'ignore où et quand elle faisait la lessive, mais j'avais toujours des vêtements propres. L'hiver, elle lavait avec de la neige. Elle me déshabillait complètement, me laissait sur mon châlit, sous ma couverture, et elle lavait. On n'avait que ce qu'on portait sur nous.

Malgré tout, on célébrait nos fêtes… Pour ces jours-là, on mettait de côté quelque chose à manger. Un petit bout de betterave cuite. Une carotte. Ces jours-là, maman s'efforçait de sourire. Elle croyait fermement que les nôtres viendraient. C'est cette foi qui nous a sauvées.

Après la guerre, je suis entrée tout de suite, non pas en première mais en cinquième année. J'étais adulte. J'étais aussi repliée sur moi-même. Longtemps, j'ai fui les gens. Toute ma vie, j'ai préféré la solitude. Les gens me pesaient, il m'était pénible de les voir. Je gardais, enfoui en moi, quelque chose que je ne pouvais pas partager.

Maman remarquait, bien sûr, combien j'avais changé. Elle essayait de me distraire, inventait des fêtes, n'oubliait jamais le jour de mon saint patron. On avait tout le temps des invités, des amis à elle. Elle invitait aussi des filles de mon âge. J'avais du mal à comprendre. Elle, les gens l'attiraient. Et je ne soupçonnais pas à quel point elle m'aimait.

Une fois de plus, c'est son amour qui me sauvait...

« Je me souviens d'un ciel bleu, tout bleu.
Et de nos avions dans ce ciel… »

Piotr Kalinovski, douze ans.
Ingénieur du bâtiment.

Avant-guerre…

Je me souviens qu'on nous apprenait la guerre. On nous apprenait à tirer, à lancer des grenades. Même les filles. Tous voulaient décrocher l'insigne de « Tireur de Vorochilov », on en mourait d'envie. On chantait une chanson : *Grenade*. Une belle chanson où il était question d'un héros qui partait au combat, « pour donner la terre de Grenade aux paysans » et poursuivre l'œuvre de la révolution. La révolution mondiale, c'était nous ! C'était ce à quoi nous rêvions.

Enfant, j'inventais des histoires. J'avais appris, très tôt, à lire et à écrire. J'étais un gamin assez doué. Je crois que maman voulait faire de moi un artiste ; mon rêve à moi, c'était d'endosser l'uniforme d'aviateur. Ça aussi, c'était bien de notre temps ! Avant la guerre, par exemple, je ne connaissais pas un gamin qui n'avait pas envie de devenir aviateur ou marin. Il nous fallait le ciel ou la mer. Le globe terrestre !

Imaginez, à présent, ce que j'ai ressenti… ce que tous ont ressenti… ce que nous avons ressenti en voyant les Allemands occuper notre ville… nos rues… Je pleurais… La nuit venue, les gens fermaient leurs volets, ils se cachaient pour pleurer…

Mon père a rejoint les partisans… Les voisins d'en face ont mis des chemises blanches, brodées, et accueilli les Allemands avec le pain et le sel. Ils ont été filmés…

Quand j'ai vu les premiers pendus, j'ai couru à la maison : « Maman, des gens de chez nous sont accrochés dans le ciel. » Pour la première fois de ma vie, j'avais peur du ciel et, à partir de là, je ne l'ai plus considéré de la même façon : je me méfiais. Je me rappelle que ces gens étaient suspendus très haut. Mais peut-être que la peur me donnait cette impression. Après tout, je voyais aussi des gens morts, par terre. Bizarrement, ça m'effrayait moins.

Bientôt, papa est revenu nous chercher… Cette fois, on est partis, tous ensemble…

Un poste de partisans… Un autre… Et soudain, on entend : dans toute la forêt retentissent des chants russes. Je reconnais la voix de Rouslanova. Le détachement avait un phono et quelques disques usés jusqu'à la corde. J'étais effaré, je n'arrivais pas à croire que j'étais chez les partisans et que, chez eux, on chantait. J'avais passé deux ans dans une ville occupée par les Allemands, j'avais oublié ce que c'était de chanter. Je voyais des gens mourir… Je voyais des gens terrifiés…

En 44, j'ai pris part, à Minsk, au défilé des partisans. J'étais à l'extrême droite du rang. On m'avait placé là pour que je puisse voir la tribune. « T'es encore trop petit », avaient dit les partisans. « Tu vas te perdre au milieu de nous et tu ne verras rien. Or, tu dois graver ce jour dans ta mémoire. » On n'avait pas de photographe avec nous. Dommage. Je ne peux pas me représenter de quoi j'avais l'air, à l'époque. Pourtant, j'aimerais… voir mon visage…

Je ne me rappelle pas la tribune. Je me souviens d'un ciel bleu, tout bleu. Et de nos avions dans ce ciel. On les avait tant attendus !… Toute la guerre…

« On aurait dit des citrouilles mûres… »

Iakov Kolodinski, sept ans.
Instituteur.

Les premiers bombardements…

Dès que ça commence à pilonner… on traîne, sous les cerisiers du jardin, des coussins, des vêtements. Ce sont de gros coussins derrière lesquels on disparaît complètement, il n'y a que les pieds qui dépassent. Quand les avions s'en vont, on retraîne tout à la maison. Et ça, plusieurs fois par jour… Au bout d'un moment, on a laissé tomber ; il n'y avait que nous, les enfants, que ma mère voulait protéger. Le reste, on a abandonné…

Ce jour-là… Je crois que j'ai ajouté des choses que m'a racontées mon père, mais je me souviens de plein de trucs… C'est le matin. Le potager est dans la brume. On a déjà sorti les vaches. Maman me réveille, elle me donne une chope de lait tiède. On ne va pas tarder à aller aux champs. Mon père apprête sa faux.

« Volodia ! » C'est notre voisin qui tape au carreau ; il appelle mon père qui sort aussitôt.

« Il faut ficher le camp… Les Allemands font le tour du village. Ils ont des listes. Quelqu'un leur a donné le nom de tous les communistes. Ils ont arrêté l'institutrice… »

Tous deux rampent jusqu'à la forêt, à travers les potagers. Quelques instants plus tard, on voit arriver deux Allemands et un Polizei.

« Où est le patron ?

— Aux foins », répond ma mère.

Ils font le tour de la maison, furètent, puis s'en repartent sans rien nous faire.

Le bleu du matin se voile encore d'un filet de brume. On est à la grille, avec maman, on regarde : ils poussent un de nos voisins dans la rue, lui attachent les mains. Ils emmènent l'institutrice. Leurs prisonniers ont les mains liées dans le dos et vont par deux. Je n'ai jamais vu de gens ligotés. Je suis pris de tremblements. Ma mère m'enjoint : « Rentre et mets ton veston ! » Je suis en maillot, je frissonne, et cependant je ne retourne pas dans la maison.

Notre ferme se trouvait justement au milieu du village. Là où ils les rassemblaient tous. Tout était très rapide. Les prisonniers attendaient, tête basse. Ils ont vérifié sur leur liste et les ont menés hors du village. Il y avait beaucoup d'hommes du village et l'institutrice.

Les femmes et les enfants ont couru derrière. Tout ça allait bon train… On a vite été devancés… Le temps d'arriver à la dernière grange, on entendait que ça mitraillait. Les gens ont commencé à tomber. Certains arrivaient à se relever…

En un tournemain, ils ont canardé tout le monde. Ils se préparent à reprendre leurs véhicules. Un Allemand motocycliste fait le tour de ces malheureux. Il tient quelque chose de lourd… une matraque ou la manivelle de sa moto, je ne sais plus… Et, sans mettre pied à terre, roulant au pas, il leur fend à tous le crâne... Un autre veut les achever d'un coup de pistolet, mais le premier lui indique, en secouant la tête, que ce n'est pas la peine. Tous les Allemands repartent, sauf lui... qui achève consciencieusement son ouvrage. Je n'avais jamais entendu des os humains craquer... On aurait dit des citrouilles mûres, quand mon père les fendait à la hache et que je récupérais les graines.

J'ai été saisi d'une si effroyable terreur que j'ai laissé maman, tout le monde, et que je suis parti en courant. Seul. Bizarrement, je ne me suis pas caché dans la maison mais dans la grange, et maman m'a longtemps cherché. Pendant deux jours, je n'ai pas pu prononcer une parole. Je n'ai pas pu émettre un son.

J'avais peur de sortir. J'ai tout vu par la fenêtre : quelqu'un portait une planche, un autre une hache, un troisième courait avec un seau. On taillait des planches et l'odeur du bois fraîchement raboté emplissait chaque cour, parce que, dans chaque cour, il y avait un cercueil. Aujourd'hui encore, cette odeur me serre la gorge. Aujourd'hui encore...

Dans les cercueils reposaient des gens que je connaissais... Aucun n'avait de tête... À la place, il y avait quelque chose, enveloppé d'un foulard blanc... Ce qu'on avait pu récupérer...

... Mon père est revenu avec deux partisans. La soirée était calme, on a rentré les vaches. C'était l'heure de dormir, mais maman préparait notre départ. On nous a mis nos petits costumes. J'avais deux frères, un de quatre ans, l'autre de neuf mois. J'étais l'aîné. On est allés à pied jusqu'à la forge. Là, on s'est arrêtés et mon père a jeté un coup d'œil en arrière. Je l'ai imité. Notre village ne se ressemblait plus, on aurait dit une forêt inconnue, sombre.

Maman portait le plus petit, papa avait les balluchons et mon cadet. Moi, j'avais du mal à suivre. Un jeune partisan a dit : « Donnez, je vais vous le trimballer. »

Bientôt il a, d'un côté, sa mitraillette, de l'autre, moi…

« Le parc, on l'a mangé… »

Ania Groubina, douze ans.
Artiste peintre.

Je deviens aphone, quand je parle de ça… Ma voix s'éteint…

On est arrivés à Minsk après la guerre. Mais je suis native de Leningrad. J'y ai vécu le blocus… Le fameux blocus de Leningrad… L'époque où toute la ville, une belle ville, ma ville bien-aimée, mourait de faim. Mon père est mort… C'est maman qui nous a sauvés. Avant la guerre, c'était un feu follet, maman. En 41, mon frère Slavik est né. Ça lui faisait quel âge, quand le blocus a commencé ? Six mois, oui, c'est ça, six mois… Ce petit bout de chou, elle a aussi réussi à le sauver. Elle nous a sauvés, tous les trois… Mais on a perdu papa. À Leningrad, tous les papas mouraient. Ils mouraient assez vite, et les mamans restaient. Sans doute qu'elles n'avaient pas le droit de mourir. Qui se serait occupé de nous ?

Quand le blocus a été forcé, on nous a transportés dans l'Oural, par la « route de la vie », dans la ville de Karpinsk. On s'est d'abord occupé des enfants. Toute notre école a été évacuée. Pendant le voyage, tout le monde ne parlait que de nourriture ; de nourriture et des parents. À Karpinsk, on s'est tout de suite précipités dans le parc, et pas pour s'y promener ! Le parc, on l'a mangé ! Ce qu'on préférait, c'était le mélèze, ses aiguilles duveteuses… Un délice ! On a dévoré les jeunes pousses des petits pins. On broutait l'herbe. Depuis le blocus, je connais toutes les herbes qui peuvent se manger. Dans notre ville, les gens liquidaient la verdure. Dès le printemps, il ne restait plus une feuille dans les parcs et au jardin botanique. Dans le parc de Karpinsk, il y avait beaucoup d'oseille sauvage, du « chou de lapin », comme on disait. En 42, l'Oural, aussi, avait faim, mais ce n'était pas aussi terrible qu'à Leningrad.

La maison d'enfants où je me suis retrouvée n'abritait que des gosses de Leningrad. On était insatiables. On l'est restés longtemps. Pendant la classe, on mâchouillait du papier. Ceux qui s'occupaient de nous faisaient attention à ce qu'ils nous donnaient… Une fois, j'étais à la table du petit déjeuner. Et, brusquement, j'ai vu un chat… J'ai bondi : « Un chat ! Un chat ! » Tous les autres l'ont vu et on s'est mis à le courser. « Un chat ! Un chat ! » Les monitrices locales nous regardaient comme des dingues. À Leningrad, il ne restait pas le moindre chat… Un chat bien vivant, on en rêvait ! C'était à manger pour un mois… On le racontait, mais personne n'y croyait. Je me souviens qu'on nous dorlotait beaucoup, qu'on nous embrassait. Personne n'a haussé le ton tant que nos cheveux n'ont pas repoussé. Juste avant de partir, on nous avait mis « la boule à zéro », garçons et filles, et certains n'avaient plus de cheveux du tout, à cause de la famine. On ne faisait pas de tapage, on ne courait pas, on restait tranquilles, à regarder. Et on mangeait tout ce qui nous tombait sous la main…

Je ne sais plus qui, à la maison d'enfants, nous a parlé des prisonniers allemands… Quand j'ai vu mon premier Allemand, je savais que c'était un prisonnier : ils travaillaient tous en dehors de la ville, dans les mines de charbon. Je me demande toujours pourquoi ils se sont précipités justement vers notre maison, celle des enfants de Leningrad.

Quand je l'ai vu, cet Allemand… il n'a rien dit. Rien demandé. On venait de déjeuner, sans doute que je sentais encore la nourriture, parce qu'il s'est posté à côté de moi, à renifler l'air. Malgré lui, sa mâchoire bougeait, comme s'il mâchonnait quelque chose, et, du geste, il essayait de l'arrêter. De la bloquer. Mais elle bougeait tant et plus. Je ne supportais pas de voir quelqu'un qui avait faim. Je ne le supportais pas ! C'est une maladie qu'on avait tous… J'ai couru appeler mes copines. L'une d'elles avait gardé un bout de pain, on le lui a donné.

Il n'en finissait pas de nous remercier :

« *Danke schön… Danke schön.* »

Le lendemain, il est revenu avec un camarade. Et ça a continué… Ils arrivaient, chaussés de lourds godillots de bois : « toc, toc, toc… » Dès que j'entendais ce bruit, je me précipitais.

On savait maintenant à quels moments ils se montraient, on les attendait même. On courait leur apporter ce qu'on avait. Quand j'étais de service aux cuisines, je leur laissais ma ration de pain de la journée et, le soir, je raclais les gamelles. Toutes les filles leur gardaient quelque chose. Les garçons, je ne me souviens pas. Eux, ils étaient toujours affamés, ils n'avaient jamais assez à manger. Les monitrices nous sermonnaient parce des filles s'évanouissaient, parfois, de faim. Ça ne nous empêchait pas, en douce, de mettre de la nourriture de côté pour les prisonniers.

En 43, on ne les a plus vus, la vie était devenue plus facile. L'Oural avait moins faim. À la maison d'enfants, on avait du vrai pain et de la semoule à volonté. Mais, aujourd'hui encore, je ne supporte pas de voir quelqu'un qui a faim. Sa façon de regarder… Jamais, il ne vous regardera en face, ses yeux seront toujours fuyants. Récemment, j'ai vu des réfugiés à la télévision… Encore une guerre, je ne sais où. Ça mitraille. Des gens affamés font la queue avec des gamelles vides. Les yeux vides… Je les revois, ces yeux… J'ai couru dans la pièce voisine et j'ai piqué une crise…

Durant la première année d'évacuation, on ne remarquait pas la nature. Tout ce qui y avait trait suscitait en nous un unique désir : goûter, pour voir si c'est mangeable. Il m'a fallu un an pour m'apercevoir que les paysages de l'Oural étaient superbes. J'ai commencé à dessiner. On n'avait pas de couleurs, je dessinais au crayon. Des cartes postales qu'on envoyait à nos parents, à Leningrad. J'aimais par-dessus tout dessiner des merisiers. Toute la ville de Karpinsk sentait le merisier.

Ça fait des années que je meurs d'envie d'y faire un tour. Je voudrais tellement savoir si notre maison d'enfants est toujours là. Elle était en bois : a-t-elle résisté à la vie nouvelle ? À quoi ressemble, aujourd'hui, le parc municipal ? J'aimerais y aller au printemps, quand tout refleurit. Je n'arrive plus à imaginer qu'on puisse manger des baies de merisier par poignées. N'empêche qu'on les mangeait. Même quand elles étaient encore vertes… amères.

Après le blocus… j'ai fait l'expérience : je sais que l'homme peut manger n'importe quoi. Les gens mangeaient même de la terre… Sur les marchés, on vendait de la terre des entrepôts Badaïev qui avaient été incendiés et étaient en ruine. La plus prisée était celle où avait coulé de l'huile de tournesol ou celle imprégnée de confiture brûlée. L'une et l'autre se vendaient cher. Ma mère ne pouvait se permettre que la terre la moins coûteuse, celle où avaient été entreposés des tonneaux de harengs. Celle-là sentait le sel, mais elle en contenait bien peu. Quant au hareng, on n'en avait que l'odeur.

Les parcs de Leningrad, eux, étaient gratuits et on a eu tôt fait de les dévorer. Prendre du plaisir à regarder des fleurs… À simplement les regarder… je n'ai appris que récemment…

Des dizaines d'années après la guerre…

« Si vous pleurez, on tire… »

Vera Jdan, quatorze ans.
Trayeuse.

J'ai peur des hommes… Ça me vient de la guerre…

Sous la menace de mitrailleuses, ils nous ont emmenés… dans la forêt. On est arrivés dans une clairière. « Non », a fait un Allemand de la tête. « Pas ici… » On a continué. Les Polizei disaient : « Ce serait trop beau de vous zigouiller ici, fumiers de partisans ! C'est trop joli. On vous liquidera dans la crotte. »

Ils ont choisi l'endroit le plus bas, là où l'eau stagnait. Ils ont donné des pelles à mon père et mon frère pour creuser un trou. Maman et moi, on nous a postées sous un arbre pour regarder. Alors on les a regardés creuser le trou. Mon frère a fini par lâcher sa pelle : « Ah, Vera ! » Il avait seize ans… Seize… Tout juste…

Maman et moi, on les a regardés se faire fusiller. On n'avait pas le droit de se détourner ou de fermer les yeux. Les Polizei y veillaient… Mon frère n'est pas tombé dans le trou. La balle l'a fait pivoter sur lui-même, il a avancé d'un pas et s'est retrouvé assis à côté du trou. On l'a tiré dans la fosse par les bottes, dans la boue. Le plus affreux, c'était même pas qu'on les fusille, mais qu'on les flanque, comme ça, dans cette boue visqueuse. Dans l'eau. On ne nous a pas laissées pleurer, on nous a ramenées au village. Sans même refermer le trou.

Deux jours durant, on a pleuré, avec maman. Tout doucement, chez nous. Le troisième jour, le même Allemand est revenu, avec deux Polizei : « Venez enterrer vos bandits. » On s'est retrouvées sur les lieux. Dans la fosse, ils flottaient, ça faisait comme un puits, pas comme une tombe. On avait emporté nos pelles. On creusait en pleurant. Ils nous ont dit : « Si vous pleurez, on tire. Souriez… » Ils nous ont obligées à sourire… Si je baissais la tête, l'Allemand s'approchait pour voir si je pleurais ou souriais…

… Ils sont là, plantés… Tous jeunes, beaux… Ils sourient… Une terreur animale me serre le cœur. Ce n'est plus des morts que j'ai peur, mais des vivants. Depuis, j'ai peur des hommes jeunes. J'ai passé ma vie, seule…

Je ne me suis pas mariée… Je ne sais pas ce que c'est que l'amour… J'ai toujours eu peur : des fois que j'accoucherais d'un garçon ?

« Maman, papa… Des mots en or… »

Ira Mazour, cinq ans.
Employée du bâtiment.

Sans doute que je dois parler de ma solitude ? De comment j'ai appris à être seule…

Une fille… Lenotchka, elle s'appelait… avait une couverture rouge ; la mienne était marron. Quand les avions allemands nous survolaient, on se couchait par terre et on se cachait sous nos couvertures. D'abord la rouge, et par-dessus la mienne, marron. Je disais aux autres filles que, d'en haut, l'aviateur penserait que c'était une pierre…

De maman, je me rappelle seulement comme j'avais peur de la perdre. Je connaissais une fille dont la mère était morte dans un bombardement, elle n'avait plus personne. Elle pleurait tout le temps. Ma mère la prenait dans ses bras et essayait de la consoler. Et puis… Avec une femme que je ne connaissais pas, j'ai enterré ma mère au village… On l'a lavée, elle était maigre, on aurait dit une petite fille. Je n'avais pas peur, je n'arrêtais pas de la caresser. Ses cheveux, ses mains sentaient comme d'habitude et je n'ai pas vu où elle était blessée. Je ne sais pas pourquoi, je me suis dit que ça devait être une petite balle, j'en avais trouvé une, une fois, sur la route. Ça m'étonnait : je me demandais comment ces petites balles de rien du tout pouvaient tuer une grande personne. Même moi, j'étais mille fois, un million de fois plus grosse ! Bizarrement, j'avais retenu ce mot : « million ». Ça me paraissait énorme, tellement, même, qu'il était impossible de compter jusque-là.

Maman n'était pas morte sur le coup. Elle était restée longtemps couchée dans l'herbe, elle avait ouvert les yeux :

« Ira, il faut que je te parle…

— Je ne veux pas, maman… »

Il me semblait que si elle me disait ce qu'elle voulait, elle mourrait.

Après la toilette, maman était couchée, avec sa grosse tresse, un foulard sur la tête : une vraie petite fille… En tout cas, c'est comme ça que je la vois aujourd'hui. J'ai déjà le double de son âge, elle avait vingt-cinq ans. J'ai moi-même une fille de cet âge-là ; elle lui ressemble, d'ailleurs.

Ce qui me reste de la maison d'enfants ? Un caractère péremptoire, je ne sais pas être douce ni prudente dans mes propos. Je ne sais pas pardonner. Ma famille se plaint que je ne suis pas très affectueuse. Est-ce qu'on peut l'être, sans mère ?

À la maison d'enfants, je voulais avoir ma tasse à moi, personnelle, qui ne servirait à personne d'autre. J'ai toujours envié les gens qui gardaient des objets du temps où ils étaient enfants. Moi, je n'en ai aucun, je ne peux jamais dire : « Ça me vient de quand j'étais petite. » Pourtant ce n'est pas l'envie qui m'en manque, je suis même tentée d'en inventer…

Les autres filles s'attachaient aux monitrices. Moi, c'était aux nounous. Elles ressemblaient plus aux mamans telles qu'on se les imaginait. Les monitrices étaient sévères, soignées, les nounous continuellement échevelées, elles râlaient tout le temps, comme à la maison, elles pouvaient même nous donner une taloche ici ou là, mais ça ne faisait pas mal du tout. Comme des mères… Elles nous lavaient, nous frottaient à l'étuve, et on avait le droit de s'asseoir sur leurs genoux. Elles avaient un contact avec nos corps nus. Or, ça, c'est réservé aux mamans. Je le comprenais bien. Elles nous donnaient à manger, soignaient nos rhumes à leur façon, séchaient nos larmes. Quand on se retrouvait avec elles, ce n'était plus la maison d'enfants mais la maison, tout simplement.

J'entends souvent : « Mon père », « ma mère »… Je ne comprends pas. Ça veut dire quoi ? À croire que c'est des étrangers. Pour moi, il n'y a que « maman » et « papa ». Si je les avais encore, je ne les appellerais pas autrement : « mon petit papa », « ma petite maman »…

Des mots en or…

« Ils l’avaient rapportée en morceaux… »

Valia Zmitrovitch, onze ans.
Ouvrière.

Je ne veux pas me rappeler… Je ne veux pas, jamais…

On était sept enfants. Avant la guerre, maman riait : « S’il y a un tant soit peu de soleil, les gosses pousseront tout seuls ! » Il a suffi que la guerre commence pour qu’elle pleure sans arrêt : « Les temps sont durs, comment que j’vais élever ma marmaille ? » Iouzik avait dix-sept ans, moi onze, Ivan neuf, Nina quatre, Galia trois et Sacha cinq mois. Elle était encore au sein. Elle tétait et pleurait.

À l’époque, je ne savais pas – des gens nous l’ont raconté après la guerre – que nos parents étaient en contact avec des partisans et des prisonniers de guerre à nous, qui travaillaient à la fabrique de produits laitiers. La sœur de maman y travaillait aussi. Je ne me souviens que d’une chose : une nuit, il y avait des hommes chez nous et, sans doute que la lumière filtrait bien qu’on ait masqué la fenêtre avec une grosse couverture, parce qu’il y a eu un coup de feu, directement dans la vitre. Maman a aussitôt saisi la lampe et l'a cachée sous la table.

… Maman nous mitonnait des trucs, à base de pommes de terre. Avec des patates, elle pouvait tout faire, cent recettes, comme on dit aujourd'hui. On préparait je ne sais quelle fête. Je me souviens que ça sentait bon dans la maison. Mon père fauchait le trèfle près de la forêt. C'est là que les Allemands ont encerclé la maison et ont ordonné : « Sortez ! » On est sortis, maman et nous, trois des enfants. Ils ont commencé à frapper maman. Elle criait :

« Rentrez à la maison, petits ! »

Ils l'ont collée contre le mur devant la fenêtre. Nous, on était au carreau.

« Il est où, ton aîné ?

— Il ramasse de la tourbe, a répondu maman.

— Allons-y ! »

Ils l'ont poussée dans une voiture et sont montés, eux aussi.

Galia a foncé dehors, en braillant qu'elle voulait maman. Ils l'ont jetée dans la voiture. Maman criait :

« Rentrez à la maison, petits ! »

Notre père est arrivé en vitesse, visiblement des gens l'avaient prévenu. Il a pris je ne sais quels papiers et a foncé rejoindre maman. En nous criant, lui aussi : « Rentrez à la maison, petits ! » Comme si la maison pouvait nous sauver, comme si maman s'y trouvait ! On a attendu dans la cour… Vers le soir, on a grimpé, qui au portail, qui aux pommiers, voir si papa et maman, notre sœur et notre frère n'arrivaient pas. Ce qu'on a vu, c'est des gens qui accouraient de l'autre bout du village : « Les enfants, quittez la maison, sauvez-vous ! Les vôtres sont morts. Et il y a une voiture qui vient vous chercher… »

On a rampé à travers le champ de patates jusqu'aux marais. On y a passé la nuit. Le soleil s'est levé : qu'est-ce qu'on allait faire ? Je me suis rappelée qu'on avait oublié la petite dans son berceau. On est retournés au village la récupérer. Elle était vivante, mais toute bleue, à force d'avoir crié. Mon frère Ivan m'a dit : « Faut que tu lui donnes à manger. » Avec quoi ? J'avais même pas de poitrine. Lui, il avait la frousse qu'elle meure, il me suppliait : « Essaie quand même… »

Une voisine est passée :

« Ils vont vous chercher, petits. Allez chez votre tante… »

Notre tante habitait un autre village. On a répondu :

« On ira, mais dites-nous d'abord où sont papa et maman, notre frère et notre sœur. »

Elle nous a raconté qu'ils avaient été fusillés… Ils les avaient laissés dans la forêt…

« Faut pas que vous alliez là-bas, petits.

— En quittant le village, on fera un détour pour leur dire adieu.

— Faut pas, petits… »

Elle nous a accompagnés jusqu'à la sortie du bourg, sans nous laisser aller à l'endroit où étaient les nôtres.

Des années après, j'ai su que maman avait eu les yeux crevés, les cheveux arrachés, les seins coupés. Comme la petite Galia s'était cachée sous un sapin et qu'elle ne répondait pas, ils avaient lâché les chiens qui l'avaient rapportée en morceaux. Maman était encore vivante, elle comprenait tout. Ils avaient fait ça devant elle…

Après la guerre, on n'était plus que nous deux, ma sœur Nina et moi. Je l'avais retrouvée chez des gens et prise avec moi. On est allées au comité exécutif de district : « Donnez-nous une pièce. On y vivra ensemble. » Ils nous ont donné un couloir dans un foyer d'ouvriers. Je travaillais dans une fabrique, Nina allait à l'école. Jamais je ne l'ai appelée par son prénom. C'est toujours : « Petite sœur ». Je n'ai plus qu'elle. Plus qu'elle…

Je ne veux pas me rappeler. Pourtant, faudrait raconter son malheur. C'est dur de pleurer seule…

« On venait d'avoir des poussins…
J'avais peur qu'ils les tuent… »

Aliocha Krivocheï, quatre ans.
Employé des chemins de fer.

Mon souvenir… Le seul…

On venait d'avoir des poussins. Ils se promenaient dans la maison, tout jaunes, ils venaient dans mes bras. Pendant les bombardements, grand-mère les mettait dans un tamis :

« Tout de même !… La guerre… et des poussins ! »

J'avais peur qu'ils les tuent. Je me rappelle que j'en avais tellement peur que ça me faisait pleurer. Ils bombardaient… Tout le monde allait se cacher à la cave. Moi, impossible de me faire quitter la maison ! Je serrais les poussins dans mes bras… Si grand-mère prenait le tamis avec nous, alors je suivais. Je suivais et comptais : un poussin, deux, trois… Il y en avait cinq…

Je comptais les bombes. Une, deux… sept…

C'est comme ça que j'ai appris à compter…

« Roi de trèfle… Roi de carreau… »

Galina Matousseïeva, sept ans.
Retraitée.

Quand un enfant naît…

… Deux anges se tiennent près de lui et lui donnent un destin. Ils décident de combien d'années il vivra, et si son chemin sera long ou court. Dieu les regarde d'en haut. C'est Lui qui les envoie accueillir cette nouvelle âme. Pour montrer qu'Il est là.

Chérie… Si les gens sont chanceux ou pas, je le lis dans leurs yeux. J'irais pas arrêter n'importe qui dans la rue : « Mon tout beau, viens que je te fasse les lignes de la main… » Les gens, ils demanderaient que ça. Moi, je choisis. J'en prends un sur toute une foule, comme si je le reconnaissais. Parce que je sens un écho dans ma poitrine, ça me fait chaud au cœur… alors, les mots me viennent. Une frénésie de paroles. Je me mets à raconter… À dire la bonne aventure… J'étale les cartes. Il y a tout dans les cartes : le passé, l'avenir, comment l'âme peut trouver la paix et ce qu'elle emportera en partant. En retournant d'où elle est venue : au ciel. Tout est écrit, mais chacun le lit à sa façon…

Nous autres, Tsiganes, on est libres… On a nos lois à nous. Notre pays, c'est là où on vit. Là où notre cœur se réjouit, là est notre patrie. Partout, sous le soleil. Ça, je le tiens de mon père, de ma mère… La roulotte cahote doucement, maman me récite nos prières. Elle fredonne. La couleur grise… Couleur du voyage, couleur de poussière… La couleur de mon enfance… Chérie… as-tu jamais vu des tentes tsiganes ? Rondes et hautes comme le ciel. Je suis née sous la tente. Dans la forêt. Sous les étoiles. Depuis le berceau, je ne crains ni les bêtes ni les oiseaux nocturnes. J'ai appris à danser et chanter près d'un feu. La vie sans chansons, c'est pas possible pour les Tsiganes. Chez nous, tout le monde sait chanter et danser. C'est comme de parler. Elles sont tendres, les paroles de nos chansons. Elles ensorcellent… Quand j'étais petite, je ne les comprenais pas, mais je pleurais quand même. Des paroles pareilles… Elles vous entrent doucement dans le cœur, elles se jouent de vous. Vous bercent. Vous font miroiter le voyage. La liberté. Un grand amour… C'est pas pour rien qu'on dit que les Russes meurent deux fois : la première pour la patrie, la seconde en écoutant chanter les Tsiganes.

T'as pas besoin de me poser toutes ces questions, chérie ! Je peux tout te raconter…

Enfant, j'ai connu le bonheur, crois-moi !

L'été, on était tout un campement. Une grande famille. On s'arrêtait toujours au bord d'une rivière. Près d'une forêt. On choisissait un bel endroit. Le matin, les oiseaux chantaient. Maman aussi. Pour me réveiller. L'hiver, on demandait à loger chez quelqu'un. Les gens avaient du cœur, à l'époque. Ils étaient braves. On s'entendait bien avec eux. Et, tout le temps qu'il y avait de la neige, on attendait le printemps. On s'occupait des chevaux. Les chevaux, les Tsiganes les soignent autant que les enfants. En avril, pour Pâques, on saluait bien bas ces gens qu'avaient bon cœur et on reprenait la route. Le soleil, le vent… On vivait au jour le jour. Un jour, t'avais de la chance : un beau gars t'avait aimé toute la nuit, tes enfants mangeaient à leur faim et étaient en bonne santé… T'étais heureuse ! Demain était un autre jour. Ça, c'est ma mère qui me le disait… Elle ne m'a pas appris tellement de choses. Le petit qu'est un don du Ciel, il n'y a pas besoin de lui apprendre, il se débrouille tout seul.

C'est comme ça que j'ai grandi… Un bonheur de courte durée. Bonheur tsigane…

Des conversations m'ont réveillée, un matin. Des cris :

« La guerre !!

— Quelle guerre ?

— Contre Hitler.

— Qu'ils se battent donc ! Nous autres, on est libres comme l'air. Comme l'oiseau. On vit dans les bois. »

Et c'est là que les avions sont arrivés… Ils ont mitraillé les vaches dans le pré… La fumée montait jusqu'au ciel… Le soir, les cartes que maman a tirées étaient telles qu'elle s'est pris la tête à deux mains et s'est roulée par terre de désespoir.

Notre campement était immobilisé. On ne bougeait plus. Je m'ennuyais. J'aimais le voyage.

Un soir, une vieille Tsigane s'approche de notre feu. Ridée comme une terre desséchée par le soleil. Je ne la connais pas, elle vient d'un autre campement, loin.

Et elle raconte :

« Au matin, ils nous ont encerclés. Ils avaient de bons chevaux, bien nourris. Leur crinière brillait, ils étaient bien ferrés. Des Allemands les montaient, tandis que des Polizei faisaient sortir les Tsiganes des tentes. Ils arrachaient les bagues, les boucles d'oreilles. Les femmes avaient les oreilles en sang, les doigts retournés. Ils crevaient les édredons à coups de baïonnette. Ils cherchaient de l'or… Après, ils ont commencé à tirer…

« Une gamine les a suppliés : “Gentils tontons, ne tirez pas ! Je vous chanterai une chanson tsigane.” Ils ont ri… Elle a chanté pour eux, dansé, et puis ils ont mitraillé… Tout le campement. Tout le campement y est passé. Ils ont brûlé les tentes. Il n'est resté que les chevaux. Ils les ont emmenés… »

Le feu continue de brûler. Les Tsiganes se taisent. Je suis assise près de maman.

Au matin, on se prépare à partir : ballots, coussins, pots volent dans la roulotte.

« Où on va ?

— À la ville, répond maman.

— Quoi faire ? » Je n'ai pas envie de quitter la rivière. Le soleil.

« Ordre des Allemands… »

À Minsk, on nous a indiqué trois rues où nous installer. C'était notre ghetto à nous. Une fois par semaine, les Allemands venaient avec des listes, pour vérifier : « *Ein Zigeuner… Zwei…* »

Chérie… Comment on vivait ?

On allait dans les villages, avec maman… On mendiait… Certains nous donnaient du blé, du maïs. Tous nous faisaient entrer chez eux : « Viens donc, petite Tsigane, me dire ma fortune. J'ai mon homme au front. » La guerre séparait les gens. Ils étaient tous là, dans l'attente. Ils avaient besoin d'espoir.

Maman leur disait la bonne aventure… J'écoutais… Roi de trèfle, roi de carreau… Carte noire : la mort. Un pique. Le sept… Un roi blanc, amour-passion. Roi de pique : un militaire. Six de carreau : un voyage proche…

Maman repartait toute gaie de la ferme mais, sur la route, elle pleurait. C'est dur de dire la vérité aux gens : que ton mari a été tué, que ton fils n'est plus de ce monde. Que la terre l'a pris… Que les cartes le montrent…

Une fois, on a passé la nuit dans une ferme. Je n'ai pas fermé l'œil. J'ai vu, à minuit, les femmes dénouer leurs longs cheveux et faire de la divination. Chacune ouvrait la fenêtre, jetait du grain dans la nuit noire et écoutait le vent : s'il soufflait doucement, on était sûr qu'il reviendrait ; mais s'il hurlait, ce n'était pas la peine d'attendre, on ne le reverrait pas. Le vent était déchaîné. Il cognait au carreau…

Jamais les gens ne nous ont autant aimés que pendant la guerre. Aux heures noires. Maman était aussi guérisseuse : elle soulageait bêtes et hommes. Elle guérissait les vaches, les chevaux. Elle connaissait leur langage.

Il y avait des rumeurs : ils avaient massacré tel campement, tel autre… Un troisième avait été emmené en camp de concentration…

La guerre a pris fin. On était si contents de se retrouver ! Des embrassades à n'en plus finir ! On était si peu, à présent. Les gens n'en continuaient pas moins à vouloir connaître l'avenir, à faire de la divination. Dans une ferme, l'avis de décès est déjà sous l'icône, mais la fermière implore : « Tire-moi les cartes, petite Tsigane ! Si que mon homme était vivant ? Si qu'ils s'étaient trompés dans leurs écritures ? »

Maman tirait les cartes. J'écoutais…

La première fois que je les ai tirées moi-même, c'était à une petite, au marché. Elle est bien tombée : amour-passion. Et elle m'a donné un rouble. Je lui avais offert du bonheur, ne serait-ce que pour un instant.

À toi aussi, chérie, je souhaite d'être heureuse ! Que Dieu t'accompagne ! Va, et raconte le lot des Tsiganes. On nous connaît si mal…

Tè avès bakhtalo… Que Dieu t'accompagne !

« Une grande photo de famille… »

Tolia Tcherviakov, cinq ans.
Photographe.

S'il me reste quelque chose de ce temps-là, c'est une sorte de grande photo de famille…

Au premier plan, mon père, avec son fusil et sa casquette d'officier qu'il portait même l'hiver. La casquette et le fusil sont plus nets que le visage de mon père. J'aurais voulu avoir les deux : la casquette et le fusil. Je n'étais qu'un gosse !

À côté de mon père, maman. Je ne me rappelle plus comment elle était à cette époque, je me souviens surtout de ce qu'elle faisait : elle lavait tout le temps un truc blanc et sentait le médicament. Elle était infirmière chez les partisans.

Quelque part encore, il y a mon petit frère et moi. Lui, il est tout le temps malade. Je le revois, tout rouge, le corps couvert d'escarres. La nuit, ils pleurent, maman et lui. Lui parce qu'il a mal, elle parce qu'elle a peur de le voir mourir.

Plus loin, des femmes s'approchent de la grande maison paysanne où se trouve l'hôpital de campagne de maman. Elles ont des chopes à la main. Avec du lait. Ce lait, elles le versent dans un seau et maman y baigne mon frère. Pour la première fois, mon frère ne crie pas de la nuit ; il dort. Au matin, maman dit à mon père :

« Comment remercier ces gens ? »

Une grande photographie… Une seule grande photographie…

« Donnez, que j'emplisse au moins
vos poches de patates à planter… »

Katia Zaïats, douze ans.
Ouvrière agricole au sovkhoze « Klitchevski ».

Grand-mère nous empêche de regarder par la fenêtre…

Mais elle, elle le fait et nous raconte :

« Ils ont pris le vieux Todor dans les seigles… Avec des soldats à nous, blessés… Il leur apportait des costumes de ses fils, pour que les Allemands ne s'aperçoivent de rien. Ils ont fusillé les soldats dans les seigles et ordonné à Todor de creuser un trou à la porte de sa maison. Alors, il creuse… »

Le vieux Todor, c'est notre voisin. Par la fenêtre, on le voit creuser son trou. Voilà, il a fini… Les Allemands lui retirent la pelle, ils lui crient quelque chose dans leur langue. Le vieux ne comprend pas ou n'entend pas, parce que il y a longtemps qu'il est sourd. Alors, ils le poussent dans le trou et lui montrent qu'il doit se mettre à genoux. Et ils l'enterrent vivant. À genoux…

On est tous terrorisés. C'est qui, ces gens-là ? Des hommes ? Ce sont les premiers jours de la guerre…

Longtemps, on a contourné la maison du vieux Todor. On avait toujours l'impression qu'il criait, sous terre ..

... Ils ont si bien incendié notre village qu'il n'est resté que de la terre. Que des pierres dans les cours, et encore, toutes noires. Dans notre potager, il n'y avait même plus d'herbe. Elle avait complètement brûlé. On vivait de la charité. On allait dans d'autres villages, avec ma sœur, et on demandait :

« Donnez-nous quelque chose... »

Maman était malade. Elle ne pouvait pas venir avec nous, elle avait honte.

On arrivait dans une ferme :

« D'où vous venez, petites ?

— De Iadrionaïa Sloboda... On nous a tout brûlé... »

On nous donnait, qui une bolée de seigle, qui un bout de pain, qui un œuf... On pouvait leur dire merci, à ces gens. Ils donnaient le peu qu'ils avaient.

Une fois, on entre dans une maison. Les femmes s'arrachent les cheveux :

« Oh, mes enfants, combien que vous êtes donc ? Il en est déjà passé deux paires, ce matin. »

Ou bien :

« Il y en a qui sont repartis, à l'instant. Il ne me reste plus de pain. Donnez, que j'emplisse au moins vos poches de patates à planter ! »

Jamais ils ne nous laissaient repartir les mains vides : ce ne serait-y qu'une brassée de lin. En une journée, on en récoltait un petit tas. Maman filait et tissait. Elle teignait en noir, avec de la tourbe des marais.

Mon père est rentré du front. On a entrepris de reconstruire la ferme. Dans tout le village, il ne restait que deux vaches. On s'en servait pour transporter le bois… Ou bien on le portait à dos d'homme… Je ne pouvais pas porter les bûches, plus grandes que moi. Mais celles qui était à ma taille, j'arrivais à les traîner…

La guerre, on n'en a pas vu la fin avant un bon bout de temps… En général, on compte quatre ans. Quatre ans, où ça a massacré… Mais on a mis combien d'années pour oublier ?…

« To-to boit du bon lo-lo… »

Fedia Troutko, treize ans.
Responsable du contrôle technique d'une cimenterie.

Parlez d'une histoire…

Deux jours avant la guerre, on avait hospitalisé maman. Elle était gravement malade. L'hôpital se trouvait à Brest. On ne l'a pas revue.

Deux jours plus tard, les Allemands avaient pris la ville. Ils avaient mis tous les malades dehors et, ceux qui ne pouvaient pas marcher, ils les avaient embarqués dans des camions. Maman, d'après ce qu'on nous a raconté, était de ceux-là. On les avait fusillés. Mais où ? Quand ? Comment ? Je n'en ai jamais rien su. On n'en a pas trouvé trace.

La guerre nous a surpris, ma sœur, mon père et moi, dans notre maison de Bereza. Mon frère Volodia était à Brest, au collège des ponts et chaussées. Mon autre frère, Alexandre, avait fini ses études à l'école de la marine de Pinsk – aujourd'hui c'est la navigation fluviale – et était mécanicien sur un vapeur.

Mon père, Stepan Alexeïevitch Troutko, était vice-président du comité exécutif du district de Bereza.

Il a reçu l'ordre d'évacuer à Smolensk, avec les documents du comité.

Il est arrivé en courant chez nous :

« Fedia, prends ta sœur et filez chez grand-père, aux Ogorodniki… »

Le lendemain matin, on est arrivés à la ferme de grand-père. La nuit suivante, mon frère Volodia tapait au carreau. Il avait mis quarante-huit heures pour venir de Brest à pied. En octobre, Alexandre s'est amené à son tour. Il a raconté que le bateau sur lequel ils allaient à Dniepropetrovsk avait été bombardé. Ceux qui en avaient réchappé avaient été faits prisonniers. Quelques-uns avaient réussi à s'enfuir, dont Sacha.

Ce qu'on a pu être contents quand des partisans ont débarqué chez grand-père ! On allait partir avec eux. On se vengerait !

« T'as combien d'années d'école ? m'a demandé le commandant quand on lui a été présentés.

— Cinq. »

Le verdict est tombé :

« Maintien dans le cadre familial. »

Mes frères ont eu des fusils, et moi un crayon.

J'étais déjà pionnier. C'était mon principal atout. J'ai demandé à être dans un groupe de combat.

« On a moins de crayons que de fusils », a dit, en riant, le commandant.

La guerre était partout, mais on s'instruisait. On était dans ce qui s'appelait une « classe verte ». On n'avait ni pupitres, ni classes, ni manuels, rien que des élèves et des maîtres. Un seul abécédaire pour tous, un seul livre d'histoire, un seul recueil de problèmes d'arithmétique, un seul manuel de grammaire. Pas de papier, pas de craie, pas d'encre ni de crayons. On a aménagé une clairière, on y a mis du sable et ça nous a fait un tableau. On y écrivait avec des bouts de bois. En guise de cahiers, les partisans nous ont donné des tracts allemands, des bouts de vieux papiers peints et des journaux. On a même déniché une cloche. Là, on était vraiment contents ! Parce qu'une école où il n'y a pas de cloche, ça ressemble à quoi ? On avait des foulards rouges.

« Attaque aérienne ! » crie celui qui est de service.

La clairière se vide.

Le bombardement terminé, on reprend la leçon. Les élèves de première année tracent sur le sable, avec des bouts de bois :

« To-to boit du bon lo-lo… »

Avec des branches et des souches, on avait fabriqué un boulier à pieds. On avait bricolé plusieurs alphabets en bois. On avait même des cours de culture physique. Notre terrain de sport était équipé d'une poutre, d'une piste de course, d'une perche et de cibles pour le lancer de grenades. C'est moi qui les lançais le plus loin.

À la fin de ma sixième année, j'ai déclaré fermement que la septième serait pour après la guerre. On m'a donné un fusil. Plus tard, je me suis dégotté une carabine belge, toute petite et légère.

J'ai appris à bien tirer… Mais, les maths, je les ai oubliées…

« Il m'a donné une toque avec un ruban rouge… »

Zoïa Vassilieva, douze ans.
Ingénieur, spécialisée dans les brevets.

Ce que je pouvais être gaie, avant la guerre ! Heureuse !…

J'avais été acceptée à l'école de danse de notre théâtre d'opéra et de ballet. C'était une école expérimentale qui prenait, de partout, les enfants les plus doués. Moi, j'avais eu une lettre de recommandation du célèbre metteur en scène moscovite Galizovski. En 38, il y avait eu une parade de gymnastes à Moscou et j'y avais pris part. Je représentais, avec d'autres, le palais des Pionniers de Minsk. On avait lancé dans le ciel des ballons rouges et bleus… On avait marché en colonnes… Galizovski était le grand metteur en scène de la parade, et il m'avait remarquée.

Un an plus tard, il était venu à Minsk, m'avait trouvée et avait écrit une lettre à l'intention de Zinaïda Anatolievna Vassilieva, qui avait le titre d'Artiste du peuple… C'était notre étoile biélorusse… Elle venait de monter son école de danse. J'ai pris la fameuse lettre, j'avais très envie de la lire, mais je me le suis interdit. Zinaïda Anatolievna logeait à l'hôtel Europe, à proximité du conservatoire. Comme mes parents n'étaient pas au courant, j'ai quitté la maison en vitesse. J'ai couru, pieds nus, dans la rue et n'ai mis mes sandales qu'au dernier moment. Je ne m'étais pas changée : si j'avais enfilé mes beaux habits, maman m'aurait demandé où j'allais. C'est que mes parents ne voulaient pas entendre parler de danse. Ils étaient catégoriquement contre.

J'ai remis la lettre à Zinaïda Anatolievna. Elle l'a lue et m'a dit : « Déshabille-toi, que je voie tes bras, tes jambes. » J'étais épouvantée : ôter mes sandales, alors que j'avais les pieds sales ? J'ai dû faire une telle mine qu'elle a tout compris. Elle m'a donné une serviette et a approché une chaise du lavabo…

J'ai été prise à l'école. Sur vingt, cinq seulement avaient été retenus. Une nouvelle vie commençait : classique, rythmique, musique… J'étais ravie ! Zinaïda Anatolievna m'aimait bien. Nous, on l'adorait, c'était notre idole, notre dieu. Il n'en était pas de plus belle au monde. En 41, je dansais déjà dans le *Rossignol* de Krochner, au second acte, la danse des cosaques. On avait même réussi à le donner pour la décade de l'art biélorusse à Moscou. Un succès ! J'étais aussi un poussin à la première de notre école, dans le ballet *Les Poussins*. Il y avait une grosse mère poule, et moi, j'étais le plus petit poussin.

Après la décade, à Moscou, on nous avait récompensé par un séjour dans un camp de pionniers aux environs de Bobrouïsk. Là aussi, on avait dansé *Les Poussins*. Pour nous remercier, on nous avait promis un énorme gâteau. On avait prévu de le manger le 22 juin…

En signe de solidarité avec l'Espagne, on portait tous des calots, c'était ma coiffure préférée. Je l'ai mis, dès que j'ai entendu les autres crier : « C'est la guerre ! » Et je l'ai perdu pendant qu'on rentrait à Minsk.

Là, maman m'a embrassée sur le pas de la porte et on a filé à la gare. On s'est perdues dans un bombardement. Je n'ai pas retrouvé ma mère ni ma sœur, et je suis partie toute seule. Au matin, le train s'est définitivement arrêté aux Kroupki. Les gens entraient dans les fermes, moi, je n'osais pas parce que j'étais seule, sans ma mère. Le soir, pourtant, je me suis risquée dans une maison, j'ai demandé à boire. On m'a donné du lait. J'ai levé les yeux de ma tasse et, au mur, j'ai vu maman, jeune, dans une robe de mariée. J'ai hurlé : « maman ! » Le vieux fermier et sa femme ont commencé à me poser un tas de questions : « D'où je venais ? Qui j'étais ? » Des choses comme ça, ça n'arrive que pendant la guerre. Figurez-vous que j'étais tombée chez mon grand-oncle, le frère de mon grand-père paternel, que je n'avais jamais vu. Évidemment, il n'a pas voulu me laisser repartir. Inimaginable !

À Minsk, j'avais dansé *Les Poussins*, maintenant je devais les surveiller pour que les pies ne s'y attaquent pas. Les poussins, ça n'était pas le plus terrible. Il y avait les oies qui me faisaient peur. D'ailleurs, j'avais peur de tout, même du coq. J'ai dû m'armer de courage pour aller garder les oies. Le jars était malin, il sentait que je le craignais, il crachait et cherchait toujours à accrocher mon sarafane par-derrière. J'avais peur de l'orage, aussi. Il a fallu que je ruse devant mes nouveaux copains qui, eux, depuis tout petits, n'avaient jamais eu la frousse ni des oies ni du coq. Si je voyais que le temps était à l'orage, je trouvais un prétexte pour entrer dans la première maison venue. Pour moi, il n'y avait pas de bruit plus effrayant qu'un coup de tonnerre. Pourtant, je connaissais déjà les bombardements…

J'aimais les gens de la campagne, leur gentillesse. Tous m'appelaient « la p'tiote ». Je me rappelle que je m'intéressais beaucoup au cheval, ça me plaisait de le conduire. Mon grand-oncle m'y autorisait. Le cheval s'ébrouait, il agitait la queue et, surtout, il m'obéissait : si je tirais de la main droite, il savait que c'était de ce côté-là qu'il fallait tourner. Même chose pour la main gauche.

Je harcelais mon grand-oncle :

« Emmène-moi à cheval voir maman.

— Dès que la guerre sera terminée, on ira. »

C'était un homme bougon, sévère.

J'ai fugué par le grenier. Une copine m'a accompagnée jusqu'à la sortie du village.

À la gare, j'ai voulu grimper dans un wagon à bestiaux mais on m'en a chassée. Je suis montée dans un camion, en me tassant dans un coin. Ça me fait peur, rien que d'y repenser : tout à coup, un Allemand et une Allemande sont montés avec moi. Des Polizei les accompagnaient. Mais ils ne m'ont rien dit. En chemin, ils m'ont posé des questions : « Où j'allais à l'école ? En quelle classe j'étais ? »

Quand ils ont su qu'en plus j'étais à l'école de danse, ils ne l'ont pas cru. Et là, dans la benne, je leur ai dansé mon « poussin ».

Est-ce que je connaissais les langues étrangères ? En cinquième année, on avait commencé des cours de français. C'était encore frais dans ma tête. L'Allemande m'a demandé quelque chose en français, je lui ai répondu. Ils étaient sidérés : tomber, comme ça, en pleine campagne, sur une gamine qui avait cinq années d'école derrière elle, qui apprenait la danse et même le français. Vous auriez vu leurs têtes !

Je n'arrive pas à me rappeler ce que je ressentais, alors. Il m'en est resté un sentiment d'offense.

À cause de la façon qu'ils avaient de me regarder, de leurs paroles… De leur méfiance et de leur étonnement… C'étaient, je l'avais compris, des médecins, des gens instruits. On leur avait mis dans la tête qu'on était des sauvages… Des sous-hommes…

… Maintenant, ça me fait rire : j'avais peur du coq mais, quand j'ai vu les partisans, avec leurs bonnets d'astrakan, leurs baudriers, leurs étoiles et leurs mitraillettes, j'ai dit : « Tontons, si vous saviez comme je suis courageuse ! Prenez-moi avec vous ! » Dans leur détachement, mon rêve a tourné court : je me suis retrouvée à la cuisine, à faire la corvée de peluches. Vous imaginez ma révolte ! J'ai donc été de cuisine pendant une semaine, ensuite je suis allée chez le commandant : « Je veux être un vrai combattant ! » Il m'a donné une toque avec un ruban rouge. Moi, je voulais tout de suite un fusil.

Je suis rentrée chez ma mère, avec la médaille des « Partisans de la guerre patriotique ». Et un grade. J'ai repris l'école et tout oublié. Je jouais à la paume avec mes copines, je faisais de la bicyclette. Un jour, je me suis payé un vol plané à vélo dans un cratère d'obus et je me suis blessée. J'ai vu du sang et ça m'a rappelé, non pas la guerre mais l'école de danse. Comment je pourrais danser, à présent ? Zinaïda Anatolievna Vassilieva n'allait pas tarder à revenir, et moi, j'avais un genou cassé…

Je n'ai pas eu à reprendre l'école de danse. Je suis allée à l'usine, il fallait aider maman. Moi, j'avais envie d'étudier… Plus tard, ça s'est goupillé comme ça : ma fille était en septième année d'école, et sa maman en dixième. En cours du soir.

La guerre m'a imposé une autre vie… C'est moi et ce n'est pas moi…

« Et je tirais en l'air… »

Ania Pavlova, neuf ans.
Cuisinière.

Oh, ça va me faire du mal !… Une fois de plus…

Les Allemands m'ont traînée dans la grange… Maman courait derrière, en s'arrachant les cheveux. Elle hurlait : « Faites de moi ce que vous voulez, mais laissez mon enfant ! » J'avais deux petits frères, qui criaient aussi…

On est natifs du village de Mekhovaïa, région d'Orel. De là, ils nous ont emmenés à pied jusqu'en Biélorussie. On allait de camp de concentration en camp de concentration… Quand ils ont voulu me prendre en Allemagne, maman a fait semblant d'être enceinte et elle m'a mis mon petit frère dans les bras. C'est comme ça que j'ai été sauvée. On m'a rayée de la liste.

Oh ! Je vais me sentir patraque toute la journée et toute la nuit. Fallait pas revenir là-dessus. Ça me tourneboule…

Les chiens déchiquetaient les enfants… Des fois, on veillait un gosse à moitié dévoré, on attendait que son cœur s'arrête… Alors, on le recouvrait de neige… Ça lui faisait une tombe jusqu'au printemps.

… En 45… Après la victoire… On a envoyé maman construire un sanatorium aux Jdanovitchi. Je suis partie avec elle. Et j'y suis restée. Ça fait quarante ans que j'y travaille… Je suis là depuis qu'on a posé la première pierre, tout s'est bâti sous mes yeux. On me donnait un fusil et dix prisonniers allemands, et je les menais au travail. La première fois, des femmes nous ont encerclés : et que je te balance des pierres, que je te flanque des coups de pelles ou de balais ! Moi, je cavalais autour des prisonniers, mon fusil à la main, en criant : « Mes toutes bonnes, ne les touchez pas !… Mes toutes bonnes, j'ai signé une décharge. Je vais tirer !! » Et je tirais en l'air…

Les femmes pleuraient, moi aussi. Les Allemands ne bronchaient pas… Ils ne levaient pas les yeux…

Maman ne m'a jamais amenée au musée de la Guerre. Une fois, elle a vu que je feuilletais un journal, avec des photos de fusillés. Elle me l'a pris et m'a grondée.

Aujourd'hui encore, on n'a pas un seul livre de guerre à la maison… Ça, c'est moi qui l'ai décidé… Il y a longtemps que je n'ai plus ma mère…

« Pour ma première rentrée des classes, maman m'a portée à l'école… »

Inna Starovoïtova, six ans.
Agronome.

Maman nous a embrassés et elle s'en est allée…

On est restés tous les quatre dans la cabane : les petits – mon frère, mon cousin, ma cousine – et moi, l'aînée, j'avais sept ans, à l'époque. Ce n'était pas la première fois qu'on était seuls, on était habitués à ne pas pleurer, à nous tenir tranquilles. On savait que maman était éclaireuse, qu'on l'avait envoyée en opération, et qu'on devait l'attendre. Maman nous avait retirés du village ; à présent, on vivait avec elle dans un camp de partisans où il y avait des familles. On en rêvait depuis longtemps. On était drôlement contents !

On est donc là, on tend l'oreille : les arbres bruissent, des femmes font la lessive non loin de là, elles grondent leurs enfants. Soudain, un cri : « Les Allemands ! Les Allemands ! » Tout le monde se précipite hors des cabanes, on appelle les enfants et on se sauve, au plus profond de la forêt. Seulement, nous ? Où est-ce qu'on va courir, sans maman ? Si elle apprenait que les Allemands étaient par ici et qu'elle revienne en vitesse ? Alors, moi, l'aînée, j'ordonne : « Motus ! Il fait sombre, ici, les Allemands ne nous trouveront pas. »

On s'est fait tout petits. On ne respirait quasiment plus. Quelqu'un a jeté un coup d'œil dans notre cabane et a dit en russe :

« Sortez, qui que vous soyez ! »

D'une voix tranquille. Et, bon, on est sortis. J'ai vu un homme grand, en uniforme vert.

« T'as un père ? »

— Oui.

— Il est où ?

— Loin, au front. »

J'avais la langue trop longue. Je me rappelle que ça a fait rire l'Allemand.

« Et ta mère, elle est où ?

— Partie en reconnaissance avec les partisans. »

Un autre Allemand s'est approché. Celui-là était en noir. Ils ont échangé quelques mots et le second, le noir, nous a indiqué du geste où nous devions nous mettre. Il y avait des femmes et des enfants qui n'avaient pas pu s'enfuir. L'Allemand noir a braqué sur nous sa mitraillette et j'ai compris ce qu'il allait faire. Je n'ai pas même eu le temps de crier et d'embrasser les petits…

C'est d'entendre pleurer maman qui m'a réveillée. Parce que j'avais vraiment l'impression d'avoir dormi. Je me soulève un peu et je la vois qui creuse un trou, en pleurant. Elle me tourne le dos. Je n'ai pas la force de l'appeler, juste de la regarder. À un moment, elle se redresse pour souffler, jette un coup d'œil de mon côté et pousse un de ces cris : « Ma petite Inna ! » Elle se précipite vers moi, me prend dans ses bras. Puis, tout en me tenant serrée, elle effleure les autres : des fois qu'il y en aurait de vivants ? Mais non, ils sont tous froids…

Quand j'ai été guérie, on a compté, avec maman : j'avais neuf blessures par balles. C'est comme ça que j'ai appris à compter : deux balles à une épaule et deux à l'autre, ça fait quatre. Deux à une jambe et deux à l'autre, ça fait huit. Et un impact au cou. Ça fait neuf.

La guerre s'est terminée… Pour ma première rentrée des classes, maman m'a portée à l'école…

« Petit chien chéri, m'en veux pas…
Petit chien chéri… »

Galina Firsova, dix ans.
Retraitée.

Je ne rêvais que d'une chose : attraper un moineau et le manger…

C'était rare mais, parfois, des oiseaux se montraient dans la ville. Même au printemps, tout le monde les regardait et pensait à la même chose que moi. La même… Personne n'avait le courage de s'obliger à ne plus penser à la nourriture. La faim me donnait constamment une impression de froid, à l'intérieur. Même quand il y avait du soleil. J'avais beau empiler les vêtements, j'avais froid, je n'arrivais pas à me réchauffer.

J'avais une folle envie de vivre…

Je vous parle de Leningrad, où nous vivions alors. Du blocus de Leningrad. On nous faisait mourir de faim. Une longue agonie… Neuf cents jours de blocus… Neuf cents… Alors qu'un seul semblait une éternité ! Vous n'imaginez pas comme c'est interminable, une journée, pour quelqu'un qui a faim. Une heure, une minute… Le déjeuner est long à venir… Puis le dîner… La ration de blocus était de cent vingt-cinq grammes de pain par jour. Du moins pour ceux qui ne travaillaient pas. La ration des « parasites » de la société… Ce pain, il dégoulinait d'eau… Il fallait le couper en trois : petit déjeuner, déjeuner, dîner. À boire, on n'avait que de l'eau chaude… Sans rien.

Il fait nuit… Dès six heures du matin, je suis dans la queue à la boulangerie (je ne sais pas pourquoi, je me rappelle surtout l'hiver). Des heures debout !… Des heures qui n'en finissent pas… Quand arrive mon tour, la nuit est de nouveau tombée. À la lueur d'une bougie, le vendeur coupe des morceaux de pain. Les gens restent plantés, à le surveiller. À suivre le moindre de ses gestes… Les yeux brûlants… fous… Et tout ça, sans un mot…

Les tramways ne marchaient pas… On n'avait ni eau, ni chauffage, ni électricité. Mais le pire, c'était la faim. J'ai vu un homme manger ses boutons. Les petits, les gros… Les gens, la faim les rendait fous.

Il y a eu un moment où je suis devenue sourde. C'est là qu'on a mangé le chat… J'y reviendrai. Ensuite, je suis devenue aveugle… C'est là, justement, qu'on nous a amené le chien. Ça m'a sauvée.

Je ne me rappelle pas… Je ne sais plus à partir de quand l'idée de manger son chat ou son chien est devenue normale. Ordinaire. Quotidienne. Je n'y ai pas prêté attention… Après les pigeons et les hirondelles, les chats et les chiens ont commencé à disparaître. Nous, on n'avait pas d'animaux : maman trouvait que c'était une grosse responsabilité, surtout de prendre un gros chien. Une amie de maman n'avait pas pu manger elle-même son chat. Elle nous l'a apporté. On l'a mangé. Et je n'ai plus été sourde… Ça s'était fait brusquement : le matin, j'entendais encore, le soir, maman me dit quelque chose et je ne réponds pas…

Le temps a passé… On a recommencé à mourir de faim… L'amie de maman nous a amené son chien. On l'a mangé, lui aussi. Et, sans lui, on n'aurait pas survécu, c'est certain ! La faim nous faisait déjà enfler. Le matin, ma sœur refusait de se lever… C'était un gros chien affectueux. Pendant deux jours, maman n'a pas pu… Elle n'y arrivait pas. Le troisième jour, elle l'a attaché au radiateur de la cuisine et nous a envoyées nous promener dehors…

Je me rappelle ces boulettes… Je les revois parfaitement…

On avait très envie de vivre…

On restait souvent toutes les trois à regarder la photographie de papa. Il était au front. Ses lettres ne nous parvenaient que rarement. « Mes petites filles », écrivait-il. On répondait en faisant en sorte de ne pas trop l'inquiéter.

Maman gardait quelques morceaux de sucre. Dans un petit sac en papier. C'était notre trésor de guerre. Une fois… je n'ai pas résisté. Je savais où était le sucre, et j'en ai pris un morceau. Quelques jours plus tard, un autre… Et… au bout de quelque temps, encore un… Bientôt, il n'y a plus rien eu dans le petit sac de maman. Un sachet vide…

Maman est tombée malade… Elle manquait de glucose. De sucre… Elle ne pouvait plus se lever… Le conseil de famille a décidé de puiser dans le précieux petit sac. Maman guérirait forcément. Ma grande sœur a commencé à le chercher. Il n'était nulle part. On a fouillé toute la maison. Je cherchais avec les autres.

Et, le soir, j'ai avoué…

Ma sœur m'a battue. Mordue. Griffée. Moi, je la suppliais : « Tue-moi ! Tue-moi ! Comment je pourrais vivre, après ça ?! » Je voulais mourir…

Là, je ne vous parle que de quelques jours… Mais il y en a eu neuf cents…

Neuf cents jours comme ça…

J'ai vu de mes yeux une fillette voler à une femme un petit pain, au marché. Une petite fille… On l'a attrapée, on l'a jetée par terre et on s'est mis à la frapper… Atrocement… À mort. Elle, elle se dépêchait de manger, d'avaler le petit pain. De le dévorer, avant qu'on la tue…

Neuf cents jours comme ça…

Mon grand-père était si faible qu'une fois il est tombé dans la rue… Il se voyait déjà mort. Un ouvrier est passé à ce moment-là. Les ouvriers avaient des rations un peu meilleures, pas beaucoup, mais tout de même. Eh bien, cet homme s'est arrêté et il a versé de l'huile de tournesol dans la bouche de grand-père. Sa ration ! Grand-père a pu rentrer à la maison. Il nous a tout raconté, en pleurant : « Dire que je ne connais pas son nom ! »

Neuf cents jours…

Les gens étaient comme des ombres, ils se déplaçaient lentement dans la ville. Des somnambules… plongés dans un sommeil profond. On voyait tout, mais on avait l'impression que c'était un rêve. Ces mouvements tellement lents… flottants… À croire que les gens se déplaçaient sur l'eau, pas sur la terre…

La faim transformait les voix… Ou bien rendait les gens aphones. On ne pouvait pas décider à la voix si c'était un homme ou une femme. Aux habits non plus, d'ailleurs, tout le monde s'entortillait dans des chiffons. Notre petit déjeuner… c'était un morceau de papiers peints, de vieux papiers peints, mais il restait de la colle… Une colle de farine… Des papiers peints et de l'eau chaude…

Neuf cents jours…

Je rentre de la boulangerie… J'ai touché la ration du jour. Ces pauvres miettes, ces misérables grammes… Un chien court à ma rencontre. Il arrive à ma hauteur, renifle… et sent l'odeur du pain.

Je me suis dit que c'était notre chance. Notre salut !! J'allais le ramener à la maison…

Je lui ai donné un bout de pain et il m'a suivie. Près de chez nous, encore un petit bout et il m'a léché la main. On est entrés… Mais il rechignait à monter l'escalier, il s'arrêtait à chaque palier. Je lui ai donné tout notre pain… Bout par bout… Et, comme ça, on est arrivés au troisième. Nous, on habitait au quatrième. Là, le chien a renâclé, il refusait d'aller plus loin. Il me regardait… Il devait sentir quelque chose. Il comprenait. Je l'ai serré dans mes bras : « Petit chien chéri, m'en veux pas !… Petit chien chéri… » Je l'ai supplié, imploré… Et il est venu…

J'avais très envie de vivre…

Et la nouvelle s'est répandue… On l'a apprise par la radio : « Le blocus est rompu ! Le blocus est rompu ! » Plus heureux que nous, ça n'existait pas. Ça n'était pas possible. On avait tenu bon !! Le blocus avait été forcé…

Nos soldats étaient dans les rues. J'ai couru vers eux… Mais je n'avais pas la force de les serrer dans mes bras…

Il y a beaucoup de monuments à Leningrad. N'empêche qu'il en manque un qui devrait y être. On l'a oublié : le monument au chien du blocus.

Petit chien chéri, m'en veux pas…

« Ce n'est pas ma fille ! Pas ma fi-ille !... »

Faïna Lioutsko, quinze ans.
Travaille dans le cinéma.

J'y pense tous les jours, mais je vis... Comment je fais ? Vous me l'expliquerez peut-être...

Je me souviens que les détachements punitifs étaient noirs. Tout noirs... Avec des casquettes hautes... Jusqu'à leurs chiens qui étaient noirs. Brillants.

On se serrait contre nos mères... Ils ne voulaient pas tuer tout le monde, pas tout le village. Ils avaient choisi ceux qui se trouvaient à droite. Du côté droit. Et on y était, avec maman... On avait mis les enfants d'un côté, les parents de l'autre. On avait compris qu'ils allaient mitrailler nos parents, et nous laisser tranquilles. Maman était là-bas... Je ne voulais pas vivre sans elle... Je demandais qu'on m'autorise à la rejoindre, je pleurais. À un moment, ils me l'ont permis...

Quand elle s'en est aperçue, elle s'est mise à hurler :

« Ce n'est pas ma fille !

— Maman ! Mam...

— Ce n'est pas ma fille ! Pas ma fi-ille !... Pas la mienne...

— Ma-a-man-an !! »

Ses yeux n'étaient pas pleins de larmes, mais de sang. Des yeux injectés de sang…

On m'a écartée… Et j'ai vu qu'ils commençaient par mitrailler les enfants. Ils tiraient et observaient les tourments des parents. Ils ont tué deux de mes sœurs et mes deux frères. Après les enfants, le tour des parents est venu. Je n'ai plus vu maman… Elle avait dû tomber…

Il y avait une femme, un nourrisson dans les bras. Il buvait de l'eau au biberon. Ils ont d'abord visé le biberon, puis le bébé. Après seulement, ils ont tué la mère…

Je m'étonne de vivre encore après ça… Que, petite, j'aie survécu, bon… Mais adulte ? Or, il y a longtemps que je suis adulte…

« Nous, des enfants ? On était des hommes et des femmes… »

Viktor Lechtchinski, six ans.
Directeur d'un collège technique,
spécialisé dans l'énergie.

Ma tante m'avait invité pour l'été…

On habitait Bykhovo, ma tante, elle, était aux environs, au village de Kommuna. Au centre du village se tenait une maison toute en longueur, pour une vingtaine de familles : une maison communautaire. C'est tout ce que j'ai eu le temps d'enregistrer.

On nous a dit : « C'est la guerre. » Il fallait que je retourne chez mes parents. Ma tante a refusé :

« Quand la guerre finira, tu partiras.

— Et ça va finir bientôt ?

— Évidemment. »

Peu après, mes parents sont arrivés. À pied : « Les Allemands sont à Bykhovo. Les gens fuient dans les campagnes. » On est restés chez ma tante.

Durant l'hiver, des partisans sont passés à la ferme… Je leur ai demandé un fusil. C'étaient des neveux de maman, des cousins à moi. Ils ont ri et m'ont fait tenir le leur quelques instants. C'était lourd.

La ferme sentait tout le temps le cuir. La colle chaude. Mon père fabriquait des bottes pour les partisans. Je lui demandais de m'en faire aussi. Il répondait toujours que je devais attendre, qu'il avait beaucoup de travail. Et il entreprenait de me démontrer, je m'en souviens, qu'il me fallait des petites bottes, parce que j'avais de petits pieds. Il promettait…

Mon dernier souvenir de mon père, c'est quand on l'a emmené dans la rue, vers un gros camion… En lui donnant des coups de bâton sur la tête…

… La guerre a pris fin. Je n'avais plus de père ni de maison. J'avais onze ans, j'étais l'aîné de la famille. Les deux autres, mon frère et ma sœur, étaient encore petits. Maman a fait un emprunt. On a acheté une vieille ferme. Le toit était dans un état tel que, quand il pleuvait, on ne trouvait pas à s'abriter. Ça fuyait de partout. À onze ans, j'ai monté tout seul les fenêtres. Recouvert le toit de chaume. Construit une grange…

Comment ?

Le premier rondin, je l'ai apporté et posé moi-même, pour le suivant maman m'a aidé. Plus haut, on n'avait pas la force de les soulever. Alors, je faisais comme ça : je préparais un rondin, tout bien, je taillais mes coins et j'attendais que les femmes aillent travailler aux champs. Le matin, elles s'y mettaient à toutes et, d'un coup, me le soulevaient ; je l'arrangeais un peu et le fixais. Avant le soir, j'en avais préparé un autre… En rentrant du travail, elles le soulevaient… Et mon petit mur montait…

Le village comptait soixante-dix feux, et deux hommes seulement étaient revenus du front. Un, avec des béquilles. « Mon petit ! Mon tout petit ! » se lamentait maman à mon sujet. Le soir, je m'endormais, dès que je me posais.

Nous, des enfants ? On était des hommes et des femmes…

« Ne donne pas le costume de papa
à quelqu'un qu'on connaît pas... »

Valera Nitchiporenko, quatre ans.
Chauffeur d'autobus.

C'était en 44...

Je devais avoir huit ans... Oui, huit... On savait déjà qu'on n'avait plus de père. Certains continuaient à attendre. Ils recevaient les avis de décès mais espéraient quand même. Nous, on avait un signe qui ne trompait pas. Une preuve. Un ami de papa nous avait envoyé sa montre... Pour son fils... Moi... C'est ce qu'avait voulu mon père, avant de mourir. Cette montre, je l'ai toujours. Je la garde soigneusement.

On vivait à trois sur le maigre salaire de maman. On était au pain et à l'eau. Ma sœur est tombée malade. On lui a trouvé une tuberculose avancée. Les médecins ont dit à maman : il lui faut une nourriture saine, du beurre. Du miel. Du beurre, tous les jours... Autant dire, de l'or !... Un morceau d'or quotidien... C'était impensable... Au prix du marché, le salaire de maman suffisait tout juste pour trois miches de pain. Du beurre, pour la même somme, on en avait deux cents grammes.

Il nous restait bien le costume de papa. Un beau costume. On l'a porté au marché, avec maman. On a trouvé un acheteur. Rapidement. Parce que c'était un beau costume. Mon père l'avait acheté juste avant la guerre, il n'avait pas eu le temps de le mettre. Le costume était resté dans l'armoire… Tout neuf… L'acheteur évalue l'objet, il marchande un peu, déjà il tend l'argent à maman, et c'est là que je mets à brailler dans tout le marché : « Ne donne pas le costume de papa à quelqu'un qu'on connaît pas !! » Y a même un milicien qu'est venu…

Qui peut dire, après ça, que les enfants n'ont pas fait la guerre ? Personne…

« La nuit, je pleurais : où était ma maman si gaie ?... »

Galia Spannovskaïa, sept ans.
Technicienne dans un bureau d'études.

La mémoire a une couleur...

Tout ce qu'il y a eu avant-guerre, je me le rappelle en mouvement : ça bouge et ça change de couleur. Des couleurs vives, le plus souvent... Avec la guerre et la maison d'enfants, tout s'est comme arrêté. Et a viré au gris.

On nous conduisait à l'arrière. Rien que des enfants. Sans les mamans. Le voyage a duré très, très longtemps. À manger, on nous donnait des gâteaux secs et du beurre de cacao : visiblement, on n'avait pas eu le temps de faire des provisions pour la route. Avant la guerre, j'aimais les gâteaux et le beurre de cacao. C'est très bon mais, en un mois de voyage, je me suis mis à les détester pour le reste de mes jours.

Toute la guerre, j'ai espéré que maman viendrait au plus vite et qu'on rentrerait à Minsk. La nuit, je rêvais de nos rues, du cinéma près de notre maison, j'entendais la sonnette du tramway. J'avais une très bonne maman, très gaie, on était comme deux amies, elle et moi. De papa, je ne me souviens pas, on l'a perdu très tôt.

… Et voilà que maman me retrouve et arrive à la maison d'enfants. C'était tellement inespéré ! J'étais folle de joie !

Je me précipite vers elle… J'ouvre la porte… Et je vois un militaire : avec bottes, pantalon, casquette et vareuse. Je me demande : c'est qui ?

Figurez-vous que c'était maman ! Là, j'étais encore plus folle de joie. Une maman militaire, en plus !

Je ne me rappelle pas quand elle est repartie. J'ai tellement pleuré… C'est pour ça, sans doute, que je ne me rappelle pas.

Je me remets à l'attendre, encore et encore. Trois ans d'affilée. Et elle vient, en robe, cette fois. Avec des escarpins. De bonheur, je ne vois plus rien, il n'y a que maman .. et cette joie ! Je ne veux pas la quitter des yeux pour ne pas la perdre, pour éviter qu'elle disparaisse à nouveau. Je la regarde mais sans voir qu'il lui manque un œil. Une chose pareille, je peux pas admettre que ça arrive à maman. Maman, c'est une merveille… Un soleil… Maman ! Seulement, maman revient du front, très malade. C'est une autre maman. Elle ne sourit presque jamais, ne chante pas, ne blague pas ; elle pleure beaucoup.

On est rentrées à Minsk où la vie était très dure. On n'a pas retrouvé notre maison qu'elle aimait tant. Ni notre cinéma… Ni nos rues… Partout, à la place, des tas de pierres…

La nuit, je pleurais : où était ma maman si gaie ? Pourquoi était-elle tout le temps triste ? Pourquoi ne plaisantait-elle pas, pourquoi ne bavardait-elle pas ? Elle était tout le temps silencieuse.

Au matin, je m'arrangeais pour que maman ne devine pas que j'avais pleuré. Je souriais…

« Il ne voulait pas que je m'envole… »

Vassia Saoultchenko, huit ans.
Sociologue.

Après la guerre, un rêve m'a longtemps tourmenté…

Le rêve du premier Allemand tué… Celui que j'avais tué moi-même, mais sans l'avoir vu mort… Je m'envolais, et lui ne voulait pas. Je prenais de l'altitude, je volais… Il me rattrapait et je dégringolais avec lui… On s'écrasait dans une espèce de fosse. Je voulais me redresser, me relever… Il m'en empêchait… Il ne voulait pas que je décolle…

Le même rêve… Il m'a hanté des dizaines d'années. Il n'y a pas longtemps que je ne le fais plus…

Quand j'ai tué cet Allemand… j'avais déjà vu mon grand-père fusillé dans la rue et ma grand-mère à côté de notre puits… Devant moi, ils avaient frappé ma mère sur la tête à coups de crosses… Tandis qu'elle agonisait, ses cheveux n'étaient plus noirs, mais rouges… Pourtant, quand j'ai tiré sur cet Allemand, je n'ai pas pensé à tout ça. Il était blessé… Je voulais m'emparer de sa mitraillette, c'étaient les instructions. J'avais dix ans, les partisans m'envoyaient déjà en opérations. Je cours jusqu'à lui et je vois un pistolet danser devant mes yeux. L'Allemand s'y agrippe des deux mains et vise ma figure. C'est moi qui ai tiré le premier. Pas lui… Et j'ai dû mettre dans le mille, puisque le pistolet lui est tombé des mains…

Je n'ai pas eu le temps de songer avec terreur que j'avais tué un homme… Et je n'y ai pas repensé de toute la guerre. Des tués, on en voyait partout, ça ne nous faisait pas peur. On vivait au milieu des morts. On avait l'habitude. Une seule fois, j'ai eu la frousse. On est arrivés dans un village qui venait d'être incendié. Ça s'était passé le matin, on est venus dans la soirée. J'ai vu une femme brûlée vive. Elle gisait, toute noire, seules ses mains étaient blanches, des mains de femme, vivantes. Là, pour la première fois, j'ai été épouvanté. Je me suis retenu péniblement de hurler.

Non, je n'avais rien d'un enfant. Je ne me revois pas comme ça. Encore que… Les morts ne m'effrayaient pas mais j'avais peur, la nuit, de traverser un cimetière. Les morts étendus sur le sol, ça ne me tracassait pas. Je redoutais ceux qui étaient dans la terre. Une peur enfantine… Qui m'était restée… Encore que… je pense que les enfants n'ont peur de rien.

On a libéré la Biélorussie… Partout, il y avait des Allemands tués. On récupérait les nôtres, on les enterrait dans des fosses communes, alors que les autres restaient longtemps comme ça, surtout l'hiver. Les enfants couraient dans les champs, regarder les morts… Et, aussitôt après, à deux pas, ils continuaient de jouer à la guerre ou aux cosaques et aux voleurs.

J'ai été drôlement surpris la première fois que j'ai rêvé de l'Allemand tué… Ça m'a pris de court…

Et ce rêve m'a hanté, des dizaines d'années…

J'ai un fils, adulte. Quand il était petit, la simple idée d'essayer de lui raconter… lui raconter la guerre… me rendait malade. Il me posait un tas de questions. Je louvoyais. J'aimais lui lire des histoires, je voulais qu'il ait une véritable enfance. Il est grand, à présent, et je n'ai toujours pas envie de lui parler de la guerre. Un jour, peut-être, je lui raconterai mon rêve. Peut-être… Je ne suis pas sûr…

Ça détruirait son monde. Un monde sans guerre… Un monde sans sa guerre à lui…

« Tout le monde veut embrasser le mot "victoire"... »

Ania Korzoun, deux ans.
Zootechnicienne.

Je me rappelle la fin de la guerre... Le 9 mai 45. Des femmes arrivent en courant au jardin d'enfants : « Les enfants, c'est la victoire ! La victoi-oi-oire ! Elles rient et pleurent. Pleurent et rient.

Elles se mettent à nous embrasser sans fin. Des femmes qu'on ne connaît même pas... Elles nous embrassent et pleurent... Nous embrassent encore... On branche le haut-parleur. Tout le monde écoute. Nous, les petits, on ne comprend pas les mots. On comprend juste que toute cette joie vient de là, d'en haut, de ce petit rond noir. Les grands en soulèvent certains... D'autres grimpent tout seuls... On se fait la courte échelle... Le troisième ou le quatrième arrive enfin jusqu'au rond noir et l'embrasse. Ensuite, on change... Tout le monde veut embrasser le mot « victoire »...

Dans la soirée, il y a un feu d'artifice. Le ciel resplendit. Maman ouvre la fenêtre et se met à pleurer :

« Petite, n'oublie jamais ça... »

Quand mon père est rentré du front, j'avais peur de lui. S'il me donnait un bonbon et demandait :

« Dis : papa... »,

je prenais le bonbon et l'emportais sous la table :

« Tonton... »

De toute la guerre, je n'avais pas eu de père. J'avais grandi avec maman et grand-mère. Avec ma tante. Je ne voyais pas ce qu'un papa ferait chez nous...

Surtout qu'il aurait un fusil...

« Une chemise faite dans la vareuse de mon père... »

Nikolaï Berezka, né en 1945.
Chauffeur de taxi.

Je suis né en 45 mais je me souviens de la guerre. Je sais ce que c'est... Je l'ai vue...

Maman m'enfermait dans une autre pièce... Ou bien elle m'envoyait dehors, jouer avec mes copains... N'empêche que j'entendais mon père crier. Ça durait longtemps. Moi, j'étais collé à la fente entre les battants de la porte : mon père tenait à deux mains sa jambe malade, il la secouait. Ou bien, il se roulait par terre en tapant des poings : « Cette guerre ! Cette maudite guerre ! »

Quand la douleur passait, il me prenait dans ses bras. Je touchais sa jambe :

« C'est la guerre qui fait mal ?...

— Oui, cette maudite guerre », répondait mon père.

Ou bien... Les voisins avaient deux petits garçons... Je m'entendais bien avec eux... Ils ont sauté sur une mine, aux abords du village. Pourtant, on devait bien être en 49...

Leur mère, tata Ania, voulait qu'on l'enterre avec eux... Il a fallu l'emmener de force...

Je suis allé à l'école, vêtu d'une chemise taillée dans la vareuse de mon père. J'étais content ! Tous les gamins dont les pères étaient revenus de la guerre avaient des chemises taillées dans leurs vareuses.

Mon père est mort après la guerre… de la guerre… De ses blessures.

Je n'ai pas besoin d'inventer… La guerre, je l'ai vue. J'en rêve la nuit… Dans mon sommeil, je pleure : je crois qu'au matin on viendra chercher mon père. Je sens dans la maison l'odeur du drap d'uniforme neuf…

Pourtant, je suis grand-père…

« Je l'ai décoré d'œillets rouges… »

Mariam Iouzefovskaïa, née en 1941.
Ingénieur.

Je suis née pendant la guerre… J'ai grandi pendant la guerre.

Et voilà… Nous attendions le retour de papa…

Maman m'en faisait voir de toutes les couleurs : elle me rasait le crâne, me le frictionnait au pétrole, me l'enduisait d'un baume. Je me détestais affreusement. J'avais honte. Je n'osais même pas sortir. Les poux et les furoncles de la première année d'après-guerre… Ils ne me laissaient pas en repos…

Et là, ce télégramme : mon père est démobilisé. On est allées le chercher à la gare. Maman m'avait mise sur mon trente et un. Avec un nœud rouge au sommet du crâne. Je ne comprends pas comment il tenait. Elle n'arrêtait pas de me secouer : « Arrête de te gratter ! Arrête ! » Ça me démangeait atrocement. Et ce maudit nœud qui allait se casser la figure ! Sans compter cette pensée qui me tournait dans la tête : « Et si je ne plais pas à papa ? C'est qu'il ne m'a jamais vue ! »

Ç'a éte encore pire que ce que j'imaginais. Mon père m'a vue, il s'est élancé vers moi, le premier.

Seulement, tout de suite après… Un instant, juste un instant… Mais je l'ai aussitôt senti… Je l'ai senti par toute ma peau, par toutes mes fibres… Il m'a paru avoir un mouvement de recul… Un instant, à peine… Ça m'a vexée ! C'était affreusement dur… Tellement que, lorsqu'il m'a prise dans ses bras, je l'ai repoussé de toutes mes forces. Et, tout d'un coup, j'ai eu dans les narines une odeur de pétrole. Elle m'accompagnait partout, en permanence depuis un an, mais je ne la sentais plus. Je m'y étais faite. Brusquement, je la sentais à nouveau. Peut-être parce que mon père sentait si bon, et que c'était nouveau pour moi… Il était magnifique, comparé à ma mère, épuisée, et à moi. Ç'a été un véritable crève-cœur. J'ai arraché mon nœud. Je l'ai jeté par terre et l'ai piétiné.

« Qu'est-ce que tu fais ? » a demandé mon père, surpris.

— Elle a ton caractère » a répliqué, en riant, maman qui comprenait tout.

Elle s'agrippait à lui des deux mains. Ils ont marché comme ça jusqu'à la maison.

Pendant la nuit, j'ai appelé maman. Je voulais qu'elle me prenne dans son lit. J'avais toujours dormi avec elle… Toute la guerre… Mais elle n'a pas répondu, elle a fait semblant de dormir. Je n'avais personne à qui raconter mon chagrin.

En m'endormant, j'étais fermement décidée à m'enfuir dans une maison d'enfants…

Le lendemain matin, mon père m'a offert deux poupées. Jusqu'à l'âge de cinq ans, je n'en avais pas eu de vraies. Juste les poupées de chiffons que me fabriquait grand-mère. Les poupées de papa avaient les yeux qui s'ouvraient et se fermaient, les bras et les jambes qui bougeaient, et l'une d'elles piaillait un truc qui ressemblait à : « maman ». Pour moi, c'était magique. Je tenais énormément à ces poupées, au point de ne pas oser aller jouer dehors avec. Je les montrais à la fenêtre. On était au rez-de-chaussée et toute la cour se rassemblait pour les admirer.

J'étais une enfant chétive, souffreteuse. Je n'avais jamais de chance : je m'esquintais un genou, je me prenais un clou dans le pied… quand je ne tombais pas brusquement dans les pommes. Les autres ne jouaient pas volontiers avec moi. Je faisais des pieds et des mains pour qu'ils m'acceptent. J'en étais à lécher les bottes de Doussia, la fille de la concierge. Doussia était solide, gaie, tout le monde voulait jouer avec elle.

Elle m'a demandé de sortir une poupée et j'ai craqué. Pas tout de suite. J'ai résisté quelque temps.

« Je ne jouerai plus avec toi », a menacé Doussia.

Ça a marché immédiatement.

J'ai apporté la poupée qui « parlait ». On ne s'est pas amusées très longtemps avec. On s'est disputées pour je ne sais plus quoi et ça s'est transformé en combat de coqs. Doussia a pris ma poupée par les pieds et l'a balancée dans le mur. La tête de la poupée a sauté et du chanvre est sorti de son ventre.

« T'es folle, Doussia, ont protesté les autres, en pleurant.

— Elle a qu'à pas commander ! a-t-elle répliqué en essuyant ses larmes et en se barbouillant la figure. Alors, parce qu'elle a un père, elle peut tout se permettre ? Des poupées, un papa, tout ça rien que pour elle ? »

Doussia n'avait ni père ni poupées…

Notre premier sapin, on l'a fait sous la table. À ce moment-là, on logeait chez grand-père. On était plutôt à l'étroit. Tellement même que la seule place libre était sous la grande table. C'est là qu'on a installé un petit sapin. Je l'ai décoré d'œillets rouges. Je me souviens bien de l'odeur fraîche et pure du sapin. Rien ne la surpassait. Ni la polenta de grand-mère. Ni la poix de cordonnier de grand-père.

J'avais une perle de verre. Mon trésor. Je n'arrivais pas à lui trouver une place sur le sapin. Je voulais la fixer de telle sorte qu'elle brille de tous les côtés à la fois. Je l'ai finalement posée tout en haut. Mais, le soir, avant de me coucher, je la retirais et la cachais. J'avais peur qu'elle disparaisse…

Je dormais dans une cuve à lessive. Elle était en zinc, avec des reflets bleus et des nervures comme du givre. On avait beau la rincer après usage, la cendre avec laquelle on lavait le linge – le savon était rare – se sentait encore. Moi, ça me plaisait bien. J'aimais coller mon front contre les parois froides de la cuve, surtout quand j'étais malade. J'aimais beaucoup, aussi, la balancer comme un berceau. Mais elle se mettait traîtreusement à faire un bruit de tous les diables, et on me grondait. On y tenait beaucoup. C'était la seule chose qui nous restait d'avant-guerre.

Et, brusquement, on a acheté un lit… Avec des boules toutes brillantes au chevet… Ça m'a plongée dans un ravissement indescriptible ! J'y ai aussitôt grimpé mais me suis immédiatement laissée glisser par terre. Allons donc ! Je n'arrivais pas à croire qu'on puisse dormir dans un aussi beau lit.

Papa m'a trouvée sur le sol, il m'a relevée et m'a tenue très, très fort dans ses bras. Je me suis serrée contre lui… Je l'ai pris par le cou, comme faisait maman.

Je me souviens de son rire heureux…

« Longtemps, j'ai attendu papa…
Toute ma vie… »

Arseni Goutine, né en 1941.
Électricien.

J'ai eu quatre ans le jour de la victoire…

Dès le matin, j'ai raconté à tout le monde que j'en avais cinq. Pas que j'entrais dans ma cinquième année, non, que j'avais cinq ans révolus. Je voulais être grand. Papa allait rentrer de la guerre, et moi, je serais grand.

Ce jour-là, le président du kolkhoze a réuni les femmes : « C'est la victoire ! » Il les a toutes embrassées. L'une après l'autre. J'étais avec maman… Drôlement content ! Mais maman pleurait.

Les gosses se sont rassemblés… À la sortie du village, on a brûlé des pneus de camions allemands. On criait : « Hourra ! hour-ra ! C'est la victoire ! » On tapait sur des casques allemands ; on en avait récupéré un tas dans la forêt. On s'en servait de tambours.

On vivait dans un gourbi… J'ai couru chez moi… Maman pleurait. Je ne comprenais pas pourquoi elle était triste, un jour pareil.

Il s'est mis à pleuvoir. J'ai pris un bout de bois et commencé à mesurer la profondeur des flaques à côté de notre gourbi.

On me demande :

« Qu'est-ce que tu fais ?

— Je mesure, pour savoir si le trou est profond. Parce qu'en rentrant papa pourrait tomber dedans. »

Les voisins pleurent, maman pleure. Je ne comprends pas, alors, le sens de l'expression : « porté disparu ».

Longtemps, j'ai attendu papa. Toute ma vie…

« Au bout de la chaîne… »

Valia Brinskaïa, douze ans.
Ingénieur.

Les poupées… Aussi belles qu'elles soient… elles me rappellent toujours la guerre.

Tant que papa et maman étaient en vie, on ne parlait pas de la guerre. À présent qu'ils ne sont plus, je me dis souvent que c'est drôlement bien quand les vieux parents sont là. Tant qu'ils sont vivants, on reste des enfants… Même après la guerre…

Mon père était militaire. On vivait près de Bialystok. Pour nous, la guerre a commencé dès la première heure, dès les premières minutes. Je dors encore, mais j'entends un grondement, comme des coups de tonnerre inhabituels et continus. Je me réveille et cours à la fenêtre : au-dessus des casernes du lieu-dit Graïevo, où on va à l'école, avec ma sœur, le ciel brûle.

« Papa, c'est un orage ? »

Il répond simplement :

« Écarte-toi de la fenêtre. C'est la guerre. »

Maman lui prépare son barda. Il est souvent réveillé par des alertes. Rien d'extraordinaire, donc, en apparence… J'ai sommeil… Je me laisse tomber sur mon lit parce que je n'y comprends rien. La veille, on s'est couchées tard, avec ma sœur : on est allées au cinéma. Avant-guerre, « aller au cinéma » n'avait strictement rien à voir avec aujourd'hui. On ne passait de films que les veilles de jours fériés et il n'y en avait pas beaucoup : *Nous, les gars de Cronstadt*, *Tchapaïev*, *Si, demain, la guerre…*, *Les Joyeux Garçons*. Les séances avaient lieu à la cantine de la caserne. Les jeunes n'en rataient aucune, on connaissait tous les films par cœur. On soufflait même les répliques aux acteurs sur l'écran, on les devançait, on leur coupait la chique. On n'avait d'électricité ni au bourg ni à la caserne, on actionnait le projecteur à l'aide d'une dynamo. Dès que ça commençait à crachouiller, on laissait tout en plan et on fonçait pour avoir une place pas trop loin. Des fois, on apportait son tabouret.

La séance était longue : quand une partie s'achevait, on attendait patiemment que le projectionniste enroule la bobine suivante. Heureux, encore, quand la copie était neuve ! Sinon, à tous les coups, elle cassait, et il fallait le temps de la recoller et que ça sèche. C'était pire quand le film brûlait. Et carrément fichu quand la dynamo calait. Il arrivait souvent qu'on ne voie pas la fin du film. Un ordre retentissait :

« Première compagnie, préparez-vous à sortir ! Deuxième compagnie, formation en colonne ! »

Et s'il y avait une alerte, le projectionniste lui-même disparaissait. Quand les interruptions étaient trop longues, les spectateurs perdaient patience et commençaient à s'agiter : ça sifflait, ça criait… Ma sœur grimpait sur une table et annonçait : « Nous vous proposons un récital ! » Elle adorait déclamer, comme on disait à l'époque. Elle ne savait pas toujours très bien son texte, mais elle n'avait pas peur de monter sur la table.

Ça lui venait de l'époque où on allait au jardin d'enfants. On était alors dans une garnison près de Gomel. Après les poèmes, on chantait toutes les deux, les gens nous bissaient pour *Nos blindés sont solides et nos avions rapides*. Les vitres de la cantine tremblaient quand les militaires reprenaient en chœur le refrain :

Crachant le feu, toutes d'acier étincelant,
Nos machines s'ébranleront pour un furieux combat...

Donc, 21 juin 41... La dernière nuit d'avant-guerre... Pour la dixième fois peut-être, on avait été voir le film *Si, demain, la guerre*... Après la séance, les gens étaient restés longtemps encore. Mon père nous avait ramenées d'autorité à la maison : « Vous avez l'intention de dormir, ce soir ? Demain, on ne travaille pas. »

... Je me suis réveillée pour de bon quand il y a eu une explosion qui a fait voler en éclats les vitres de la cuisine. Maman emmitouflait mon petit frère Tolik, à moitié endormi, dans sa couverture. Ma sœur était déjà habillée. Papa n'était pas là.

« Vite, les filles ! pressait maman. Il y a eu une provocation à la frontière... »

On a couru vers la forêt. Maman s'essoufflait, elle portait mon petit frère et refusait de nous le donner. Elle n'arrêtait pas de répéter :

« Les filles, ne traînez pas !... Les filles, attention à vos têtes ! »

Bizarrement, je me souviens qu'on avait le soleil en plein dans les yeux. La journée était radieuse. Les oiseaux chantaient. Et il y avait le vrombissement assourdissant des avions…

Je tremblais. Après, j'en ai eu honte. Moi qui voulais toujours imiter les courageux héros du livre d'Arkadi Gaïdar, *Timour et sa bande*, voilà que je tremblais… J'ai pris mon petit frère dans mes bras et l'ai bercé, en fredonnant : *Et une jolie fille*… C'était une chanson « d'amour » du film *Le Gardien*. Maman la chantait souvent et elle « collait » parfaitement à mon humeur et à mon état du moment. Car j'étais… amoureuse ! Je ne sais pas ce qu'en disent la science et les bouquins de psychologie de l'adolescent, mais j'étais tout le temps amoureuse. Et même, à un moment, de plusieurs garçons à la fois. En l'occurrence, il n'y en avait qu'un, Vitia, de la garnison de Graïevo ; il était en sixième d'année d'école. La sixième et la cinquième – la mienne – étaient dans la même classe. La première rangée était réservée à la cinquième année, la deuxième aux autres. Je ne sais pas comment je ne me suis pas démantibulé le cou, à force de dévorer Vitia des yeux !

Tout me plaisait en lui : sa petite taille (qui correspondait à la mienne), ses yeux tout bleus (comme ceux de mon père), le fait qu'il lisait plein de livres (c'était autre chose qu'Alka Poddoubniak et ses « pinçons » qui faisaient mal, et auquel je plaisais). Il aimait par-dessus tout Jules Verne. Comme moi ! La bibliothèque de la caserne avait les *Œuvres complètes* et j'avais déjà tout lu en troisième année d'école…

Je ne sais plus combien de temps on est restés dans la forêt… Les explosions ont cessé. Le silence s'est fait. Les femmes ont soupiré de soulagement : « Les nôtres les ont repoussés. » Et c'est alors… dans ce silence… qu'a retenti un vrombissement d'avions… On a tous bondi sur la route. Les avions volaient en direction de la frontière : « Hourra ! » Mais ces avions avaient quelque chose de « différent » : ce n'étaient pas « nos » ailes, leur vrombissement n'était pas le « nôtre ». C'étaient des bombardiers allemands, ils volaient à touche-touche, lentement, pesamment. Ils semblaient voiler entièrement le ciel. On a commencé à les compter, on n'y est pas arrivés. Par la suite, dans les documentaires sur la guerre, je les ai revus, ces avions : ça ne m'a pas du tout fait la même impression. Les films étaient tournés au niveau des avions. Quand on regardait d'en bas, à travers la masse des arbres, et avec des yeux d'adolescente, c'était un spectacle terrifiant. J'en ai souvent rêvé, de ces avions. Mais il y avait une « suite » au rêve : tout ce ciel de fer tombait lentement sur moi et m'écrasait, m'écrasait ! Je me réveillais, couverte d'une sueur glacée et me remettais à claquer des dents. Affreux !

On nous a dit que le pont était détruit. Ça nous a effrayés. Et papa ? Il n'allait pas traverser à la nage, il ne savait même pas nager.

Je ne saurais dire exactement… Je crois me rappeler que papa est arrivé en coup de vent : « Il y a un camion pour vous évacuer. » Il a tendu à maman un gros album de photographies et une chaude couverture ouatinée : « Tu envelopperas les enfants dedans, qu'ils ne prennent pas froid. » On n'a rien pris d'autre, tellement on se dépêchait. Ni papiers, ni passeport, ni le moindre sou. Si, on avait encore une casserole de boulettes de viande que maman avait préparées pour cette journée de repos, et les chaussures de mon frère. Ô miracle ! À la dernière minute, ma sœur avait saisi un sac dans lequel on a trouvé ensuite la robe en crêpe de Chine et les escarpins de maman. Le hasard. Peut-être que les parents étaient invités, ce jour-là ? Personne ne s'en souvenait plus. Notre paisible vie avait pris fin en un clin d'œil, elle était passée à l'arrière-plan.

C'est comme ça qu'on a été évacués…

On est vite arrivés à la gare où on a attendu longtemps. Tout vibrait et grondait. La lumière s'est éteinte. On a brûlé du papier, des journaux. Trouvé une lanterne. Elle projetait sur les murs et le plafond les énormes silhouettes des gens qui attendaient, tantôt mouvantes, tantôt figées. Mon imagination s'est aussitôt mise à caracoler : voici les Allemands dans la forteresse, les nôtres sont prisonniers… J'ai décidé de tester si je résisterais ou non à la torture. J'ai glissé une main entre deux caisses, en appuyant bien fort. J'ai hurlé de douleur. Maman a pris peur :

« Qu'est-ce qui t'arrive, ma fille ?

— Je ne suis pas sûre de tenir, aux interrogatoires, si on me torture…

— Es-tu sotte ! Quels interrogatoires ? Les nôtres ne laisseront jamais passer les Allemands… »

Elle m'a caressé la tête, embrassé les cheveux.

Notre convoi était sans cesse bombardé. Dès que ça commençait, maman se couchait sur nous : « Si on doit être tués, on le sera tous ensemble ! Ou bien moi seule… » Le premier mort que j'ai vu était un petit garçon. Il était étendu par terre et regardait en l'air. Moi, j'essayais de le réveiller… Je le secouais, le secouais… Je n'arrivais pas à comprendre qu'il ne vivait plus. J'avais un morceau de sucre et je le lui tendais, rien que pour le faire lever. Il ne se levait pas…

Pendant un de ces bombardements, ma sœur m'a chuchoté : « Quand ça s'arrêtera, j'obéirai toujours à maman. Toujours ! » Et, effectivement, après la guerre Toma[1] était très obéissante. Maman rappelait souvent qu'avant elle l'appelait son « chenapan ». Quant à notre petit Tolik... avant la guerre, il marchait et parlait déjà. Là, il était devenu muet et ne cessait de se prendre la tête dans les mains.

J'ai vu les cheveux de ma sœur devenir blancs, presque d'un coup. Elle avait de très longs cheveux noirs. Ils ont blanchi en quelques jours... En une nuit...

Le convoi s'ébranle. Où est Tamara ? Elle n'est pas dans le wagon. On regarde : Tamara court derrière le train, un bouquet de bleuets à la main. Il y avait un grand champ, avec des blés plus hauts que nous, et des bleuets. Son visage, à ce moment-là... je l'ai toujours devant les yeux. Ses yeux noirs sont écarquillés, elle court sans un mot. Elle ne crie même pas « maman ! ». Elle court, muette.

Maman perd la tête... Elle veut sauter du train en marche... Je porte Tolik. Nous hurlons toutes les deux. C'est là qu'apparaît un soldat... Il écarte maman de la porte, saute, rattrape Toma et, prenant son élan, la lance littéralement dans le wagon. Au matin, on s'est aperçus qu'elle était toute blanche. Pendant quelques jours, on ne lui a rien dit, on cachait notre petite glace. À un moment, elle s'est vue dans une autre et a fondu en larmes :

« Maman, je suis déjà une grand-mère ? »

Maman s'est efforcée de la rassurer :

« On te coupera les cheveux et ils repousseront tout noirs. »

1. Un des diminutifs du prénom Tamara.

Après ça, maman a décrété :

« Terminé ! On ne sort plus du wagon ! Si on est tués, tant pis ! Et si on s'en tire, c'est que c'était notre destin ! »

Dès lors, quand on entendait ce cri : « Les avions ! Quittez tous les wagons ! », elle nous fourrait sous les matelas et, à ceux qui voulaient la faire sortir, elle répondait :

« Les enfants sont descendus. Moi, je ne peux pas marcher. »

Maman avait souvent recours à ce mot mystérieux : « destin ». J'essayais toujours de savoir :

« C'est quoi, le destin ? C'est Dieu ?

— Non. Je ne crois pas en Dieu. Le destin, c'est la ligne de vie. J'ai toujours cru en votre destin, mes petits. »

J'avais peur des bombardements… Affreusement peur. Plus tard, en Sibérie je me suis détestée pour ma lâcheté. Par hasard, j'ai parcouru, du coin de l'œil, une lettre de maman… Elle écrivait à papa. Nous, on écrivait aussi, pour la première fois de notre vie. J'ai décidé de regarder comment faisait maman. Elle racontait justement que Tamara ne disait rien pendant les bombardements, alors que Valia pleurait et avait peur. Je n'avais pas besoin d'en savoir plus. Lorsque, au printemps 44, papa nous a rejoints, je n'osais pas le regarder en face. J'avais honte. C'était affreux ! Mais nous n'en sommes pas là. Je reviendrai sur le retour de papa…

Je me souviens d'une attaque nocturne… La nuit, en général, il n'y avait pas de raids et le train roulait vite. Mais là, on y a eu droit… Les balles tambourinent sur le toit du wagon. Les avions hurlent. Les balles qui volent… les éclats d'obus dessinent des bandes lumineuses… Juste à côté de moi, une femme est tuée. Elle ne tombe pas, il n'y a pas la place. Le wagon est plein à craquer. La femme est debout entre nous et râle. Son sang me gicle à la figure, chaud et visqueux. Mon maillot, mes culottes en sont trempés. Quand maman hurle, en m'effleurant : « Valia, ils t'ont tuée ? », je ne peux rien répondre.

Après ça, il se fait en moi une sorte de cassure. Je sais qu'après… oui… j'ai cessé de trembler. Tout m'était égal. Je n'avais plus ni peur, ni mal, ni rien. Une espèce d'abrutissement, d'indifférence.

Je me souviens qu'on n'est pas arrivés tout de suite dans l'Oural. On s'est arrêtés quelque temps au bourg de Balanda, dans la région de Saratov. On nous y a amenés un soir, on était endormis.

Le lendemain matin, à six heures, le berger fait claquer son fouet : toutes les femmes bondissent, saisissent leurs enfants et se précipitent au-dehors, en hurlant : « Un bombardement !… » Et de brailler, jusqu'à ce qu'arrive le président du kolkhoze, qui nous explique que le berger fait simplement sortir les bêtes. Là, seulement, tout le monde a repris ses esprits…

Il suffisait que l'élévateur se déclenche pour effrayer Tolik qui se mettait à trembler. Il ne nous laissait pas nous éloigner d'un pas, sauf quand il dormait. Là, on pouvait sortir sans lui.

Maman nous emmène au bureau de recrutement pour avoir des nouvelles de mon père et demander de l'aide. Le responsable lui dit :

« Montrez-moi vos papiers, la preuve que votre mari est commandant dans l'Armée rouge. »

Des papiers, on n'en a pas. On a juste une photographie de papa, en uniforme. Il la prend mais reste sceptique :

« Qui me dit que c'est votre mari ? Encore faudrait-il le prouver… »

Tolik a cru qu'il gardait la photographie :

« Rends-nous papa !… »

Le responsable a ri :

« Ça, c'est une preuve incontestable ! »

Maman avait rasé ma sœur. Tous les matins, on regardait comment ses cheveux repoussaient : noirs ou blancs ? Mon frère la consolait : « P'eure pas, Toma, p'eure pas !… » Ses cheveux sont restés blancs. Les garçons se moquaient d'elle. Ils l'embêtaient. Elle ne retirait jamais son foulard, même en classe.

Un jour, on revient de l'école. Tolik n'est pas là. On est allées trouver maman à son travail :

« Où est Tolik ?

— À l'hôpital. »

… On porte, avec ma sœur, une couronne de fleurs bleues… Des perce-neige… Et le petit costume marin de mon frère. Maman est avec nous, elle nous a dit que Tolik était mort. Elle s'arrête devant la morgue. Elle ne peut pas aller plus loin. J'y entre seule et je repère tout de suite Tolik : il est couché, tout nu. Je ne verse pas une larme. Je suis de bois.

La lettre de papa nous trouve en Sibérie. Maman pleure toute la nuit : comment lui annoncer que son fils est mort ? Au matin, on va toutes les trois à la poste lui envoyer un télégramme : « Les petites sont saines et sauves. Toma a les cheveux tout blancs. » Et papa a deviné que Tolik n'était plus…

J'avais une amie qui avait perdu son père. Chaque fois que j'écrivais une lettre au mien, j'ajoutais, à sa demande : « Papa, je te fais un gros bisou et mon amie Lera aussi. » Tout le monde voulait avoir un papa.

On a donc bientôt eu des nouvelles de papa. Il nous racontait qu'il avait longtemps été en mission spéciale à l'arrière des lignes ennemies et qu'il était tombé malade. À l'hôpital militaire, on lui avait dit que seule sa famille pourrait le guérir, que dès qu'il la reverrait, il irait mieux.

On l'a attendu pendant plusieurs semaines. Maman a sorti de la valise tous nos trésors : sa robe en crêpe de Chine et ses escarpins. On s'était jurées de ne pas les vendre, même si on était dans la pire des situations. Par superstition. On se disait que, si on les vendait, on ne reverrait jamais papa.

J'entends sa voix par la fenêtre et je n'arrive pas à y croire : c'est vraiment lui ? Je n'arrive pas à croire qu'il soit là, en chair et en os. On est tellement habituées à l'attendre… Il y a longtemps que, pour moi, un papa c'est quelqu'un qu'il faut attendre, encore et encore. Ce jour-là, il n'y a pas école : tout le monde vient voir notre papa. Il est le premier à rentrer de la guerre. Avec ma sœur, on manque l'école encore deux jours. Les gens n'arrêtent pas de venir, ils nous posent des questions, nous envoient des petits mots : « Il est comment, votre papa ?… » C'est vrai qu'on a un papa spécial : Anton Petrovitch Brinski, chevalier de l'ordre de Lénine, héros de l'Union soviétique…

Comme avant notre Tolik, papa ne veut pas rester seul. Il ne peut pas. Il se sent mal, tout seul. Il me traîne partout avec lui. Un jour, je l'entends raconter à quelqu'un comment des partisans sont arrivés dans un village et ont vu plein de terre fraîchement retournée… Ils s'arrêtent… Restent un peu là… Un petit garçon arrive alors en courant. Il leur crie qu'à cet endroit on a massacré tout le village et qu'on a enterré… tous les habitants.

Papa se retourne et voit que je tombe. À partir de ce moment-là, jamais il ne parle plus de la guerre devant nous…

D'ailleurs, on en parlait peu. Papa et maman étaient persuadés qu'il n'y en aurait plus jamais d'aussi horrible. Ils y ont longtemps cru. Il y a un truc qui nous est resté de la guerre, avec ma sœur : on n'arrête pas d'acheter des poupées. Je ne sais pas pourquoi. Le manque d'enfance, sans doute… Le manque de joies enfantines… Ma sœur, surtout, en a souffert, elle était plus jeune que moi. J'ai fait des études supérieures. Ma sœur savait que le meilleur cadeau à me faire, c'était une poupée. Quand elle a eu une fille, je suis allée la voir :

« Qu'est-ce qui te ferait plaisir ?

— Une poupée…

— Je te parle d'un cadeau pour toi, pas pour ta fille.

— Et moi, je te réponds : achète-moi une poupée. »

Nos enfants ont grandi, on leur a offert plein de poupées. On en offrait à tout le monde, à tous ceux qu'on connaissait.

La première à disparaître a été notre merveilleuse maman. Papa a suivi. On a tout de suite compris, senti qu'on était les dernières. Qu'on était à la limite, au bout de la chaîne… Les derniers témoins. Notre époque s'achève. Nous devons parler.

On s'est dit qu'on serait les dernières à raconter ces choses-là…

1980-2004.

TABLE DES MATIÈRES

MIXTE
Papier issu de
sources responsables
FSC® C003309

10/18, une marque d'Univers Poche,
est un éditeur qui s'engage pour
la préservation de son environnement
et qui utilise du papier fabriqué à partir
de bois provenant de forêts gérées
de manière responsable.

Imprimé en France par CPI

N° d'impression : 3014756
Dépôt légal : septembre 2016
X06883/01